Tamina Berger

Feuertanz

W0309367

Weitere Bücher von Tamina Berger im Arena Verlag:
Frostengel
Engelsträne
Elfengift
Feenrache
Wenn Küsse töten können

Weitere Titel der Reihe Arena-Thriller:
Veronika Bicker: Schmetterlingsschatten
Ulrike Bliefert: Eisrosensommer
Ulrike Bliefert: Schattenherz
Ulrike Bliefert: Lügenengel
Juliane Breinl: Feentod
Juliane Breinl: Perlentod
Bettina Brömme: Engelmord
Bettina Brömme: Schmetterlingsschrei
Bettina Brömme: Todesflirt
Bettina Brömme: Rachekuss
Bettina Brömme: Frostherz
Beatrix Gurian: Prinzentod
Beatrix Gurian: Höllenflirt
Beatrix Gurian: Liebesfluch
Beatrix Gurian: Lügenherz
Zara Kavka: Höllenprinz
Zara Kavka: Blütensplitter
Zara Kavka: Giftkuss
Agnes Kottmann: Hassblüte
Krystyna Kuhn: Schneewittchenfalle
Krystyna Kuhn: Märchenmord
Krystyna Kuhn: Dornröschengift
Krystyna Kuhn: Aschenputtelfluch
Kathrin Lange: Septembermädchen
Kathrin Lange: Schattenflügel
Inge Löhnig: Schattenkuss
Inge Löhnig: Scherbenparadies
Manuela Martini: Kristallträne
Manuela Martini: Sommerfrost
Manuela Martini: Sommernachtsschrei
Manuela Martini: Puppenrache
Nora Miedler: Lügenprinzessin
Nora Miedler: Funkentanz
Susanne Mischke: Nixenjagd
Susanne Mischke: Waldesruh
Susanne Mischke: Zickenjagd
Susanne Mischke: Rosengift
Susanne Mischke: Nixenrache

Tamina Berger

Feuertanz

Arena

Danke an Antoine de Saint-Exupéry
für sein Buch »Der Kleine Prinz«,
das voller Weisheit und Wahrheit steckt.

FSC
www.fsc.org
MIX
Papier aus verantwortungsvollen Quellen
FSC® C110508

1. Auflage 2017
© 2017 Arena Verlag GmbH, Würzburg
Alle Rechte vorbehalten
Dieses Werk wurde vermittelt durch die Literarische Agentur
Thomas Schlück GmbH, 30827 Garbsen
Covergestaltung: Frauke Schneider, unter Verwendung
eines Bildes von © Sergey Nivens/shutterstock
Gesamtherstellung: Westermann Druck Zwickau GmbH
ISBN 978-3-401-60154-0

Besuche uns unter:
www.arena-verlag.de
www.twitter.com/arenaverlag
www.facebook.com/arenaverlagfans

Prolog

Laut klopft das Herz in seiner Brust. Laut und schnell. Er zählt bis fünf, atmet ein, dann bis zehn, um die Luft aus seinen Lungen wieder entweichen zu lassen. Er muss sich beruhigen, muss einen kühlen Kopf bewahren. Panik nützt ihm jetzt am allerwenigsten.

Als er das Gewicht verlagert, da seine Beine von der hockenden Stellung schon ganz taub sind, knirscht der Schutt unter seinen Sohlen. Bei der Kletterpartie auf den Speicher hat er sich ein paar Späne eingezogen, aber die sind derzeit seine geringste Sorge. Viel dringlicher ist die Frage, ob er seine Verfolger hat abschütteln können oder ob sie da unten irgendwo darauf warten, dass er sich zeigt.

»Bringt ihn mir, aber lebend!«, hat Ben gesagt. Tot wäre leichter zu bewerkstelligen, denkt er und lacht lautlos auf, aber dann würde er ihnen nichts mehr nützen.

Um ein Haar hätten sie ihn gekriegt, als er über den Zaun kletterte, dabei den Halt verlor und gestürzt ist. Er hat sich die Jeans zerrissen und beide Hände aufgeschürft. Sie brennen immer noch höllisch. Beim zweiten Anlauf aber hat er es über den Zaun geschafft und sich einen Augenblick der Genugtuung gegönnt, als seine Verfolger fluchend versuchten, es ihm gleichzutun.

Vielleicht sind sie am Zaun gescheitert. Vielleicht haben sie ihn deshalb noch nicht gefunden. Oder sie holen Verstärkung und kämmen jetzt jedes Haus, jeden Winkel nach ihm ab. Was heißt, es ist nur eine Frage der Zeit, bis sie ihn finden. Bleiben kann er nicht in diesem Versteck, so viel steht fest. Nach Hause kann er auch nicht. Dort werden sie ihn als Erstes suchen. Doch wohin sonst?

Er schiebt die aufkeimende Verzweiflung in den hintersten Winkel seines Herzens. Einen Schritt nach dem anderen. Das hat sein Bruder immer gesagt. Bei dem Gedanken an ihn füllen sich seine Augen mit Tränen, die er wütend mit dem Handrücken wegwischt. Wut ist ein guter Begleiter, auf jeden Fall ein besserer als Angst oder Mutlosigkeit.

Angestrengt lauscht er, versucht, durch die Ritzen des Holzbodens einen Blick auf den Raum unter ihm zu erhaschen. Der Staub kitzelt in seiner Nase und fast gelingt es ihm nicht, das Niesen zu unterdrücken. Alles ist ruhig.

Vorsichtig erhebt er sich aus seiner kauernden Haltung und beißt vor Schmerz auf die Lippen, als das Blut plötzlich in seine Beine schießt. Es fühlt sich an, als würde er auf einem Nagelbrett stehen. Ein paar Minuten verharrt er reglos, bis er sicher ist, dass er wieder laufen kann. Dann schiebt er langsam einen Fuß vor den anderen. Es fällt nur dämmriges Licht durch die blinden Fensterscheiben. Der Boden ächzt bedenklich unter seinem Gewicht. Bestimmt ist er morsch, so wie der ganze verdammte Rest des Gebäudes.

Hinter eines der losen Bretter des Bodens legt er die

Speicherkarte seines Handys, die er in ein Taschentuch eingewickelt hat. Da ist alles drauf, was er braucht. Zum Glück hatte er rechtzeitig die Karte entfernt. Das Handy haben sie ihm nämlich abgenommen, bevor er abhauen konnte.

Er hat die Dachbodenluke erreicht. Sie ist mit groben Holzbrettern umrandet. Eine Leiter gibt es nicht, er hat sich mit einem Klimmzug hochziehen müssen. Hinunter wird es leichter gehen.

Er beißt die Zähne zusammen, stützt sich mit schmerzenden Händen an den Rändern ab und lässt die Beine ins Leere baumeln. In diesem Moment flattert etwas neben ihm auf und ein Schatten huscht über seinen Kopf hinweg. Vor Schreck lässt er los.

Er fällt.

Der Aufprall presst die Luft aus seiner Brust. Klappernd schlagen die Zähne aufeinander, durch seinen Kopf schießt ein greller Blitz, bohrt sich in sein Hirn, dann wird es schlagartig dunkel.

1

Ich stellte die Gießkanne neben mir ab, nachdem ich die frisch gesetzten Begonien gewässert hatte. Weiß und Orange – ihre Lieblingsfarben.

»Mein Tag war so lala«, begann ich zu erzählen. »Wir hatten Sport – du weißt ja, das gehört nicht gerade zu meinen Lieblingsfächern.«

Genau genommen war das noch eine Untertreibung. Es gab wohl kaum jemanden, der unsportlicher war als ich. Irgendwie waren meine Beine für alles zu lang. Sie schienen sich bei jeder Gelegenheit zu verknoten, was mir in der Schule den wenig schmeichelhaften Spitznamen »Storch« beschert hatte.

Am Anfang des Schuljahres sollten wir uns im Kunstunterricht selbst als Tier zeichnen. Zuerst dachte ich an eine Giraffe, doch schließlich entschied ich mich für einen afghanischen Windhund – nicht nur, weil ich Giraffen nicht zeichnen konnte, sondern weil ich fand, dass ich so aussah wie einer dieser Hunde: helles, dünnes Haar, ein spitzes Gesicht und eine Figur wie ein Strich in der Landschaft. Meine Schwester versuchte, mich zu trösten, und sagte immer, die anderen Mädels wären sicher neidisch auf meine Modelmaße. Ha! Als ob das ein erstrebenswerter Zustand gewesen wäre. Ich hätte liebend gern gegen ein bisschen mehr Busen und einen weniger flachen Po getauscht.

Das kommt noch, hallte die Stimme meiner Mutter in meinem Kopf. *In deinem Alter war ich genauso. Da kommst du ganz nach mir.*

Ich seufzte. Meine Mutter war mit sechzehn eine Schönheit gewesen – ganz im Gegensatz zu mir. Leider hatte ich nur die Figur und nicht auch ihr Aussehen geerbt, bei dem sich wohl die Gene meines Vaters durchgesetzt hatten.

»Ich komme morgen wieder«, versprach ich und strich mit dem Finger über den Namen meiner Mutter auf dem grauen Marmorstein.

Marion Fichtengruber
10. Juni 1975 – 23. März 2014

Sie war nicht mal neununddreißig Jahre alt geworden. Seither fehlte sie mir jeden Tag.

Vielleicht lag es auch daran, dass ich kaum Freunde hatte, genau genommen keine außer Laura, meine Schwester. Jemand, der lieber auf den Friedhof ging, als auf irgendwelchen Partys herumzuhängen, war nun mal nicht gefragt. Es machte mir nichts aus. Gut, vielleicht hin und wieder. Ein kleines bisschen. Aber im Großen und Ganzen hatte ich nicht das Gefühl, etwas zu versäumen. Meine Welt waren meine Bücher. Das war schon früher so gewesen und seit Mamas Tod noch viel mehr.

Das Grab meiner Mutter lag in der vorletzten Reihe auf einem Hügel. Es führte ein breiter Schotterweg hinauf. Doch den nahm ich nie. Stattdessen hielt ich mich an den Rand des Friedhofes, wo eine Art Trampelpfad direkt zum Ausgang entstanden war.

Ich lief bergab und wurde immer schneller. Für einen Moment hatte ich beinahe das Gefühl zu fliegen, dann rutschten meine Turnschuhe über das feuchte Gras, ich schlitterte und versuchte, mit rudernden Armen das Gleichgewicht zu halten. Doch es half nichts. Ehe ich mich versah, saß ich auf dem Hosenboden. Na super! Ich blickte mich nach etwaigen Beobachtern um, die Zeugen meiner Tollpatschigkeit geworden waren ... und da stand er, links vor mir in der Grabreihe.

Er war regelrecht zusammengezuckt und wandte nun den Kopf in meine Richtung.

Ich rief: »Alles in Ordnung!«, ehe er auf die Idee kam, mir aufhelfen zu wollen. Schnell rappelte ich mich hoch und wollte weiter, als mir mehrere Dinge gleichzeitig auffielen: Er war nicht sehr viel älter als ich. Er wirkte nicht, als würde er hier ein Grab besuchen, sondern eher ... verloren. Seine Jeans waren dreckig und zerrissen und sein T-Shirt hatte dunkle Flecken wie ... Blut. Der haselnussbraune Haaransatz unterhalb der Schläfe war rostrot verschmiert.

Ich klopfte mir noch mal die Hose ab und überlegte. Der Junge war offensichtlich verletzt und hierher gehörte er anscheinend auch nicht. Ich ging auf ihn zu, ohne genau zu wissen, was genau ich vorhatte.

In fünf Metern Abstand blieb ich stehen. Unauffällig

musterte ich die dunklen Schlieren an seinem Kopf. War das wirklich eine Wunde? Schnell schaute ich weg und ihm in die Augen. »Hi, brauchst du Hilfe?«

Er wandte sich mir zu, sagte aber nichts. Seine Augen waren groß, weit aufgerissen, er blickte mich geradezu verstört an.

Ich wagte mich einen Schritt näher und räusperte mich. »Du blutest«, stellte ich fest.

Er blickte erschrocken an sich herunter und betrachtete seine Hände.

»Am Kopf, meinte ich.«

Er hatte noch immer kein Wort gesagt und ich überlegte gerade, ob er vielleicht kein Deutsch sprach und ob ich ihn auf Englisch anreden sollte, als er die Hand hob und mit den Fingerspitzen nach seiner Verletzung tastete.

»Soll ich die Ambulanz rufen?«, fragte ich. Ambulanz war universell, das Wort würde er auf jeden Fall verstehen, selbst wenn er kein Deutsch konnte.

Seine Augen weiteten sich. »Nein!«, rief er mit einem Anflug von Panik in der Stimme.

Aha, er konnte also doch sprechen. Und schwerhörig oder sprachunkundig war er wohl auch nicht. Ich zuckte mit den Schultern und wandte mich zum Gehen. Wenn er meine Hilfe nicht wollte, dann halt nicht.

»Wo bin ich hier?«, fragte er jetzt so leise, dass ich zuerst glaubte, ich hätte mich verhört.

Ich drehte mich zu ihm. »Wie bitte?«

Er zuckte mit den Schultern und streckte die Arme nach links und rechts aus. »Wo sind wir?«

Ich ging wieder einen Schritt auf ihn zu, diesmal stellte ich mich vor ihn, so nahe, dass ich nur den Arm hätte ausstrecken müssen, um ihn zu berühren. Definitiv Blut, schoss es mir durch den Kopf, als ich die verkrusteten Stellen genauer betrachtete.

»Am Heiligenstädter Friedhof«, antwortete ich.

Mit dem stimmte etwas nicht. Wer stellte denn so komische Fragen?! Er sah fast so aus, als wäre er vor irgendetwas davongelaufen. Ich sollte mich da besser nicht einmischen. Mut gehörte ebenfalls zu den Dingen, mit denen ich nicht allzu üppig gesegnet war.

Er musterte mich, als wolle er bis in mein Herz schauen. Mir wurde ganz flattrig zumute, als sich unsere Blicke begegneten. Verlegen streckte ich ihm meine Hand hin, weil ich nicht wusste, was ich sonst tun sollte. »Ich bin Sarah.«

Zögernd nahm er meine Hand und zuckte zusammen, als seine Handflächen meine berührten.

»Gibt es hier Wasser?«, fragte er mit kratziger Stimme, als wäre er mit dem Sprechen aus der Übung. Seine grauen Augen flackerten unruhig und er fuhr nervös mit den Fingern durch das zerzauste braune Haar, um es sich aus dem Gesicht zu streichen. Waren das etwa Spinnweben, die darin klebten?

Definitiv ein komischer Typ, der noch komischere Sachen wissen wollte. Natürlich gab es Wasser auf Friedhöfen. Woher kam er? Vom Mond? Trotzdem nickte ich. Wenn er sich schon sonst nicht von mir helfen lassen wollte, konnte ich ihm wenigstens zeigen, wo sich die Wasserleitung befand.

»Komm mit«, forderte ich ihn auf, drehte mich um und ging voran. An wen war ich da bloß geraten? Da fiel mir auf, dass er sich, im Gegensatz zu mir, noch nicht vorgestellt hatte.

Ich wartete, bis er zu mir aufschloss. »Und wie heißt du?«

Er blieb stehen, machte den Mund auf und klappte ihn wieder zu.

»Du wirst doch einen Namen haben«, neckte ich ihn. Er sah mich hilflos an. Es waren die traurigsten Augen, die ich je gesehen hatte. Grau wie Mamas Grabstein. Meine Brust schnürte sich zusammen, während er den Kopf senkte und die Schuhspitzen seiner schwarzen Sneakers betrachtete, als würde dort stehen, wie er hieß.

»Ich ... ich weiß es nicht«, murmelte er.

Mit vor der Brust verschränkten Armen blieb ich stehen und taxierte ihn. Wollte er mich verarschen? Doch seine Verwirrung wirkte echt. In meinem Kopf wirbelte alles durcheinander. Konnte es an seiner Kopfverletzung liegen, dass er sich nicht an seinen Namen erinnerte? »Du brauchst einen Arzt. Scheint mir echt was Ernstes zu sein.« Ich kreiste mit einem Finger neben meiner Schläfe und hob skeptisch eine Augenbraue.

»Nein!« Sein Aufschrei hatte etwas Gequältes und er wich vor mir zurück, als wäre ich eine Bedrohung für ihn.

Ha! Ausgerechnet ich, die nicht mal Spinnen oder Fliegen zerquetschte, sollte eine Bedrohung sein?! »Schon gut!«, sagte ich und hob beschwichtigend die Arme. »Wo willst du denn überhaupt hin? Ich mein, hier auf dem Friedhof kannst du echt nicht bleiben, die sperren um acht die Tore zu.« Allein schon der Gedanke, in der Nacht allein hier eingeschlossen zu sein, jagte einen Schauer über meinen Rücken.

Er zuckte mit den Schultern, blieb aber stehen. Innerhalb von Sekunden fällte ich einen Entschluss. Wahrscheinlich war es eine blöde Idee. Wahrscheinlich sogar eine saublöde, aber dieser namenlose Junge faszinierte mich. Ich weiß auch nicht, woher das Gefühl plötzlich kam, aber ich wollte unbedingt mehr über ihn herausfinden. Vielleicht würde ich es bereuen, schließlich kannte ich ihn überhaupt nicht, doch mehr würde ich es bereuen, ihn gehen zu lassen, ohne ihm geholfen zu haben. Womöglich brauchte er einfach nur einen Ort, an dem er ausschlafen konnte, und er würde sein Gedächtnis wiedererlangen.

Ich atmete tief durch. »Pass auf. Mein Vater hat eine Gärtnerei, bloß zehn Minuten von hier entfernt. Da gibt es ein altes Gewächshaus, das gerade leer steht. Wenn du willst, kannst du erst mal dortbleiben. Wasser gibt es da auch«, fügte ich noch hinzu.

Sein Kiefer mahlte, während er über mein Angebot nachdachte. Schließlich nickte er. »Danke. Das ist nett von dir, Sarah.«

»Okay«, antwortete ich und bemühte mich, möglichst gleichgültig zu klingen, während mein Herz so laut klopfte, dass ich es bis zum Hals spüren konnte. Ich kannte diesen Typen überhaupt nicht! Aber so, wie er eben meinen Namen ausgesprochen hatte ... mit einem winzigen Lächeln auf den Lippen ...

Es gab mindestens tausend Gründe, die dagegensprachen, einem völlig Fremden zu vertrauen und ihm einen Schlafplatz anzubieten. Aber was waren die schon gegen die traurigsten Augen und das süßeste Lächeln ever?

Auf dem Weg zu unserer Gärtnerei blickte er sich ständig um. An seinen hochgezogenen Schultern war unschwer zu erkennen, unter welcher Anspannung er stehen musste. Als er sich wieder einmal – zum fünften oder sechsten Mal in den letzten drei Minuten – umdrehte, platzte es aus mir heraus: »Bist du eigentlich der Gute oder der Böse?«

Verwirrt runzelte er die Stirn, seine dunklen Augenbrauen stießen dabei fast aneinander. »Wie bitte?«

»Na, du verhältst dich, als wärst du in einem Actionfilm. Ständig guckst du, ob dir jemand folgt.«

Er zuckte mit den Schultern, schaute sich aber den Rest des Weges zumindest nicht mehr allzu offensichtlich nach wem auch immer um.

Schließlich kamen wir bei unserer Gärtnerei an. Ich holte den Schlüssel hervor und schloss das grüne Gittertor auf. Dahinter lagen einige leere Beete und mittendrin ein Gewächshaus. Allmählich war das Licht trüber geworden und das Gelände wirkte fast so unheimlich wie der Friedhof vorhin. Es musste schon später Nachmittag sein.

»Wirst du keine Schwierigkeiten bekommen?«, fragte er, während er sich umsah und sich merklich entspannte, als er merkte, dass das Gelände verlassen war.

Ich schüttelte den Kopf. »Keine Sorge. Bis morgen früh

um sechs kommt keiner.« Ich führte ihn um den Schuppen zu dem kleinen Gewächshaus, das mein Vater vor zwei Jahren stillgelegt hatte, weil er ein größeres bauen ließ. Wir hatten überlegt, das alte abzureißen, aber schlussendlich hatte sich Paps dagegen entschieden. »Man weiß schließlich nie, ob wir es nicht irgendwann doch noch brauchen.« Derzeit wurden darin Blumentöpfe und Gartengeräte gelagert.

Ich öffnete die Tür und zog den Kopf ein, um hindurchzugelangen. Er folgte mir.

»Ich hoffe, du hast keine Angst vor Spinnen. Von denen gibt es hier nämlich eine ganze Menge«, sagte ich.

Er lächelte mich an und mein Herz machte einen kleinen Satz. »Ich mag Spinnen«, sagte er. Dann wurde er wieder ernst. »Mehr als die meisten Menschen.«

»Ach, dass du Spinnen magst, weißt du, aber an deinen Namen kannst du dich nicht mehr erinnern?!« In meiner Stimme war deutlich die Skepsis herauszuhören. Um meine Worte ein wenig abzuschwächen, wandte ich mich ab und verfiel in Geschäftigkeit. »Such dir ein gemütliches Plätzchen, ich hole dir was zu trinken. Und Verbandszeug. Hast du Hunger?«

Sein Magen gab wie auf Kommando ein lautes Knurren von sich. »Das heißt wohl ja«, antwortete er und lächelte schief. Dabei bildete sich auf seiner Wange ein kleines Grübchen.

»Gut, dann warte hier. Ich bin in spätestens zwanzig Minuten wieder da.« Ich wandte mich zum Gehen.

»Ich weiß es nicht«, sagte er, als ich schon fast bei der Tür war.

»Was?«, fragte ich und drehte mich zu ihm um. Dieser Junge war nicht nur selbst ein Rätsel, er sprach auch in welchen.

Er räusperte sich. »Ich weiß nicht, ob ich zu den Guten oder Bösen gehöre. Ich weiß gar nichts über mich. Ich könnte also verstehen, wenn du lieber ...« Seine Stimme war leise und ich konnte seine Verzweiflung regelrecht hören.

Komischerweise hatte ich in diesem Moment überhaupt keine Bedenken, auf welcher Seite er stand. »Nein, schon gut. Diese Nacht bleibst du hier«, bestimmte ich. »Sonst noch irgendwas, was ich mitbringen kann?«

Er dachte einen Augenblick nach. »Papier und Bleistift«, sagte er schließlich und wirkte selbst überrascht.

Papier und Bleistift? Ein seltsamer Wunsch, wie ich fand, aber das passte ja zu ihm. »Ihm« ... es war echt blöd, seinen Namen nicht zu wissen. Vielleicht sollte ich mir einfach einen ausdenken. Auf dem Heimweg überlegte ich, welcher zu ihm passte. Vielleicht ein klassischer wie Thomas, Martin oder Stefan. Ehe ich zu einem brauchbaren Schluss kam, war ich daheim angelangt. Die Haustür war nicht abgesperrt, was hieß, dass Paps da war. Da könnte es schwierig werden, was Essbares einzupacken. Im Kopf legte ich mir bereits eine Geschichte zurecht, die ich ihm auftischen würde, kam aber nicht allzu weit mit meinen Überlegungen, denn wie es aussah, hatte ich Glück. Im Wohnzimmer lief der Fernseher, mein Vater saß auf der Couch, hatte den Kopf zurückgelehnt, die Augen geschlossen und gab leise Schnarchtöne von sich. Das passierte in letzter Zeit häufig. Er arbeitete eindeutig zu viel.

Auf Zehenspitzen schlich ich mich an ihm vorbei, zuerst in mein Zimmer, um den Trekkingrucksack und das Schreibmaterial zu holen. Als mein Blick auf den Schlafsack fiel, steckte ich ihn kurzerhand ebenfalls ein. Für Anfang Mai war es zwar warm, aber nachts konnte es immer noch frostig werden.

Der Junge hatte nicht gesagt, ob er liniertes oder kariertes Papier haben wollte. Auf der Suche nach einem leeren Block kam mir ein unlinierter unter. Da ich den ohnehin nicht gern verwendete, packte ich ihn in den Rucksack. Bleistifte hatte ich mindestens dreihundert, die meisten irgendwie angeknabbert und damit nicht gerade geeignet, um sie jemandem anzubieten. Ich kramte in meiner Schreibtischlade, bis ich eine Schachtel neuer Bleistifte mit verschiedenen Stärken fand. Außerdem wären Radiergummi und ein Spitzer bestimmt nützlich.

Anschließend holte ich aus dem Bad Verbandszeug und ging in die Küche, wo ich ein paar Lebensmittel, zwei Flaschen Wasser und die Taschenlampe aus der Kammer zusammenraffte und ebenfalls in den Rucksack stopfte. Und das nicht eine Sekunde zu spät, denn in dem Moment kam Paps mit verschlafenen Augen und Haaren, die nach allen Richtungen abstanden, in die Küche.

»Spatz, da bist du ja. Soll ich was zu essen machen?«, fragte er. Dann fiel sein Blick auf den prall gefüllten Rucksack. »Du willst doch nicht etwa ausziehen?«

Ich verdrehte die Augen. »Ja, klar«, gab ich scherzend zur Antwort. Fieberhaft überlegte ich nach einer Erklärung, die glaubhaft klang. »Picknick«, sagte ich das Erste, was mir einfiel. »Mit ein paar Leuten aus der Klasse. Du hast doch nichts dagegen, wenn ich was mitbringe?«

»Jetzt?« Überrascht hob mein Vater eine Augenbraue, dann beeilte er sich zu sagen: »Nein, natürlich nicht. Im Gegenteil, es freut mich, dass du wieder etwas mit Freunden unternimmst.«

»Danke, Paps!« Ich gab ihm einen Kuss auf die kratzige Wange. »Du solltest dich rasieren. Wahrscheinlich wird's spät«, verabschiedete ich mich, nahm den Rucksack und wuchtete ihn auf die Schultern.

2

Keuchend stieß ich wenig später die Tür zum Gewächshaus auf. Der Unbekannte sprang hoch, als hätte ihn irgendetwas gestochen.

»Hey, ich bin's nur. Sorry, dass ich dich erschreckt habe.« Ich hob beruhigend die Hand. Was war mit diesem Jungen bloß los? Er benahm sich, als wäre er ... irgendwie in ständiger Alarmbereitschaft.

Er stieß vor Erleichterung laut die Luft aus. »Ich dachte ...« Er stockte. »... es wäre jemand anderes«, beendete er schließlich den Satz.

»Quatsch. Wer denn?«, fragte ich in der Hoffnung, er würde sich wenigstens daran erinnern, was oder wer ihm solch große Angst bereitete, doch er zuckte bloß die Achseln. Ich seufzte und stellte den Rucksack auf den Boden, holte eine Wasserflasche heraus und drückte sie ihm in die Hand. Gierig setzte er sie an die Lippen und trank in großen Schlucken. Sein Kehlkopf hüpfte auf und ab. Endlich setzte er die Flasche ab und wischte sich über den Mund. »Danke, das hat gutgetan«, meinte er.

»Als Nächstes wirst du von mir verarztet«, sagte ich und nahm den Desinfektionsspray, Wundtücher und Pflaster heraus. Dann griff ich nach seinem Ellbogen, zog ihn zu mir her und tränkte dann eines der sterilen Tücher mit Mineralwasser.

Er setzte sich im Schneidersitz auf einen der Pflanztische und schloss die Augen, während ich neben ihm anfing, das eingetrocknete Blut von seiner Schläfe zu waschen. Eine Handbreit über dem Ohr befand sich eine Platzwunde. Als ich sie berührte, verzog er das Gesicht.

»Hey, für einen, der keine Angst vor Spinnen hat, ist das hier bloß eine Kleinigkeit«, neckte ich ihn. So gut und so vorsichtig es mir möglich war, schob ich sein Haar an der Stelle auseinander, besprühte die Wunde mit dem Spray und legte eine Wundauflage zusammen, drückte sie sanft auf die Verletzung und wickelte eine Mullbinde rund um seinen Kopf. Zufrieden betrachtete ich mein Werk. Sah gar nicht so schlecht aus, fand ich. In diesem Moment öffnete er seine Augen und sah direkt in meine. Unsere Gesichter waren bloß Zentimeter voneinander entfernt. Er musterte mich, als wolle er sich jedes Detail meines Gesichtes einprägen. Mein Mund wurde trocken. Schnell wandte ich meinen Blick ab, nahm seine rechte Hand und drehte sie um, sodass ich die Handflächen sehen konnte. »Verdammt, was hast du bloß angestellt?«, entfuhr es mir, als ich die vielen tiefen Kratzer sah.

Hilflos hob er die Schultern, während ich seine Hände desinfizierte und ein paar Holzsplitter mit der Pinzette herauszog.

»Autsch!« Er sog scharf die Luft ein, als ich an einem besonderes tief sitzenden herumdokterte.

»Sorry, bin gleich fertig.« Ich sprühte noch mal großzügig Desinfektionsmittel drauf und widmete mich seiner anderen Hand, die genauso lädiert aussah.

»Danke«, sagte er, nachdem ich fertig mit dem Verarzten war. »Weshalb tust du das alles? Du kennst mich doch gar nicht.«

Ja, weshalb? So genau wusste ich es selbst nicht. Wahrscheinlich, weil ich eine bis vor Kurzem unentdeckte Schwäche für Jungs mit traurigen Augen und süßem Lächeln hatte. »Weil du Hilfe brauchst«, antwortete ich schließlich.

»So einfach ist das?«

Ich zuckte mit den Schultern. »Schau mal, was ich dir mitgebracht habe«, wechselte ich das Thema und reichte ihm Brot, Käse und ein Stück Salami. »Ich hoffe, du magst Wurst.«

»Wenn nicht, kann ich mich daran nicht mehr erinnern«, sagte er grinsend und biss heißhungrig ab.

Ich nahm den Schlafsack heraus. »Ist zwar kein Fünf-Sterne-Hotelbett, aber besser als nichts.«

»Klasse.« Er mampfte grinsend weiter.

»Und ... tada!!!«, ich machte eine theatralische Handbewegung, ehe ich den Block und die Zeichenutensilien aus dem Rucksack holte, und kam mir im nächsten Moment ein bisschen bescheuert vor (ich kannte diesen Kerl ja wirklich gar nicht!!), »bitte sehr. Papier, Bleistifte, Spitzer, Radiergummi ... was willst du mit den Sachen überhaupt?«

Er legte die Wurst und das Brot beiseite, wischte sich die Finger an seiner Jeans ab. Dann nahm er den Block, schlug ihn auf und legte ihn auf seine Knie.

»Bleib so«, sagte er und nahm einen Stift aus der Schachtel. »Aber atmen darf ich noch?«, fragte ich ihn. Es war mir mehr als unangenehm, so plötzlich im Zentrum seiner Aufmerksamkeit zu stehen. Er schien mit seinem Blick mein Gesicht abzutasten, wie gerade eben schon mal. Ich hatte das Gefühl, er würde jede Pore auf meiner Haut inklusive des Pickels auf meinem Kinn, jede einzelne Sommersprosse auf der Nase und jeden anderen Fehler meines Aussehens registrieren und speichern. Endlich senkte er den Kopf über das Papier und begann zu zeichnen.

Neugierig beugte ich mich vor. Er sah auf und sagte mit gespielter Strenge: »Nicht bewegen!«

Ich ließ mich wieder in meine ursprüngliche Sitzposition zurücksinken und zog ein paar Grimassen, doch das schien ihn nicht weiter zu stören. Unbeirrt arbeitete er weiter.

»Machst du das öfter?«, fragte ich ihn. Allein, wie er den Stift hielt und es offenbar schaffte, mit wenigen Strichen mein Gesicht zu skizzieren, ließ den Schluss zu, dass er genau wusste, was er tat, und Übung darin hatte.

»Sieht ganz danach aus.« Er verglich seine Zeichnung mit mir und nickte zufrieden.

Ich streckte die Hand nach dem Bild aus, doch er schüttelte den Kopf. »Bin noch nicht fertig.«

Seufzend nahm ich wieder meine ursprüngliche Pose ein.

Wenigstens hatte ich nun die Gelegenheit, ihn eingehend zu betrachten, ohne dass es aufdringlich wirkte. Sein glattes Haar fiel ihm seitlich über die Stirn, nur im

Nacken kräuselte es sich ein wenig. Seine Nase hatte einen kleinen Höcker, vermutlich war sie mal gebrochen gewesen. Auf den Wangen lag ein leichter Schatten und ließ sein Gesicht hager wirken. Er trug ein etwas zu weites graues T-Shirt mit einem »New York«-Aufdruck. Seine Oberarme waren muskulös, sahen aber nicht zu übertrieben nach Fitnessstudio aus, und um den Hals hing eine Kette, die mir bisher noch nicht aufgefallen war.

»So, jetzt ist es fertig«, verkündete er und rückte an mich heran, so nah, dass ich seinen Atem auf meiner Haut spüren konnte. Er riss den Zettel aus dem Block und gab ihn mir.

»Wow«, hauchte ich und setzte schnell hinzu: »Die Zeichnung, mein ich, nicht die Gezeichnete.«

»Ich habe nur aufs Papier gebracht, was ich gesehen habe«, erwiderte er lächelnd und brachte damit gefühlt einen ganzen Bienenschwarm in meinem Bauch zum Flattern. Flirtete er allen Ernstes mit mir? Blödsinn, wahrscheinlich ist das bloß Dankbarkeit, sagte ich zu mir selbst. Ich sollte seinen Versuch, nett zu sein, nicht überbewerten.

Ich räusperte mich. »Auf jeden Fall kannst du echt toll zeichnen.« Ich sah auf und zeigte mit der Hand auf seinen Hals. »Diese Kette um deinen Hals ... kann ich mir die mal ansehen?«

Er blickte überrascht an sich herunter, holte die Kette unter dem T-Shirt hervor und betrachtete den viereckigen Anhänger. Seine Kiefermuskeln zuckten. Stumm reichte er mir das Schmuckstück. Es handelte sich dabei um einen dieser Dog-Tag-Anhänger, wie Jungs sie gerne trugen. Auf diesem war eine Ziffernfolge eingraviert.

»Weißt du, was die Zahlen bedeuten?«, fragte ich.

Er schüttelte den Kopf. »Dreh ihn um«, forderte er mich auf.

Ich folgte seiner Bitte. Langsam fuhr ich mit dem Zeigefinger der Vertiefung nach. Da stand ROBIN in geschwungener Schrift. Aufgeregt nahm er mir den Anhänger aus der Hand.

Mein Gehirn arbeitete auf Hochtouren. »Dein Name?«

Irritiert sah er mich an. »Was sonst?«

Ich druckste ein wenig herum. »Na ja ... vielleicht heißt ja deine Freundin so. Könnte schließlich auch ein Mädchenname sein.«

»Nein.« Seine Antwort kam ohne Zögern und bestimmt.

Na klar. Wahrscheinlich dachte er, er könne mir alles erzählen und ich würde ihm glauben.

»Wie kannst du dir sicher sein?«, hakte ich nach.

»Keine Ahnung. Manche Dinge ... die weiß ich einfach. Ich kann es nicht besser begründen.«

Ich nickte, auch wenn mich sein »Ist halt so« nicht zufriedenstellte.

Aber immerhin passte Robin mehr zu ihm als jeder andere Name, den ich mir für ihn ausgedacht hatte. Seit ich ihn am Friedhof getroffen hatte, konnte ich das erste Mal Hoffnung in seinen Augen sehen, als würde allein die Tatsache, dass er wieder einen Namen hatte, sein Gedächtnis zurückbringen.

»Wie alt bist du eigentlich, Robin?«, fragte ich ihn und betonte den Namen, wie um mich an seinen Klang zu gewöhnen.

»Achtzehn«, kam es von ihm, wieder ohne zu überlegen. Manche Erinnerungen waren offenbar weniger verschüttet als andere.

»Na, das ist ja schon eine nicht unwichtige Information«, sagte ich. Gerade hatten wir einen Riesenschritt nach vorne gemacht. Doch anstatt mich darüber zu freuen, schob sich ein Gedanke wie eine dunkle Wolke davor: *Je eher er seine Vergangenheit kennt, desto schneller verlässt er die Gärtnerei.* Ärgerlich wischte ich ihn beiseite und schüttelte über mich selbst den Kopf. *Na und?*

Normalerweise war ich immer die, die zuhörte, während andere sprachen. Nachdem Robin aber nicht viel von sich erzählen konnte, fragte er mich über mein Leben aus. Es war verblüffend, wie leicht es mir fiel, persönliche Dinge preiszugeben, so als würden wir uns schon viel länger kennen. Ich fragte mich, ob ich einfach so selten die Möglichkeit hatte, über mich zu sprechen, dass ich die erstbeste Gelegenheit beim Schopf packte? Oder war es das Gefühl des ehrlichen Interesses, das Robin mir mit seinen Fragen entgegenzubringen schien?

»Deinem Vater ... dem gehört das alles hier?«

Ich nickte. »Die Gärtnerei, die Gewächshäuser, das Geschäft. Es läuft ganz gut, auch weil der Friedhof in der Nähe ist und wir für die Begräbnisse den Blumenschmuck übernehmen und Grabpflege machen.«

»War das der Grund, warum du vorhin am Friedhof warst?«, wollte er wissen.

Einen Moment lang überlegte ich, seine Frage zu bejahen, das wäre einfacher gewesen, als über meine tote Mutter zu sprechen, aber dann entschloss ich mich für die Wahrheit. »Ich bin häufig dort. Manchmal, um Paps zu helfen, aber meistens, um meine Mutter zu besuchen.«

Er sah mich betroffen an. »Entschuldige, ich wollte keine Wunden aufreißen ...« Er hob eine Hand, als wollte er sie tröstend auf meinen Arm legen, zog sie dann aber zögerlich wieder zurück.

Ich schluckte den Kloß im Hals herunter. »Schon gut, es ist lange her.«

Nach einem kurzen Schweigen erhob ich mich und klopfte den Staub von meiner Hose. »Ich werd jetzt langsam nach Hause gehen, nicht dass mein Vater einen Suchtrupp nach mir losschickt.«

Robin stand ebenfalls auf, viel zu nah, ich meinte fast, seinen Herzschlag spüren zu können. »Danke für alles«, sagte er leise.

Ich ging wieder zur Geschäftigkeit über. »Morgen früh kommt mein Vater, aber der war schon seit Monaten nicht mehr in dem Gewächshaus, das heißt, wegen ihm brauchst du dir keine Sorgen machen. Falls du irgendwohin gehst: Es gibt einen Hintereingang, den ich offen lassen werde. Nach der Schule komme ich vorbei. Du wirst doch da sein?« Ich hoffte, meine Frage klang nicht zu bittend. Jemanden wie Robin hatte ich noch nie zuvor getroffen und ich hätte furchtbar gerne mehr über ihn erfahren. Bestimmt ließen sich noch ein paar Dinge mehr aus seinem Leben herauskitzeln, außer dass er Spinnen mochte oder keine Freundin hatte.

»Ich wüsste ja gar nicht, wo ich sonst hinsoll«, wich er aus.

»Dann bis morgen«, verabschiedete ich mich und wandte mich zum Gehen.

»Sarah!«, rief er mich zurück. »Die Zeichnung – willst du sie nicht mitnehmen?«

Ich hatte nicht gewagt, ihn darum zu bitten. Glücklich nickte ich und nahm das Blatt an mich. Es mochte bloß eine Bleistiftzeichnung auf einem stinknormalen Zettel sein, aber für mich handelte es sich um ein Kunstwerk, eine Kostbarkeit, etwas, das niemand außer mir besaß. Und das stimmte sogar.

3

Der Bleistift fliegt nur so über das Papier, das Kratzen der Mine auf dem Blatt ist das einzige Geräusch, das er wahrnimmt. In seinem Kopf ist für nichts anderes Platz als für die Bilder, die er vor seinen Augen sieht und die er wie in einem Rausch festhält.

Steine, die sich übereinandertürmen, eine Säule bilden, in deren Mitte der Steg eingelassen ist. Rohre, Streben, ein Gesicht in den Stein gehauen, rechts und links je eine Meerjungfrau; ein Geländer, Menschen zu Fuß und auf Fahrrädern ... der Himmel, zerfranste Wolken in der Abendsonne, Dämmerung.

Eine der Säulen ganz aus der Nähe. Die Steine haben eine Quaderform und unterschiedliche Strukturen und Färbungen, die hellsten fast schon weiß, die dunklen wie schlammige Erde. Licht und Schatten tanzen auf ihnen und lassen sie beinahe lebendig erscheinen.

Hier war ich schon, durchfährt es ihn. Irgendwann.

Ein Gesicht, kantiges Kinn, markante Wangenknochen, hohe Stirn. Dunkles Haar, an den Seiten rasiert, das Deckhaar fällt darüber. Dichte Augenbrauen, die beinahe zusammengewachsen sind. Eine Falkennase, schmal, gebogen.

Er ist der Feind.

Noch immer hält er den Bleistift umklammert, als würde sein Leben davon abhängen, doch die Trance, in der er sich eben noch befunden hat, ist vorbei.

Er bewegt den Kopf, um das Gefühl, neben sich zu stehen, abzuschütteln. Dann blickt er sich um, als würde er den Raum das erste Mal sehen. Er befindet sich in diesem Gewächshaus, in das dieses Mädchen ihn gestern gebracht hat, Sarah. Sarah, bei der er sich sicher und seltsam verstanden fühlt. Und die ihm aus unerfindlichen Gründen helfen will.

Er ist dankbar, dass er sie am Friedhof getroffen hat. Er hat trotz des Schlafsackes, den sie ihm dagelassen hat, kaum ein Auge zugetan. Er weiß es wirklich nicht mehr: Wann hat er das letzte Mal eine Nacht durchgeschlafen?

Er fühlt sich wie ein Tier, das gejagt wird. Wenn er nur wüsste, warum. Dabei hat er niemanden entdeckt, der ihm gefolgt wäre. Hat die Kopfverletzung vielleicht einen Verfolgungswahn ausgelöst? Kann so etwas passieren? Woher hat er die Platzwunde? Wurde er niedergeschlagen und womöglich ausgeraubt? Er hat weder eine Brieftasche noch einen Ausweis bei sich – ja, nicht einmal ein Handy. Nichts. Kann also sein, dass jemand ihn ausgeknockt und ihm seine Sachen abgenommen hat.

Vielleicht kommt daher das Gefühl, verfolgt zu werden. Einer, der überfallen wurde, würde so reagieren, oder? Wahrscheinlich wäre es doch besser gewesen, er hätte Sarah erlaubt, einen Krankenwagen oder die Polizei zu verständigen. Doch alles in ihm krampft sich allein schon bei dem Gedanken daran zusammen und schreit »Nein!«. Laut und deutlich, so klar, dass ihm der nächste schlimme Gedanke kommt: Hat er etwas angestellt? Gestern war er sich noch ziemlich sicher gewesen, einer der Guten zu sein. Heute nicht mehr.

Ungläubig fällt sein Blick auf die Zeichnungen auf dem Schreibblock. Hat er das eben gemalt? Er hat es nicht einmal gemerkt. Die letzten Minuten liegen wie im Nebel verborgen: zwar weniger weit weg als die länger zurückliegende Vergangenheit, aber dennoch außerhalb seiner Reichweite.

Das Porträt eines Mannes mit gebogener Nase ist nicht fertig geworden. Und es wäre ihm im Moment unmöglich, es zu vervollständigen, weil er beim besten Willen nicht weiß, wer das sein soll. Auf dem nächsten Blatt ist eine Brücke zu sehen. Er weiß, dass er sie kennt, auch wenn er keine Ahnung hat, wo sie steht und wie er hinkommt. Jäh überfällt ihn die Gewissheit, dass er sie suchen muss, dass es total wichtig ist, diese Brücke zu finden. Nur kurz erinnert er sich an Sarahs Bitte, auf ihn zu warten. Das schlechte Gewissen wallt in ihm auf, aber er kann nicht anders. Er muss weg. Er wird nichts mitnehmen. Wenigstens das Gefühl, ausgenützt worden zu sein, möchte er ihr ersparen. Außerdem ist er kein Dieb. Im selben Moment fragt er sich, woher er diese Gewissheit nimmt. Wer weiß schon, wer er wirklich ist!

Er presst beide Hände auf seine Ohren. Das Rauschen übertönt die Stimme, die Zweifel allerdings kann es nicht beseitigen, sie stecken in ihm wie Giftstachel.

Er läuft vor etwas davon, von dem er nicht mal weiß, was es ist.

Er schläft in einem stillgelegten Gewächshaus zwischen Holzkisten und leeren Blumentöpfen, in der Gesellschaft von Spinnen, die ihn wirklich kein bisschen stören.

Warum auch immer er das alles tut – normal ist es nicht.

Ein tiefer Atemzug, dann geht ein Ruck durch seinen Körper. Es spielt keine Rolle, was oder wie er früher war. Viel wichtiger ist, was er in diesem neuen, noch sehr kurzen Leben macht. Sarah zu enttäuschen, tut ihm nun doppelt leid, er mag sie und er kommt sich mies vor, aber er muss gehen und sich allein auf seinen Instinkt verlassen, an dieses Gefühl, als würde die Brücke nach ihm rufen. Er wird sie finden.

* * *

Ich konnte das Klingeln der Schulglocke kaum erwarten. Seit ich morgens die Augen aufgeschlagen hatte, drehten sich alle Gedanken um Robin. Hoffentlich ging es ihm gut, hoffentlich hatte Paps nicht ausgerechnet heute etwas in dem Gewächshaus zu tun, hoffentlich ...

»Sarah, hilfst du mir nun?« Conny, meine Sitznachbarin, stupste mich an. Sie war erst vor zwei Monaten nach Wien gezogen. Nachdem alle anderen Plätze in unserer Klasse besetzt waren, blieb ihr nur der Stuhl neben mir. Aber inzwischen verstanden wir uns recht gut – auch wenn ich in letzter Zeit immer ziemlich abgelenkt war.

»Wie bitte? Helfen, wobei?«

Conny stieß ein tiefes Seufzen aus und verdrehte die

Augen. »Brauchst nicht so leise reden, der Ludwig ist gerade rausgerufen worden. Ich brauche Hilfe bei dieser Buchvorstellung. Wetten, du hast *Feenrache* schon gelesen, oder?«

»Ja, schon, aber …«

Sie unterbrach mich flehend: »Kannst du mir nicht einfach eine Inhaltsangabe schreiben, also nicht bloß so eine kurze, immerhin soll das Referat mindestens fünfzehn Minuten dauern …«

Dass unser Mathelehrer nicht mehr in der Klasse war, hatte ich überhaupt nicht mitbekommen. Ich seufzte. »Ich hab's gelesen, ja, aber bringt dir so eine kurze Inhaltsangabe überhaupt was? Bis wann brauchst du es?«

»Bis morgen. Vielleicht, wenn du mir die Zusammenfassung bis zum Abendessen mailst, dann hab ich noch Zeit, sie mir …«

»Vorm Abendessen? Das geht nicht.« Meine Reaktion überraschte mich genauso wie Conny, die mich fassungslos anstarrte.

Meine schroffe Ablehnung tat mir natürlich sofort leid. Conny war vielleicht noch keine richtige Freundin, aber im Gegensatz zu manch anderen Mädchen in der Klasse war sie nie gemein zu mir gewesen.

Ich hob beschwichtigend die Hände. »Es geht einfach nicht, also zeitlich. Ich habe heute echt was Wichtiges vor, sorry. Warum fragst du nicht die Pernbach, ob du die Buchvorstellung verschieben kannst?«

Rita Pernbach unterrichtete Deutsch, sie war meine absolute Lieblingslehrerin und der Grund, warum ich mit dem Gedanken spielte, ebenfalls Deutschlehrerin zu werden. Sie konnte auch schwierige grammatikalische Regeln so erklären, dass man sie kapierte. In ihren Stunden wurde viel gelacht. Vor allem aber zeigte sie Verständnis für uns Schüler.

Conny schüttelte den Kopf und ihre schwarzen Locken tanzten auf ihrem Rücken. Für dieses Haar hatte ich sie vom ersten Augenblick an beneidet, seit sie in unsere Klasse gekommen war und sich neben mich gesetzt hatte. »Einen Tag vorher um Aufschub fragen, akzeptiert nicht mal die Pernbach. Und ich dachte wirklich, ich krieg das hin, aber dann sind so ungefähr tausend Sachen dazwischengekommen. Sarah, bitte!« Sie sah mich noch mal flehend mit ihren dunkelbraunen Augen an. Mit diesem Blick hätte sie glatt Steine erweichen können. Seufzend gab ich nach. »Okay, aber es wird bestimmt später Abend werden, bis ich dir was schicken kann.«

»Danke!«, rief Conny und lächelte mir erleichtert zu. »Das ist echt cool von dir. Du hast was bei mir gut!«

Der Gong ertönte, ohne dass der Ludwig in die Klasse zurückkehrte. Yeah, keine Hausaufgaben, jubelte ich innerlich. Conny sprang auf, rief mir einen Abschiedsgruß zu und verließ als Erste die Klasse. Ich stopfte Bücher und Hefte in meine Umhängetasche. Auch ich hatte es heute eilig, was vor allem an einem dubiosen Jungen mit grauen Augen und süßem Lächeln lag.

Bei der Straßenbahnhaltestelle fiel mir ein: Robin würde bestimmt hungrig sein. Ich könnte ihn mit nach Hause nehmen und ihn als Mitschüler ausgeben. Paps hatte sicher was gekocht, wie meistens. Und er würde sich freuen, wenn ich mal wen von der Klasse mitbrachte.

Meistens aßen wir gemeinsam zu Mittag, ehe er sich wieder um das Geschäft kümmerte. Selten machte er vor zwanzig Uhr Feierabend, manchmal saß er noch bis spät in der Nacht über der Buchhaltung. Trotzdem beschwerte er sich nie.

Ich wusste, wie viel er leistete, um die Gärtnerei zu erhalten und um uns ein angenehmes Leben zu ermöglichen, deshalb half ich ihm, wo immer ich konnte. Es klang vielleicht etwas morbide, aber am liebsten übernahm ich die Pflege der Gräber. Unkraut zupfen, Pflanzen einsetzen, regelmäßig bewässern ... der Friedhof war für mich kein gruseliger Platz, sondern ein Ort der Stille und des Nachdenkens. Oft überlegte ich, wie das Leben eines der Verstorbenen ausgesehen haben mochte, und dachte mir meine eigenen Geschichten dazu aus. Und ich konnte mich Mama nahe fühlen, ohne dass mich jemand wegen meiner häufigen Friedhofsbesuche als Spinnerin abgetan hätte. Ich hatte ohnehin schon den Ruf, etwas seltsam zu sein ... böse Zungen nannten mich sogar einen Freak, weil ich einen großen Teil meiner Freizeit entweder lesend oder auf dem Friedhof verbrachte, anstatt shoppen zu gehen oder im Nagelstudio zu sitzen. »Zombie-Queen« hatte mich mal Alice, eine der beliebtesten Mitschülerinnen meiner Klasse, genannt – vor allen anderen. Eine ganze Weile war ich aufgrund dieser Aussage ziemlich down, bis mir Mamas Worte von früher einfielen, mit denen sie mich öfter getröstet hatte: Ich sei einzigartig, nicht eigenartig – und wer das miteinander verwechsle, zeige, dass es mit seiner Intelligenz nicht allzu weit her sei. Und wo Mama recht hatte, hatte sie recht. Bei Alice' Intelligenz traf das hundertprozentig zu.

Mittlerweile hatte ich den alten Teil der Gärtnerei erreicht. Ich sperrte das Eingangstor auf, ging hinein, zog es hinter mir wieder zu und drehte den Schlüssel um. Dann lief ich weiter zum Gewächshaus. Die Tür war geschlossen. Ich atmete durch, strich mein Haar glatt und ärgerte mich im selben Moment, weil meine Frisur mir eigentlich immer ziemlich gleichgültig war. Meistens trug ich einfach nur einen unkomplizierten Pferdeschwanz, ich schminkte mich nie – verwendete höchstens mal Lipgloss und Wimperntusche und das auch nur selten. Und nur wegen Robin machte ich mir plötzlich Gedanken über meine Haare, oder was? Ich schüttelte über mich selbst den Kopf.

Ich klopfte an die Tür des Gewächshauses und rief laut: »Ich bin's«, um mein Kommen anzukündigen, damit er wegen mir nicht wieder einen halben Herzinfarkt bekam.

Mit einer Hand drückte ich die Tür auf. »Robin?«

Keine Antwort. Alles wirkte verlassen und still, fast wie in einem Gruselfilm. Ich suchte das Gewächshaus nach ihm ab, schaute unter jeden Tisch, hinter die gestapelten Blumentöpfe ... da blieb mein Blick am Schlafsack hängen. Der Rucksack stand daneben, von Robin keine Spur. Ärger ballte sich in meinem Bauch zusammen. Wie konnte man nur so dämlich und naiv sein! Wahrscheinlich lachte er sich irgendwo krumm, weil er einen Deppen wie mich gefunden hatte, der ihm seine Geschichte abnahm. Von wegen Gedächtnisverlust! Er hatte einen Platz zum Schlafen gebraucht und ein Gratisabendessen war auch nicht zu verachten, klar!

Frustriert über meine eigene Dummheit, bückte ich mich, um den Schlafsack zusammenzurollen. Wenigstens das hätte Robin noch tun können, ärgerte ich mich. Da entdeckte ich den Block und die restlichen Zeichenutensilien und der Ärger war ganz plötzlich verraucht. Wenn er mich nur hatte ausnutzen wollen – warum hatte er das alles hiergelassen? Ratlos ließ ich mich auf den Schlafsack plumpsen und klappte gedankenverloren den Block auf: Drei lose Zettel fielen heraus. Ich hob sie auf und betrachtete sie.

Vor Staunen vergaß ich, weiterhin auf Robin sauer zu sein. Auf einem Blatt hatte er einen Mann gezeichnet – oder vielmehr eine Art Studie eines männlichen Gesichts: Augen, schmale Lippen und eine Hakennase ... das Bild war nicht fertig, als wäre Robin mittendrin unterbrochen worden. Die zweite Zeichnung fand ich noch interessanter. Sie zeigte einen Pfeiler aus Steinen – wie detailgenau Robin gearbeitet hatte! Auf einem der Steine waren Buchstaben eingeritzt, auf einem anderen hatte jemand ein Herz gemalt. Graffiti, auf dem mehrere Figuren in Sträflingskleidung zu sehen waren. Aus den Ritzen in dem betonierten Boden sprossen Flechten. Büsche säumten einen Trampelpfad, der in einen Treppenaufgang mündete.

Eine Brücke war zu erahnen. Um welche es sich handelte, wurde mir klar, als ich das nächste Bild betrachtete. Auch ohne Neptuns Kopf, an dessen Wangen sich rechts und links zwei Nixen schmiegten, hätte ich sie wegen der Rohre auf der Unterseite des Metallsteges erkannt. Robin hatte den Döblinger Steg gezeichnet. Er führte über den Donaukanal und verband den 19. mit dem 20. Bezirk. Ich hatte die Brücke schon oft überquert, nämlich jedes Mal, wenn ich meine Schwester besuchte. Die wohnte fünf Minuten von der Brücke entfernt.

Erst jetzt sah ich die skizzenhafte Gestalt in der Mitte der gezeichneten Brücke. Ein eigenartiges Gefühl kroch von meinem Bauch bis zum Hals hoch, meine Nackenhaare stellten sich auf. Robin! Er hatte zwar gehetzt und ängstlich gewirkt, aber sonst nicht wie jemand, der sich von einer Brücke stürzen würde. Wie hieß es in »Der kleine Prinz« von Antoine de Saint-Exupéry, meinem absoluten Lieblingsbuch? Meine Mama hatte mir immer daraus vorgelesen und ich konnte es beinahe auswendig. *Du bist zeit deines Lebens für das verantwortlich, was du dir vertraut gemacht hast.*

»Zeitlebens« würde ich jetzt nicht gleich unterschreiben, aber genauso war's doch. Ich fühlte mich verantwortlich für Robin – seit dem Moment, als ich ihm einen Schlafplatz angeboten hatte.

Ich hatte keine Ahnung, warum er diese Brücke gezeichnet hatte und ob er tatsächlich dort war. Aber es war der einzige Hinweis auf seinen Aufenthaltsort, der einzige Anhaltspunkt, um ihn zu finden. Ich schrieb Paps eine SMS, dass ich aufgehalten worden sei und er mit dem Mittagessen nicht auf mich warten solle. Dann machte ich mich auf den Weg.

4

Das Treppensteigen hätte ich mir sparen können, auf dem Döblinger Steg war er nicht. Außer einem Pärchen, das mir Händchen haltend entgegenkam, war es dort menschenleer. Mir fiel die Zeichnung ein, auf der die Säule zu sehen war, direkt am Ufer des Donaukanals. Dort unten war ich noch nie gewesen. Langsam umrundete ich auf der anderen Kanalseite das Brückengeländer und hielt Ausschau nach dem kleinen Trampelpfad, an den ich mich von Robins Zeichnung erinnerte. Da! Da war tatsächlich ein kleiner Pfad, der mir vorher nie aufgefallen war. Vorsichtig schlug ich mich die dichte Böschung hinab.

Ich sah ihn nicht gleich. Erst als ich direkt neben dem Pfeiler unter der Brücke stand, bemerkte ich jemanden seitlich am Boden hocken.

»Robin?«

Er hob den Kopf von den Armen, als er meine Stimme erkannte. Seine Augen waren gerötet, als hätte er geweint. Der Verband, den ich ihm gestern verpasst hatte, fehlte. Wahrscheinlich hatte er ihn unterwegs abgestreift. Vorhin hatte ich mich noch über ihn geärgert, aber jetzt schnürte es mir die Kehle zu, ihn so verzagt zu sehen. Mit zwei Schritten war ich bei ihm und ließ mich neben ihm nieder.

Ohne darüber nachzudenken, legte ich tröstend die Hand auf seinen Oberarm. »Hey, was tust du denn hier?«, fragte ich ihn.

Beinahe dachte ich, er würde mir nicht antworten, doch schließlich ging ein Zittern durch seinen Körper, dann sagte er leise: »Ich war hier schon mal.« Er drehte den Kopf und blickte mich an. »Sarah, glaubst du an Übernatürliches?«

Ich schaute ihn von der Seite an, während er seinen Blick starr aufs Wasser gerichtet hatte. »Also, ich glaube nicht daran, dass jemand die Lottozahlen vorhersagen kann. Oder die Zukunft«, wich ich seiner Frage aus. Er brauchte ja nicht zu wissen, dass ich meine verstorbene Mutter um Rat fragte und beinahe täglich mit ihr sprach. Als ich seinen zusammengekniffenen Mund sah, fügte ich hinzu: »Aber ich denke, dass es ganz viele Sachen gibt, die wir uns nicht erklären können.«

Er atmete tief durch. »Hast du die Zeichnungen gesehen?«, fragte er nach einer Weile, ohne mich anzusehen. »Sie waren einfach in meinem Kopf.«

»Aber das ist doch super!«, erwiderte ich. »Das heißt, beim Zeichnen lüftet sich die Decke, die über deinen Erinnerungen liegt, und ...«

»Du verstehst nicht«, unterbrach er mich. »Ich kann es nicht steuern. Es ist, als ob jemand anderer sie gezeichnet hätte.« Und leise setzte er hinzu: »Das macht mir Angst.«

Ich wusste nicht, was ich darauf antworten sollte, da fuhr er schon fort: »Es ... es fühlt sich krank an. Was ist, wenn ich verrückt werde? Vielleicht bin ich es sogar schon.«

Aus einem Impuls heraus legte ich den Arm um seine Schulter und drückte ihn. »Bestimmt nicht.« Schnell ließ ich ihn wieder los. Er sollte auf keinen Fall denken, ich wäre verknallt in ihn oder so.

»Wie hast du überhaupt herausgefunden, wo du hingehen musstest?«, fragte ich.

Er zuckte mit den Schultern – eine Geste, die mir mittlerweile vertraut geworden war. »Als dieser ... Zeichenrausch wieder vorbei war, brauchte ich dringend frische Luft. Und Bewegung. Ich habe gar nicht überlegt, wohin. Ich bin einfach los.«

Er war zufällig hier gelandet? Laura, meine Schwester, die schwor auf Esoterik-Kram wie Engelruf-Anhänger, die Heilkraft der Steine und Traumfänger. Sie hätte ihre Freude an Robins Geschichte gehabt. Ich hingegen war eine Skeptikerin, na ja, eine gutgläubige und naive Skeptikerin zwar, aber jedenfalls klang das in meinen Ohren ziemlich strange, was er da erzählte. Entweder Robin log mich an – ich wusste nicht so recht, ob ich ihm wirklich alles glauben konnte – oder all diese eigenartigen Dinge, die er erlebt hatte, hingen irgendwie mit seiner Kopfverletzung zusammen. Beruhigend fand ich keine der beiden Möglichkeiten.

»Okay, wie wär's, wenn wir uns einfach mal umsehen«, schlug ich vor und stand auf. Ich hielt ihm beide Hände hin, um ihn hochzuziehen. Nach kurzem Zögern ergriff er sie. Sie fühlten sich trocken und warm an, und als er neben mir zum Stehen kam, ließ ich sie schnell wieder los.

»Du meinst, wir finden hier einen Hinweis auf mein wahrscheinlich ziemlich beschissenes kleines Leben?«

»Wenn wir nicht suchen, werden wir es nie erfahren, nicht wahr?«, entgegnete ich munterer, als mir zumute war und setzte hinzu: »Schließlich muss es doch einen Grund dafür geben, warum du ausgerechnet die Brücke gezeichnet hast.«

Er berührte mit den Fingern die Steine des Pfeilers, fuhr die Erhebungen nach, als würde er erwarten, dass sie ihm erzählten, wer er war. Er schüttelte den Kopf.

»Vielleicht auf der anderen Seite?«, deutete ich auf das gegenüberliegende Ufer. »Dir ist schon klar, dass ich nach all dem Treppensteigen echt was bei dir guthabe, oder?«

Immerhin schaffte ich es, ihn damit zum Lächeln zu bringen. Er schaute mich von unter seinen Haaren, die ihm in die Stirn fielen, an. »Danke«, sagte er. »Dass du so hartnäckig bist. Ohne dich wäre ich längst verzweifelt.« Er ergriff meine Hand und drückte sie leicht, gab sie dann rasch wieder frei.

»Na dann, bezwingen wir das Treppenmonster gemeinsam«, sagte ich. Mein Magen schlug Saltos und mein Herz klopfte, als hätte ich bereits einen Sprint hingelegt, dabei stand mir das Treppensteigen ja erst bevor.

Seite an Seite gingen wir die Stufen hinauf, und gerade als wir das Ende der Treppe erreichten (seltsamerweise strengte es mich kein bisschen an, ich kam mir vor, als würde ich förmlich hinaufschweben), hielt ein Polizeiwagen am Straßenrand. Robin blieb wie versteinert stehen. Er griff nach meiner Hand, seine Finger schlossen sich um meine und quetschten sie zusammen, sodass ich vor Schmerz aufschrie und sie aus Robins Umklammerung riss. Ehe ich reagieren konnte, drehte er sich nach links und rannte los.

Ohne darüber nachzudenken, setzte ich ihm hinterher. Keuchend blieb ich schließlich stehen, hielt mir die stechenden Seiten und schrie mit dem letzten Rest Atem: »Verdammt, Robin, bleib stehen!« Mein Kopf fühlte sich an wie kurz vorm Platzen. Es tat richtig weh, Luft zu holen – dabei war ich kaum mehr als ein paar Hundert Meter hinter Robin hergerannt. Während er sich immer weiter von mir entfernte und seine Gestalt kleiner und kleiner wurde, obwohl der Polizeiwagen in die völlig entgegengesetzte Richtung davonfuhr, gab ich auf. Sollte er doch gehen. Eigentlich sollte mir dieser komische Junge ohnehin vollkommen egal sein. Würde jemand, der nicht ernsthaft in Schwierigkeiten steckte, vor der Polizei davonlaufen? Seine Reaktion war ja nahezu panisch gewesen! Bestimmt war es besser, ihn ziehen zu lassen und nicht mehr an ihn zu denken. Genau, ich würde mich umdrehen, ihn vergessen und einen Rest an Würde bewahren.

Ich war langsam wieder zu Atem gekommen und trotz meines Entschlusses waren meine Füße wie festgeklebt. Denn ... da waren noch so viele Fragezeichen. So viele Dinge, die ich über Robin erfahren wollte. Ich merkte, dass ich ihn doch nicht einfach gehen lassen konnte, ohne wenigstens ein paar Antworten auf die vielen Fragen zu bekommen, die in meinem Kopf herumschwirrten, seit er in mein Leben getreten war. Deshalb zögerte ich und bemerkte, dass Robin stehen geblieben war. Nicht nur das, er kam langsam wieder auf mich zu. Meine Beine wollten ihm entgegengehen, doch ich zwang mich dazu, mich nicht vom Fleck zu rühren und zu warten. Schließlich war er weggelaufen, nicht ich.

Mit einem großen Schritt Abstand blieb er vor mir stehen und blickte zu Boden. Nachdem er keine Anzeichen machte, irgendetwas zu sagen, gab ich mir einen Ruck: »Was war denn das eben?« Ich versuchte erst gar nicht, meinen Ärger über seine Reaktion zu unterdrücken.

Er schob einen Stein mit der Schuhspitze hin und her. »Keine Ahnung. Panikreaktion«, murmelte er, ohne mich anzusehen.

Aufgebracht warf ich die Arme in die Luft. »Entschuldige, Panik hin oder her – es stärkt nicht gerade deine Vertrauenswürdigkeit, wenn du vor der Polizei davonläufst.«

Endlich hob er den Kopf und blickte mir in die Augen. »Ich weiß nicht, was in mich gefahren ist.« Trotz schwang in seinen Worten mit.

»Ich will dir ja helfen. Aber kein normaler Mensch würde so reagieren.«

Er zuckte zusammen, meine Worte hatten ihn heftiger getroffen, als ich beabsichtigt hatte. Ich war immer noch wütend auf ihn – oder schon wieder? –, weil er mich dazu gezwungen hatte, ihm hinterherzurennen, und auf mich, weil ich es, ohne nachzudenken, gemacht hatte. Weil ich wieder einmal einfach nur naiv und zu gutmütig gewesen war, weil ich mich wieder einmal ausnutzen ließ, weil ich nicht Nein sagen konnte, weil …

»Es tut mir leid, dass ich mit ›normal‹ nicht dienen kann«, unterbrach er meine Gedanken. »Besser, ich schlage mich ab jetzt allein durch. Danke für deine Hilfe. Vielleicht kann ich mich irgendwann mal bei dir revanchieren.« Er wandte sich ab und plötzlich kam ich mir total blöd und engstirnig vor. Hatte ich nicht selbst gesagt, er wäre einer von den Guten? Konnte mich mein Bauchgefühl tatsächlich so sehr täuschen? Mamas Stimme schien mir zuzuflüstern, dass ich gefälligst darauf hören sollte. Und natürlich fiel mir auch wieder der kleine Prinz ein, in dem es hieß, man sähe nur mit dem Herzen gut, das Wesentliche sei für die Augen unsichtbar. Und was mein Herz sah, war eindeutig Robin, der zu den Guten gehörte. Verdammt, verdammt, verdammt!

»Robin, es tut mir leid!«, rief ich hinter ihm her.

Er verlangsamte seine Schritte, blieb schließlich ganz stehen und verharrte, den Rücken mir zugewandt.

Zuerst zögernd, dann entschiedener, schloss ich zu ihm auf. Sanft berührte ich seinen Arm. »Das war blöd von mir, ich hab's nicht so gemeint, das mit ›normal‹ und so. Gerade ich sollte es besser wissen.«

Überrascht drehte er sich um. »Warum das denn?«

Ich seufzte. »Lass uns heimgehen, ich erzähl es dir auf dem Weg, okay?«

5

Seite an Seite gingen wir los, zum Glück war der Streifenwagen wirklich nicht mehr zu sehen – wer weiß, ob Robin sonst so entspannt gewesen wäre. Na ja, was hieß entspannt: Mit einem Blick in alle Richtungen versicherte er sich an jeder Ecke, dass uns niemand folgte. Schön langsam kam ich mir vor wie in einem James-Bond-Film. Hin und wieder stupste ich ihn in die Seite, wenn ich seinen spähenden Blick bemerkte. Jedes Mal grinste er verlegen und zuckte mit den Schultern.

An einer Fußgängerampel, die gerade auf Rot umsprang, erschreckte ich mich plötzlich, als Robin meine Hand nahm. »Das schaffen wir noch«, rief er, sprintete los und zog mich mit sich.

Als wir auf der anderen Straßenseite angekommen waren, klopfte mein Herz. Und es klopfte noch mal lauter, als ich merkte, dass Robin ganz vergessen hatte, meine Hand wieder auszulassen. Aber ich wagte es nicht, sie aus seiner zu nehmen, so selbstverständlich fühlte es sich an. Ich genoss das aufregende Gefühl, Händchen haltend mit ihm durch die Straßen zu gehen. Ein paar Minuten später kamen wir bei einer Eisdiele vorbei. Spontan bekam ich Appetit auf eine süße Eistüte. »Magst du?« Weil mir gleichzeitig einfiel, dass er wahrscheinlich kein Geld hatte, setzte ich hinzu: »Ich lade dich e in.«

Er schüttelte den Kopf. »Das … nein danke.« Ich merkte, wie er herumdruckste.

Wahrscheinlich war es ihm unangenehm, dass ich bezahlen wollte. »Bitte, komm schon. Wenigstens eine Kugel. Alleine Eis essen ist blöd. Außerdem habe ich eine Idee: Wir sollten ganz alltägliche Dinge machen, wie spazieren gehen oder einkaufen oder eben Eis essen.« Er runzelte die Stirn. »Damit du dich durch diese alltägliche Dinge an deinen Alltag von vorher erinnern kannst, verstehst du?«

Er seufzte laut, aber ich duldete keine Widerrede und zog ihn in das Eiscafé.

»Einmal Stracciatella und Orange bitte und einmal …« Ich warf Robin einen fragenden Blick zu.

»… Zitrone«, beendete Robin meine Bestellung.

»Na siehst du«, sagte ich triumphierend. »Du hast dich erinnert, welche Eissorte du magst.«

Eben wollte ich zahlen, als mein Handy klingelte. Schnell holte ich das Smartphone aus meiner Hosentasche, wischte über das Display, um das Gespräch anzunehmen, klemmte es zwischen Schulter und Ohr und zog mit spitzen Fingern die Geldbörse aus der Tasche. Dabei rutschte mir das Handy von der Schulter, aber Robin reagierte blitzschnell, und ehe ich »Mist, mein Smartphone wird das nicht überleben« denken konnte, hielt er es in der Hand. »Puh, danke«, sagte ich, drückte ihm meine Geldtasche an die Brust und nahm das Handy entgegen.

»Sarah? Hörst du mich?«, schallte mir Lauras Stimme entgegen.

»Ja, ich bin da«, antwortete ich schnell, ehe sie wieder auflegte.

»Hi Schwesterchen.« Sie klang erleichtert. »Du, ich habe eine Bitte. Ich weiß, es ist sehr kurzfristig, aber kannst du ab morgen für ein paar Tage auf Winston und Roosevelt aufpassen, damit ich über Pfingsten nach Köln fahren kann? Bitte, bitte, bitte.«

»Nach Köln? Was machst du denn dort?«, wollte ich wissen.

»David und ich gucken uns Bodyguard an. Wir hatten schon ewig kein längeres Wochenende mehr zusammen, daher wäre es super, wenn du Zeit hättest!«, schob sie hinterher. David, Lauras Freund, lebte in Wiesbaden. Die Fernbeziehung funktionierte bei ihnen ganz gut. Ich glaubte, Laura war sogar ganz froh, ihren Freiraum zu haben, auch wenn sich die beiden gegenseitig besuchten, wann immer es sich einrichten ließ. Wenn meine Schwester wegfuhr, brauchte sie einen Tiersitter. Meist übernahm ich den Job.

Roosevelt, Lauras Bordeauxdoggenrüde, war ein über fünfzig Kilo schweres Sabbermonster. Er war gutmütig, sanft und leider ziemlich tollpatschig, sodass ich mich mit ihm total identifizieren konnte. Winston, der weiße Perserkater, war schon in der Wohnung gewesen, als Laura einzog. Offenbar hatten die Vormieter ihn einfach zurückgelassen oder – was ich mir eher vorstellen konnte – Winston hatte sich geweigert fortzugehen. Ich kannte kein Tier, das fauler und sturer war als er.

Ich mochte Roosevelt und Winston und versorgte sie morgens und abends gerne mit Futter und Streicheleinheiten. Da Montag und Dienstag nächste Woche schulfrei waren, wäre es also nur morgen am Freitag ein bisschen stressiger vor der Schule als sonst. Meiner Schwester konnte ich ohnehin nichts abschlagen. »Geht in Ordnung«, sagte ich daher. »Wann fährst du denn los?«

»Heute Abend schon, hab noch ein Last-minute-Ticket bekommen.«

Wow, meine Schwester war echt ein Organisationstalent, aber das musste man wohl auch sein, wenn man eine Fernbeziehung führte. »Okay, ist gut. Dann viel Spaß.«

»Danke, Schwesterherz. Du bist einfach super.«

Wir verabschiedeten uns und ich legte auf. »Meine Schwester«, erklärte ich und deutete auf das Handy.

Robin hatte die ganze Zeit geduldig neben mir gestanden und betrachtete mein Eis argwöhnisch. Ich verstaute meine Geldbörse, die Robin mir reichte. Mittlerweile war mein Eis ziemlich weich geworden, sodass er es mir schnell in die Hand drückte. Ich beugte mich vor, um mich nicht zu bekleckern. Wir schlenderten weiter in Richtung Gärtnerei.

Nachdem er von seinem Eis gekostet hatte, hielt er inne. »Ich esse immer Zitroneneis.« Er sah erstaunt auf das Eis in seiner Hand. »Das beste gibt's am Schwedenplatz …« Er blieb plötzlich stehen, als wäre er gegen eine unsichtbare Mauer gerannt. Er schien in Gedanken ganz weit weg zu sein, während ich beobachtete, wie das Eis in seiner Tüte ebenfalls schmolz. Gleich würde es hinuntertropfen.

»Robin, dein Eis!«, rief ich.

Er blinzelte ein paar Mal, ehe er, von wo auch immer, wieder in der Realität ankam. »Oh, shit!« Hastig schleckte er die Tropfen von der Eistüte.

Ich kramte in meiner Umhängetasche nach den Taschentüchern und reichte ihm eins. »Wo warst du eben?«, fragte ich ihn und ließ einen großen Schokosplitter auf der Zunge schmelzen.

»Wie, wo war ich? Hier natürlich.« Er runzelte verwirrt die Stirn.

»Wir haben über Eis gesprochen und plötzlich warst du ganz weit weg. Hast du dich an etwas erinnert?«

»Der Eissalon am Schwedenplatz. Ich weiß, dass ich dort oft war. Mit Freunden. Ich sehe ihre Gesichter nicht, es ist bloß ... wie ein gutes Gefühl.« Er klang ganz aufgedreht.

»Vielleicht kannst du sie zeichnen?«, schlug ich vor. Wenn es einmal geklappt hatte, funktionierte es womöglich auch ein zweites Mal. Es konnte sogar sein, dass er mit dem Zeichnen den Schlüssel zu seinem Gedächtnis gefunden hatte.

»Hast du Papier und einen Stift?«

Ich nickte, und da wir kaum ein paar Schritte von der Eisdiele entfernt waren, gingen wir zurück, ich setzte mich auf einen der Stühle davor. Robin folgte meinem Beispiel.

Ich legte die Tasche auf den Tisch, nahm meinen Collegeblock heraus und schob ihn zu ihm hinüber. Dann suchte ich nach einem Bleistift, der nicht allzu offensichtlich angeknabbert aussah – leider ohne großen Erfolg. Ein wenig verlegen reichte ich ihm den ramponierten Stift, doch entweder fiel es ihm gar nicht auf oder er ignorierte die Bissspuren einfach. Er schloss die Augen, so als würde er ein inneres Bild abrufen wollen.

Ich schleckte still weiter an meinem Eis, um ihn in seiner Konzentration nicht zu stören. Sogar mein Handy zog ich heraus, um es lautlos zu stellen. Genau in diesem Moment fiel es mir aus der Hand auf den Tisch. »'tschuldigung«, brachte ich kleinlaut hervor, drückte endlich die Taste, um den Klingelton abzustellen, und steckte das Handy wieder ein. Wie konnte man nur so tollpatschig sein wie ich!

Robin ließ sich während der ganzen Aktion nicht aus der Ruhe bringen. Erst nach einer Weile öffnete er die Lider wieder. Ich wusste nicht, was ich erwartet hatte. Vielleicht einen rauschähnlichen Zustand wie diesen »Zeichenrausch«, von dem er mir erzählt hatte? Als er in der Gärtnerei eine Zeichnung nach der anderen aus seinem Unterbewusstsein aufs Papier brachte, die die Fragen nach seiner Herkunft beantwortete.

Er rollte den Stift zwischen den Fingern hin und her. »Ich kann das nicht erzwingen«, sagte er schließlich.

»Vielleicht hilft es, wenn ...« Ich wollte vorschlagen, mit ihm zum Schwedenplatz zu fahren, in der Hoffnung, der Ort würde seine Erinnerungen wachrufen. Doch Robin presste die Lippen zusammen und hielt den Stift so fest zwischen den Fingern, dass seine Knöchel weiß wurden. Er sagte kein Wort, doch als wenige Sekunden später der Bleistift in der Mitte zerbrach, sprach das Bände.

»Verdammte Sch...«, fluchte er und schleuderte die

zwei Hälften meines Bleistifts zu Boden. Erschrocken sah ich ihn an. Er selbst war nicht minder bestürzt, als ihm bewusst wurde, was er eben getan hatte. »Das … es tut mir leid, ich wollte das nicht.«

»Der war eh schon angeknabbert«, versuchte ich, die Situation zu entspannen. Doch das lockere Grinsen, das ich mir abrang, geriet schief. Wieso hatte Robin eben so heftig reagiert? Das war doch nicht … normal. Da war es wieder, das Wort. Auch wenn es mir schwerfiel, es einzugestehen: Mein Bild von Robin hatte einen Riss bekommen. Einen hauchdünnen, feinen zwar, aber dennoch hatte ich eben das erste Mal seinetwegen ein mulmiges Gefühl gehabt. Wie viel Kraft brauchte es, um einen Bleistift einfach so mit einer Hand auseinanderzubrechen? Okay, vielleicht keine unglaubliche Gewalt, aber es war Robin anzumerken gewesen, dass er sich in diesem Moment nicht unter Kontrolle gehabt hatte. Ich wusste nicht, was ich von dieser Seite von Robin halten sollte – außer dass sie mich beunruhigte. Sagte diese unbewusste Reaktion nicht mehr über ihn aus als jedes mit Bedacht gewählte Wort, das wir bislang gesprochen hatten?

Normalerweise ging ich jeder Konfrontation aus dem Weg – fehlender Mut halt und so. Hier, bei Robin, blieb mir diese Möglichkeit nicht, wenn ich ihm weiterhin helfen wollte. Und das wollte ich. Unbedingt.

»Gehen wir?«, fragte Robin. Er brauchte nicht extra erwähnen, wohin. Er wollte zurück in die Gärtnerei. Und ich ehrlich gesagt auch.

Die Leichtigkeit von vorhin, von vor seinem … Ausbruch, war vorbei. Stumm gingen wir nebeneinander zur Gärtnerei. Ich rang einen Moment mit mir, ehe ich ihn einlud, mit mir nach Hause zu gehen und dort gemeinsam zu essen. Doch er schlug mein Angebot ohnehin aus. »Ich muss ein wenig alleine sein.« Er klang nachdenklich und bedrückt. Mich machte die Aussicht, ein bisschen Zeit für mich zu haben, eigentlich sogar ganz froh. Ich war erleichtert, dass ich ohne Robin meine Gedanken würde sortieren können. Vielleicht würde ich später zum Friedhof gehen, um das Grab meiner Mutter zu besuchen. Immer nachdem ich dort gewesen war, sah ich klarer.

Als ich daheim ankam, traf ich an der Tür Paps. »Schade, dass unser gemeinsames Mittagessen flachgefallen ist«, sagte er und bückte sich, um seine Schuhe anzuziehen.

»Ja, mir tut's auch leid. Ich hoffe, du hast mir etwas übrig gelassen, ich habe einen Bärenhunger.«

Er zwinkerte mir zu. »Es müsste gerade so reichen. Bis heute Abend dann, ja?« Und weg war er.

Ich ging in die Küche, öffnete den Kühlschrank und holte den Topf heraus. Neugierig hob ich den Deckel hoch. Linseneintopf. Es gab vieles, das mein Paps richtig gut kochen konnte, und dieser Eintopf gehörte zu den Top Five meiner Lieblingsspeisen.

Zweimal füllte ich meinen Teller, dann hatte ich das Gefühl, gleich platzen zu müssen. Kurz blieb ich sitzen, ehe ich mich aufraffte, um in mein Zimmer zu gehen und die Hausaufgaben zu machen.

Der Schreibtisch stand vor dem Fenster mit Blick auf

unseren Mini-Garten. Als ich klein war, hatte es dort einen Sandkasten gegeben. Der war irgendwann Rosenstöcken gewichen. Aber die Schaukel, die Paps schon für Laura in den Kirschbaum gehängt hatte, war immer noch da – viel zu tief, mit ausgefransten Seilen und einem von der Sonne ausgebleichten Sitz, der statt rot mittlerweile rosa aussah.

Wir hatten außerdem noch Platz für zwei Liegestühle, einen runden Metalltisch mit zwei Stühlen und einen kleinen Kugelgrill, den Paps im Sommer gerne anwarf.

Rechts vom Fenster stand mein Bett. Es hatte einen schwarzen Metallrahmen. Ein bodenlanges Moskitonetz, eher aus dekorativen Zwecken denn als Schutz vor Insekten, hing von der Decke darüber. In einer Nische zwischen der Wand und der Tür befand sich mein Kleiderschrank, dessen Schiebetüren mit Bildern aus Reiseprospekten beklebt waren. Schweden, Norwegen, Island, Irland, Neuseeland, Schottland ... alles Länder, die ich unbedingt mal bereisen wollte. In Schweden waren Paps und ich vor drei Jahren schon mal gewesen, aber es gab einfach noch so viel zu sehen, dass ich das Land nicht von meiner Liste streichen wollte.

Die Bücherregale nahmen die gesamte linke Wand ein und waren mein ganzer Stolz. Es gab keinen Geburtstag und kein Weihnachten ohne Buchgeschenk. Einige meiner Schätze hatte ich auf dem Flohmarkt gekauft, manche davon waren echte Raritäten. Ich war davon überzeugt, dass sie eines Tages wertvoll sein würden. Selbst wenn ich mich irrte: hübsch anzusehen waren sie allemal.

Der Dielenboden war so alt, dass er beim Gehen knarzte. Ein flauschiger Teppich lag in der Mitte des Raums. Ich hatte auch noch einen riesigen Sitzsack, auf dem bequem zwei Leute Platz fanden. Dort saß ich am liebsten, wenn ich las oder träumte oder wenn ich – was selten vorkam – Besuch hatte.

Auch jetzt wollte ich es mir mit meinem Laptop auf dem Sitzsack gemütlich machen, als mir Robins Zeichnung von mir in die Finger fiel. Ich hatte sie auf den Schreibtisch gelegt, um mir zu überlegen, wo ich sie hintun sollte. Vielleicht innen auf die Schranktür kleben oder einfach unter meine Schreibtischunterlage? Ja, da war die Zeichnung gut aufgehoben. Ich betrachtete das Bild genauer und bewunderte einmal mehr Robins Fertigkeit, mit wenigen Strichen jemanden so zu porträtieren, dass man ihn sofort wiedererkannte.

Ich steckte das Blatt in eine Hülle und hielt es noch einen Augenblick in den Händen. Was Robin jetzt wohl tat? Ob er wohl zeichnete? Meine Idee, mit ihm ganz alltägliche Dinge zu unternehmen, war beim Eisessen ein voller Erfolg gewesen – zumindest was seine Erinnerungen betraf. Auf seine wütende Reaktion danach hätte ich dabei allerdings verzichten können.

Vielleicht war es gut, dass ich ein bisschen Abstand zu ihm hielt. Außerdem hatte ich heute eh schon etwas vor: Paps hatte mir vor ein paar Tagen versprochen, sich bei der Arbeit etwas mehr zu beeilen, um wenigstens den Abend mit mir zu verbringen, da wir uns in der letzten Woche kaum gesehen, geschweige denn viel miteinander gesprochen hatten. Ach ja, und die Hausaufgaben warteten ebenfalls darauf, gemacht zu werden, ein Referat über den Kalten Krieg. Außerdem fiel mir Connys Bitte um die Romanzusammenfassung ein.

Seufzend schob ich das Bild unter die Schreibtischunterlage und schaltete den Laptop ein. Ich öffnete das Browserfenster, doch anstatt mich mit dem Ost-West-Konflikt zu beschäftigen, kam mir eine grandiose Idee. Niemand konnte in Wien verschwinden, ohne dass er vermisst wurde, oder? Irgendwo hatte Robin Eltern, Verwandte oder Freunde, die ihn kannten und womöglich eine Vermisstenanzeige erstattet hatten, weil er nicht nach Hause kam. Fieberhaft überlegte ich, wo ich im Internet suchen sollte. Da waren zunächst die Polizeidienststellen, aber angesichts von Robins Reaktion war es sicher keine gute Idee, einfach in einer Polizeiinspektion zu fragen, ob vielleicht jemand vermisst wurde, ich hätte da nämlich einen Jungen gefunden ...

Ich öffnete Google und stieß auf einige Seiten, auf denen Angehörige Suchmeldungen posten konnten. Auf keiner dieser Plattformen wurde ein Jugendlicher vermisst, auf den Robins Beschreibung zutraf.

Der Gedanke, dass es niemanden gab, der sich Sorgen um ihn machte, stimmte mich traurig. Ich wusste, dass unsere Familie sich in einigen Dingen von anderen abhob. Nicht jede pflegte einen liebevollen, respektvollen Umgang miteinander. Dazu brauchte es Regeln. Eine davon lautete, dass wir immer Bescheid gaben, wenn wir nicht zur üblichen oder vereinbarten Zeit nach Hause kamen. Selbst mein Vater hielt sich daran, obwohl er erwachsen war. Käme ich, ohne mich bei ihm zu melden, nicht heim, würde er nach ein paar Stunden einen Suchtrupp organisieren. Welche Gleichgültigkeit musste da in Robins Familie herrschen? Oder waren seine Eltern es gewohnt, dass er sich tagelang nicht blicken ließ? Vielleicht war er obdachlos, auch wenn es mir schwerfiel, das zu glauben. Ich musste mir eingestehen, dass ich viel zu wenig über ihn wusste – und so wie es aussah, würde es auch nicht gerade einfach werden, mehr zu erfahren.

Ich war immer noch in meine Überlegungen versunken, als ich die Haustür zuschlagen hörte. Gleich darauf dröhnte Paps Stimme durch das Haus: »Bin da!«

»Okay«, rief ich zurück und klappte den Laptop zu. Mist, jetzt hatte ich die Hausaufgaben doch noch nicht gemacht – die und auch Conny mussten jetzt einfach ein wenig warten. Ich kam mit Robin ohnehin nicht mehr weiter. Vielleicht fiel meinem Vater noch etwas ein, ohne dass ich ihm auf die Nase binden musste, dass ich einen Fremden in unserem Gewächshaus untergebracht hatte. Denn so tolerant und offen Paps auch sonst war, für herumlungernde oder gar obdachlose Jugendliche hatte er kein Mitleid übrig, seit ein paar über den Zaun der Gärtnerei gestiegen waren und die Wände mit Graffiti besprüht hatten. Er hätte es nie erlaubt, Robin einen Schlafplatz zur Verfügung zu stellen. Da war Mama ganz anders gewesen. Sie hatte immer dafür plädiert, Menschen eine Chance zu geben. Und sie war mit dieser Einstellung stets gut gefahren. Mama war groß im Verzeihen gewesen, egal, was man angestellt hatte. Und ich vermisste sie manchmal schrecklich.

6

Paps und ich saßen beim Rest des Linseneintopfs in der Küche beim Abendessen. Auch wenn ich erst drei Stunden zuvor pappsatt gewesen war, hatte ich jetzt wieder Appetit. »Wie war's denn nach der Schule?«, fragte er, was übersetzt hieß: Er wollte wissen, wo ich gewesen war.

»Wir sind ein wenig herumgelaufen, meine Freunde und ich«, antwortete ich. Gelogen war es nicht, Robin war schließlich so etwas wie ein Freund. »Und dann haben wir noch Eis gegessen.«

»Schön, dass du endlich ein wenig Anschluss gefunden hast«, sagte er lächelnd, sodass die Lachfalten auf seinen Wangen sich vertieften.

»Mhmja, offenbar hat es eine Weile gedauert, bis meine Qualitäten erkannt worden sind.« Ich grinste betont munter.

»Das wurde aber auch Zeit, die müssen blind gewesen sein, um sie nicht eher zu sehen«, ging er gespielt empört auf meinen Scherz ein.

Wir aßen einige Minuten schweigend weiter, während ich überlegte, wie ich am besten auf das Thema »vermisste Personen« umschwenken konnte.

»Und du kümmerst dich wieder um Winston und Roosevelt?«, fragte er und unterbrach meine Gedanken. Offenbar hatte sich meine Schwester bereits bei ihm abgemeldet.

Ich nickte. »Mach ich gern. Laura soll ruhig zu David fahren. Sie sehen sich eh viel zu selten.«

»Wir könnten Roosevelt zu uns nehmen, wenn dir die Hin-und-her-Fahrerei zu viel wird«, bot er an.

Ich legte den Kopf schief. Sah ich da echt einen grauen Schimmer auf Paps Schläfen? »Und Winston? Ich könnte ja auch über Nacht bleiben, oder?« Die Idee war mir plötzlich gekommen. Es wäre vielleicht ganz lustig, ein paar Tage allein zu wohnen.

Paps runzelte die Stirn und überlegte einen Moment lang. »Warum nicht? Wenn du Lust hast ... in den nächsten Tagen werde ich ohnehin wieder nicht viel zu Hause sein. Ich werde wohl das alte Gewächshaus aktivieren. Die Nachfrage ist da und ich muss es nur ausräumen, ansonsten ist es ja vollkommen funktionsfähig.«

Bei seinen Worten verschluckte ich mich und bekam einen Hustenanfall.

»Alles in Ordnung?«, fragte Paps besorgt.

»Jaja«, japste ich luftringend. »Also, wann willst du denn damit anfangen? Ich meine, mit dem Ausräumen.«

Er wiegte den Kopf hin und her. Doch, definitiv ein graues Haar. »Je eher, desto besser. Joe hätte morgen Zeit und kann mir dabei helfen.«

Joe war Paps bester Freund und das schon seit ihrem ersten Schultag. Er war Paps Trauzeuge und Lauras Taufpate. Nach Mamas Tod hatte er sich viel um uns gekümmert. Er hatte die Beerdigung organisiert und gehörte quasi zur Familie.

»Das ist toll«, versuchte ich, begeistert zu klingen.

Vor lauter Tatendrang merkte Paps nicht, dass ich alles andere als entzückt über seine Pläne war. Stattdessen führte er aus, was er dort pflanzen wollte und mit wie viel Gewinn er rechnete.

»Das bedeutet aber noch mehr Arbeit für dich. Du bist jetzt schon mehr als genug ausgelastet«, warf ich ein.

»Das gehört dazu, wenn man einen eigenen Betrieb hat. Wir können froh sein, dass es bei uns so gut läuft. Andere Gärtnereien müssen schließen.«

Mit diesem Argument kam er immer, wenn ich anmerkte, dass er zu viel arbeitete.

»Wenn es wirklich so gut läuft, solltest du endlich eine Teilzeitkraft einstellen. Oder einen Lehrling. Niemand kann auf Dauer sechzig Stunden in der Woche arbeiten, ohne dass es sich auf die Gesundheit auswirkt.« Manchmal hatte ich echt das Gefühl, unsere Gespräche würden sich im Kreis drehen. Ich wusste gar nicht, wie oft ich ihn schon gebeten hatte kürzerzutreten, weil ich mir Sorgen um ihn machte.

Er seufzte tief. »Ich werde darüber nachdenken«, sagte er schließlich.

»Versprochen?«

Er nickte. »Hand drauf.«

Ich atmete erleichtert auf und schlug ein. Mehr konnte ich nicht verlangen. Immerhin würde er über meinen Vorschlag nachdenken – das war gut.

Nun blieb noch die Frage, was ich mit Robin tun sollte. Im Gewächshaus konnte er nicht länger bleiben, so viel stand fest. Ich wünschte mir nicht zum ersten Mal, ich hätte irgendwie die Möglichkeit gehabt, ihn zu erreichen. Ohne Handy war man heutzutage echt aufgeschmissen.

Nach dem Essen verschwand mein Vater im Bad, um zu duschen, und ich ging auf mein Zimmer, um weiter nachzudenken. Just in dem Moment kam eine SMS von Laura. »Winston und Roosevelt sind für heute Abend versorgt. Mit Roose war ich noch Gassi. Ich fahr dann los, morgen früh müsstest du bitte beide füttern und mit dem Hund kurz raus. Bussi, HDL Laura.«

Und da war sie: die Lösung. Dass mir das nicht früher eingefallen war! Dabei war es so naheliegend. Laura würde mit Sicherheit nichts dagegen haben, Robin in ihrer Wohnung einzuquartieren. Meine Schwester hatte mindestens ein ebenso großes Herz wie meine Mutter. Nun musste ich bloß Robin davon überzeugen, aber das dürfte wohl nicht allzu schwer sein. Immerhin war es für ihn wesentlich angenehmer, auf einem Sofa zu schlafen anstatt mit einem Schlafsack in einem schmutzigen Gewächshaus. Und dass Winston und Roosevelt bei Weitem eine nettere Gesellschaft darstellten als Spinnen und sonstige Kriechtiere. Hoffentlich hatte er keine Angst vor Hunden. Und hoffentlich mochte er Katzen. Am wichtigsten war aber, dass er nicht allergisch gegen einen der beiden reagierte. Ob man Allergien ebenfalls einfach »vergessen« konnte? Oh Mann. Wie auch immer. Wir würden es morgen herausfinden.

Auch wenn es schon kurz nach zehn war, setzte ich mich noch einmal an den Schreibtisch und schrieb eine ausführliche Zusammenfassung von *Feenrache* für Conny. Der Kalte Krieg musste halt noch einen Tag warten.

Gegen elf schickte ich sie Conny per Mail. *Danke, du bist echt ein Wahnsinn!*, kam prompt ihre Antwort. Conny war tatsächlich aufgeblieben und hatte auf meine Mail gewartet. Wie gut, dass ich mein Versprechen gehalten hatte. Ich hätte es nicht übers Herz gebracht, sie zu enttäuschen.

Früh aufzustehen, machte mir normalerweise nichts aus. Das lag wahrscheinlich daran, dass Paps jeden Tag vor sechs in der Küche herumwerkelte und der Kaffeeduft bis in mein Zimmer zog.

Doch als mein Handy an diesem Morgen um halb fünf klingelte, war ich nahe dran, es gegen die Wand zu pfeffern. Gleich darauf erinnerte ich mich, warum ich den Wecker so früh gestellt hatte: Ich musste Robin aus der Gärtnerei holen, bevor Paps dort auftauchte.

Hastig zog ich mich an, putzte meine Zähne und fuhr mit der Bürste nachlässig über mein Haar. Für Frühstück blieb keine Zeit.

Ich schrieb meinem Vater einen Zettel, dass ich schon zeitig weg sei, um Lauras Haustiere zu versorgen, und legte ihn auf die Kaffeemaschine, wo er ihn auf jeden Fall finden würde.

Die ersten Vögel begannen zu zwitschern, die Straßenbeleuchtung schaltete sich gerade ab. Die Morgendämmerung tauchte den Himmel in oranges Licht. Es sah wunderschön aus. Vielleicht sollte ich öfter um diese Uhrzeit aufstehen.

Kurz darauf drückte ich gähnend die Pforte zur Gärtnerei auf. Mein Vater hätte einen mittleren Anfall bekommen, wenn er gewusst hätte, dass das Tor unversperrt geblieben war, aber eine andere Möglichkeit war mir nicht eingefallen, damit Robin ein und aus gehen konnte, ohne über den Zaun klettern zu müssen und für einen Einbrecher gehalten zu werden.

Da ich mittlerweile wusste, wie nervös Robin war, rief ich leise seinen Namen, ehe ich die Tür zum Gewächshaus aufstieß. »Robin, wach auf!«

Verschlafen rubbelte er sich die Augen. »Was zum Teufel ...?«

Ich unterbrach ihn. »Du musst hier weg. Ich erzähl dir alles unterwegs.«

Fluchend schälte er sich aus dem Schlafsack. Mit heißen Wangen wandte ich den Blick von ihm ab, als er nur in Shorts vor mir stand. Ich begann eifrig, alle Spuren seiner Anwesenheit einzusammeln, und packte wahllos die restlichen Lebensmittel und leeren Verpackungen ein. Robin hatte sich endlich angezogen, rollte den Schlafsack zusammen und stopfte ihn und die Bleistifte ebenfalls in den Rucksack. Den Block behielt er in der Hand.

»Los, komm!«, flüsterte ich und warf noch einen letzten Kontrollblick in das Gewächshaus, während Robin sich den Rucksack umschnallte.

»Aber wohin?« Er klang resigniert. Den einzigen Ort, der ihm in den letzten Tagen so etwas wie Sicherheit geboten hatte, musste er Hals über Kopf verlassen – und er musste weiterhin einer quasi Fremden vertrauen, das kratzte sicher ziemlich an seiner Substanz.

Ich schloss die Tür zum Gewächshaus hinter uns und drängte ihn Richtung Pforte am Ende des Grundstücks.

Sobald wir sie passiert hatten, schloss ich ab. Erst jetzt konnte ich ein wenig aufatmen.

»Sarah, wohin gehen wir?«, fragte Robin, als er erkannte, dass wir uns auf dem Weg zur Brücke befanden.

»Zu meiner Schwester. Das heißt, in ihre Wohnung. Sie ist gerade für ein paar Tage verreist«, erklärte ich.

Sein Gesicht hellte sich auf. »Heißt das, ich kann mich waschen?«

»Duschen, fernsehen, den Computer benutzen, kochen, in einem Bett schlafen oder zumindest auf dem Sofa ...«

Robins Schritte wurden beschwingter und vor Vorfreude vergaß er sogar, sich nach seinen imaginären Verfolgern umzusehen. »Klingt zu schön, um wahr zu sein. Wo ist der Haken an der Sache?«

Ich grinste. »Genau genommen gibt es zwei: Roosevelt und Winston.«

»Oh, ich muss es gleich mit zwei berühmten Staatsmännern aufnehmen?«

»Nur mit einer Bordeauxdogge und einem Perserkater – was aber unter Umständen eine noch größere Herausforderung sein könnte. Ich hoffe, du hast keine Tierhaarallergie. Oder magst Tiere nicht. Das wäre nämlich echt blöd.«

»Muss ich vor dem Hund denn Angst haben?«, fragte er.

»Nein, von Roosevelt wirst du höchstens niedergeschmust. Das erspart dir sogar die Dusche«, erwiderte ich grinsend. Dann senkte ich verschwörerisch meine Stimme. »Du musst nur zusehen, dass du Winstons Sympathietest bestehst.«

Robin sah mich amüsiert an. »Winston ist der Kater, richtig?«

Ich nickte. »Aber er ist nicht bloß irgendein Kater. Er ist der King. Alle anderen Lebewesen werden von ihm höchstens toleriert, schließlich braucht jeder Herrscher Untertanen.«

»Was, wenn ich seinen Sympathietest nicht bestehe?«

Ich überlegte. »Dann wirst du von ihm bestenfalls gnadenlos ignoriert.«

»Und schlimmstenfalls?«

Ich legte eine bedeutungsvolle Pause ein, ehe ich antwortete: »Winston mutiert zum Kampfkater. Er knurrt und faucht, bis er den Eindringling verjagt hat.«

Robin lachte, doch ich hatte wirklich nur ein ganz kleines bisschen übertrieben. Winston war unausstehlich, wenn er jemanden nicht leiden konnte. Und er hatte es tatsächlich geschafft, Lauras vorherigen Freund, immerhin einen hartgesottenen Privatdetektiv, zu vergraulen.

Ich hatte einen Zweitschlüssel zu Lauras Wohnung – so konnte ich jederzeit kommen, um mich um Roosevelt und Winston zu kümmern, wenn sie wegfuhr. Und da meine Schwester so furchtbar schusselig war und sich in den letzten sechs Monaten bereits zweimal selbst ausgesperrt hatte, verwahrte sie einen weiteren Schlüssel unter dem Fensterbrett des Flurfensters, den sie dort mit einem Klebestreifen fixiert hatte. Jetzt kam uns Lauras Vergesslichkeit recht. Ich holte den Ersatzschlüssel unter dem Fensterbrett hervor und gab ihn Robin, dann sperrte ich mit meinem eigenen die Wohnungstür auf.

Roosevelt hätte mich beinahe umgerannt. Sein Schwanz peitschte wild vor Freude hin und her und mit der Schnauze stupste er gegen meine Hand, ehe er sie ableckte. »Hey

Großer. Nicht so stürmisch«, sagte ich, tätschelte seinen Kopf und kraulte ihn zwischen den Ohren. Neben mir war Robin bewegungslos stehen geblieben, als Roosevelt uns im Galopp entgegengestürmt war. Ich trat einen Schritt beiseite. »Er ist wirklich total harmlos, auch wenn er nicht so aussieht.«

Robin schluckte vernehmlich, während er zögernd die Hand ausstreckte, um sich von Roosevelt beschnuppern zu lassen.

Eine halbe Minute später lag der Hund mit dem Rücken am Boden und ließ sich von Robin mit beiden Händen am Bauch streicheln. Wie es aussah, kamen die beiden blendend miteinander aus, dachte ich beruhigt.

Winston kam gemächlich aus dem Wohnzimmer, streckte sich und beschwerte sich mit einem kläglichen Miauen, dass er auf der Stelle verhungern würde, wenn er nichts zu fressen bekam. Als er Robin entdeckte, hielt er kurz inne und starrte ihn mit seinem Katzenblick prüfend an. Dann stolzierte er mit erhobenem Schwanz weiter in die Küche, setzte sich vor seinen Fressnapf und miaute ein weiteres Mal fordernd. »Na, dann komm«, sagte ich, riss einen Futterbeutel auf und füllte Winstons Schüssel. Heißhungrig machte er sich über seine Mahlzeit her, als hätte er zwei Tage nichts mehr bekommen.

Robin war mit Roosevelt im Schlepptau ebenfalls in die Küche gekommen. »Ich glaube, der folgt dir jetzt auf Schritt und Tritt«, sagte ich. »Schön, dass ihr Freundschaft geschlossen habt.«

»Er ist einfach großartig«, gab Robin zurück. »Eine

richtige Seele von Hund.« Winston drehte den Kopf nach Robin um, fraß aber gleich weiter.

»Sieh dich ruhig ein bisschen um und mach es dir bequem. Ich geh schnell mal mit dem Hund Gassi«, forderte ich Robin auf.

Roosevelt trabte zur Wohnungstür und setzte sich, damit ich ihn anleinen konnte. So reagierte er immer, wenn jemand »Gassi gehen« sagte.

»Braver Hund«, lobte ich ihn und öffnete die Tür. Er wartete auf mein Kommando, dass er aufstehen durfte. »Los«, sagte ich und er trottete die Treppe abwärts.

Es war lustig, welche Reaktionen Roosevelt bei den Passanten auslöste. Obwohl er an der Leine und bei Fuß ging, machten die meisten einen großen Bogen um ihn. Eine Frau wechselte auf die andere Straßenseite und eine hob ihren Minikläffer auf den Arm, als wir an ihr vorbeigingen. Während ihr Hund sich wie wild gebärdete, hob Roosevelt nicht einmal den Kopf. Er war wirklich total ruhig. Da hätten sich andere ein Beispiel an ihm nehmen können.

Ich ging eine kleine Runde mit ihm und versprach ihm für nach der Schule einen ausgedehnten Spaziergang im Park. Auf dem Rückweg kaufte ich im gerade geöffneten Supermarkt noch ein paar Semmeln und eine Packung Schinken fürs Frühstück. Laura war Vegetarierin und hatte nur Wurst zu Hause, wenn David zu Besuch kam. Abgesehen davon, dass ich einen Bärenhunger hatte und mich auf ein Schinkenbrötchen freute, gab es keine bessere Methode, um Winstons Gunst zu gewinnen als mit einem Stück Schinken.

Die Sorge, ob Robin und Winston miteinander auskommen würden, war unbegründet. Als ich in die Wohnung zurückkam, saß Robin auf der Couch, den Kater auf dem Schoß.

»Ich glaub, er mag mich«, sagte Robin und wirkte das erste Mal, seit wir uns kannten, richtig entspannt, ja sogar glücklich.

»Ich habe Brötchen mitgebracht.«

Er strahlte mich an. »Danke, mir knurrt schon der Magen.«

»Bist du sicher, dass es nicht Winston ist, der so laut schnurrt?«, sagte ich lachend.

Robin machte Anstalten aufzustehen, doch ich winkte ab. »Bleib sitzen, ich bringe das Frühstück ins Wohnzimmer.« Dann rief ich Roosevelt in die Küche und fütterte auch ihn.

Auf ein Tablett stellte ich Schinken, Käse, Honig und Marmelade und trug es ins Wohnzimmer. Dazu gab es Milch. Robin teilte seinen Schinken mit Winston, der mittlerweile neben ihm Platz genommen hatte.

Heißhungrig machten wir uns über das Frühstück her, verputzten es in Rekordzeit und ich lehnte mich satt und zufrieden zurück. So hätte ich stundenlang sitzen können, stattdessen riss mich Robin aus meiner Trägheit.

»Wann musst du eigentlich in die Schule?«

Ich blickte auf die Uhr, seufzte und stand auf. »Jetzt.« Echt blöd, dass ich wegmusste. Es war gerade so schön gewesen. Doch es half nichts. Ich nahm meine Tasche. »Dann habt einen tollen Tag, ihr drei. Gegen halb eins bin ich wieder hier.«

Ich zog die Wohnungstür hinter mir zu und lief polternd die Treppe hinab. Ich war schon viel zu spät dran. Nur mit einer Portion Glück würde ich es vor dem Läuten in die Schule schaffen.

7

Als ich abgehetzt das Schulgebäude betrat, hatte der Unterricht bereits begonnen. Leise drückte ich die Klinke zum Klassenzimmer hinunter. Der Plan, mich möglichst unauffällig auf meinen Platz zu schleichen, scheiterte, als ich über die Tasche eines Mitschülers stolperte.

Herr Ludwig, unser Mathelehrer, wandte sich um. »Schön, dass Fräulein Fichtengruber uns mit ihrer Anwesenheit beehrt. Setz dich, Sarah«, sagte er und drehte sich wieder zur Tafel, um irgendeine Gleichung zu erklären.

»Entschuldigung«, murmelte ich mit hochrotem Kopf und ließ mich dann neben Conny auf den Stuhl fallen.

»Was ist passiert?«, raunte sie.

»Lange Geschichte«, gab ich flüsternd zurück und holte die Mathebücher, Schreibzeug und das Heft aus meiner Tasche.

»Du bist sonst nie zu spät«, wisperte Conny und zog besorgt die Stirn in Falten. Sie hatte heute ihre Locken mit einem bunten Tuch gebändigt und mit den großen Kreolen sah sie ein wenig wie eine Wahrsagerin aus.

Der Ludwig blickte missbilligend zu uns herüber. »Wenn die Damen ihr Kaffeekränzchen beendet haben, können wir dann wieder weitermachen?«

Ich wäre am liebsten im Erdboden versunken. Conny hingegen blieb souverän. »Ja danke. Wir wären dann so weit, nicht wahr, Sarah?« Wenigstens verging der Rest der Mathestunde ohne weitere Ermahnungen.

»Danke noch mal für deine Zusammenfassung gestern«, wandte sich Conny an mich, nachdem Herr Ludwig schnellen Schrittes die Klasse verlassen hatte.

Ich winkte ab. »Schon gut. War kein Problem.«

»Das nächste Mal les ich es selbst, versprochen. Es ist nur wegen des Tischtennisturniers, ich muss gerade fast jeden Tag trainieren und hab deshalb keine Zeit zum Lesen.«

Ich nickte. Conny spielte Tischtennis und hatte schon einige Meisterschaften gewonnen. Ich wünschte manchmal, ich hätte nur ein klitzekleines bisschen was von ihrer Sportlichkeit. Nicht um Pokale und Medaillen zu gewinnen, sondern um nicht ständig über meine eigenen Füße zu stolpern.

Ich grinste sie an. »Das nächste Mal wirklich, okay? Ich nehm dich beim Wort! Was machst du denn, wenn ich mal keine Zeit habe, hm? Ich hätte es fast auch nicht mehr geschafft. Ich helfe meinem Vater im Betrieb und gerade kümmere ich mich zusätzlich um den Hund und den Kater meiner Schwester. Für Geschichte muss ich das Portfolio fertig machen und den ganzen Schmarrn in Mathe und dann ist da noch Robin ...« Ich stockte. Sein Name war mir einfach so rausgerutscht. »Ich hab also echt genug zu tun«, schloss ich meine Ausführungen betont unaufgeregt.

Ich hoffte, dass Conny jetzt nicht sofort nachbohren

würde, aber da schaute sie mich schon mit runden Augen an. Conny war einfach zu neugierig! Klar, offenbar war bloß Robins Name bei ihr hängen geblieben. »Wer ist Robin?«, fragte sie grinsend.

Ich winkte ab. »Ach, einfach ein Junge, den ich ... kennengelernt habe.« Ja, so konnte man das durchaus nennen, wenn man sich auf dem Friedhof begegnet war und jetzt die Erinnerungen ebendieses Jungen zusammenstückelte.

»Ist er süß?« Conny stützte das Kinn auf ihre Hände.

»Ja, schon«, musste ich zugeben.

»Seid ihr zusammen?«

»Nein!« Ich merkte, wie meine Wangen plötzlich ganz warm wurden. Auch das noch, peinlicher ging's ja nicht!

Conny verschränkte die Arme vor der Brust und zog die Brauen hoch. »Aha, und warum wirst du dann so rot?« Sie klimperte mit den Wimpern. »Du machst es einem aber auch echt nicht leicht, mit dir eine Unterhaltung zu führen. Ein wenig mehr als ›ja‹ oder ›nein‹ wär schon nett.«

»Oh.« Auf die Idee, dass Conny einfach ohne besonderen Grund mit mir quatschen wollte, war ich ehrlich gesagt nicht gekommen. Ich war so meinem Robin-Geheimnis verfallen, dass ich sofort misstrauisch geworden war.

Sie knuffte mich in die Seite. »Sarah, jetzt schau doch nicht so, als hätte ich dich gerade was Unanständiges gefragt. Du musst mir ja nicht antworten, wenn du nicht willst. Du kannst mir auch sagen, wenn du über etwas nicht reden willst, aber ich habe echt keine Ahnung, über welche Themen ich mit dir sprechen könnte. Klamotten, Style, Jungs? Was interessiert dich denn?«

»Bücher«, gab ich zu. »Ich denke mir gern Geschichten aus. Und ich gehe oft auf den Friedhof.«

Conny grinste. »Ja, das habe ich gehört. Die anderen sagen, du wärst ein Freak.«

»Vielleicht bin ich das.«

Conny musterte mich prüfend. »Was machst du dort?«

»Ich habe es dir ja schon gesagt: Ich helfe meinem Vater. Er hat eine Gärtnerei. Wir machen Grabbetreuung. Unkraut rupfen, Blumen pflanzen, solche Dinge halt ...«

»Das klingt nun nicht gerade freaky.«

»Ich besuche auch mehrmals die Woche das Grab meiner Mutter. Und ich rede mit ihr«, entgegnete ich. Wenn ich schon dabei war, Conny von mir zu erzählen, dann sollte sie lieber gleich wissen, woran sie bei mir war.

Sie schaute mich an und sagte nach einem kurzen Moment: »Das mit deiner Mutter tut mir leid. Aber wäre ich an deiner Stelle, würde ich auch mit meiner toten Mum reden.«

»Du findest das nicht komisch?«, wunderte ich mich.

»Nein. Weißt du aber, was wirklich komisch ist?«

Ich schüttelte den Kopf. Conny schaute sich nach allen Seiten um und senkte die Stimme. »Meine Mum spricht mit Socken. Kein Spaß! *Och, hast du deinen Partner verloren?* Oder: *Bist aber nicht richtig sauber geworden.*«

Unwillkürlich musste ich kichern. »Ich glaub, ich würde deine Mum mögen.«

»Dann komm doch mal vorbei. Wir könnten ... keine Ahnung, was, zusammen lernen oder so. Wenn du schon nicht mehr von diesem Robin erzählen willst …« Sie lächelte mich verschmitzt an und ich musste unwillkürlich zurücklächeln. Conny war echt in Ordnung. Der Gong kündigte die nächste Stunde an.

Ich nickte. »Klar. Nur nicht in den nächsten Tagen. Ich bin wirklich ziemlich im Stress.«

»Wann immer du willst«, erwiderte Conny.

Die große Pause verbrachte ich das erste Mal seit ewig nicht allein. Conny und ich suchten nach Gemeinsamkeiten und entdeckten unsere Vorliebe für Nordeuropa. Außerdem fanden wir beide Adele und Lukas Graham gut.

»Meine Mum ist Eventberaterin. Sie organisiert Kunstausstellungen, Konzerte, Großveranstaltungen und solche Sachen. Die kann uns Gratiskarten beschaffen«, meinte Conny, »falls du also mal Lust hast …?«

»Falls ich Lust habe?! Natürlich habe ich Lust, das wäre total cool!« Ich hatte zwar keine Ahnung, ob Paps mich ohne Laura auf ein Konzert lassen würde, aber wenn ich mit einer Freundin hingehen wollte, konnte er eigentlich nichts dagegen haben. Im gleichen Moment wurde mir bewusst, dass ich Conny als Freundin betrachtete. Komisch. Letzte Woche noch gab es niemanden, der die Bezeichnung verdient hätte. Und jetzt war ich plötzlich mit zwei Personen befreundet.

* * *

Nachdem Sarah die Wohnung verlassen hat, um in die Schule zu gehen, kann er an nichts anderes denken, als dass er wahrscheinlich auch in der Schule oder Arbeit sein sollte. Er glaubt nicht, dass er normalerweise den ganzen Tag nur herumsitzt. Bestimmt hatte er eine Aufgabe. Wenn er bloß wüsste, welche! Zeichnen kann er. Wo hat er das gelernt? Hat er sich das alles selbst beigebracht? Oder hatte er einen oder mehrere Lehrer? Nicht einmal an diese Dinge erinnert er sich, alles liegt hinter einer dichten weißen Wand aus Nebel.

Seine Klamotten sehen ziemlich dreckig und mitgenommen aus – nur wegen des Unfalls (oder was immer ihm und seinem lädierten Kopf passiert ist)? Oder waren die womöglich auch schon davor so zerrissen gewesen? Vielleicht ist er einer dieser obdachlosen Jugendlichen ohne Ausbildung, ohne Job, ohne Perspektive. Der Gedanke erschreckt ihn und macht ihn traurig. Entschlossen schiebt er Winston von seinem Schoß und steht von der Couch auf. Was er früher war oder getan hat, weiß er nicht, er kann es auch weder beeinflussen noch ändern. Aber er kann jetzt dafür sorgen, dass er sauber gekleidet ist. Und ordentlich und gepflegt aussieht.

Auf seinem Rundgang – das ist ein wenig übertrieben, die Wohnung hat höchstens fünfundvierzig Quadratmeter – entdeckt er das Klo und ein winziges Schlafzimmer, in das gerade ein Doppelbett und ein schmaler Schrank passen. Eine Decke mit Zebramuster ist über das Bett gelegt. Die Wände sind in einem Orange-Ton gestrichen. Die Farbe und die Überwurfdecke zusammen erinnern ihn an Sonnenaufgang in der Savanne. An Afrika. Ob er jemals dort gewesen ist? Bestimmt nicht. Er muss das aus dem Fernsehen kennen. Er kann unmöglich in Afrika gewesen sein, ohne sich daran zu erinnern. Das geht einfach nicht.

Links vom Schlafzimmer ist das Bad. Dort findet er ein Duschgel for Men, einen Nassrasierer und Rasierschaum. Sie gehören bestimmt Lauras Freund. Ob der auch Kleidung hier hat? Und ob da etwas in seiner Größe dabei ist? Er sehnt sich nach sauberer Wäsche. Überhaupt nach Sauberkeit.

Die Dusche ist eine Wohltat. Er bleibt eine geschlagene Viertelstunde unter der Brause, seift sich mehrmals ein, bis er endlich das Gefühl hat, wieder Mensch zu sein. Mit einem Handtuch um die Hüften geht er zurück ins Schlafzimmer. Er möchte nicht in fremden Sachen herumstöbern, aber es wird ihm nichts anderes übrig bleiben, wenn er sich etwas Frisches anziehen will. In der dritten Lade wird er fündig. Socken, Boxershorts, ein paar T-Shirts, eine Badehose, eine Jeans. Alles in L, also um eine Nummer zu groß, aber das ist zweitrangig. Im Badezimmer gibt es auch eine kleine Waschmaschine. So eine, in die gerade mal zwei T-Shirts, eine Hose und ein Handtuch passen, aber er kann seine eigenen Klamotten waschen, und das kommt ihm im Moment wie Luxus vor.

Mit feuchten Haaren sitzt er später auf der Couch. Er schaltet den Fernsehapparat ein und zappt durch die Kanäle. Seit Sarah ihn auf dem Friedhof aufgegabelt hat, hat er weder Zeitung gelesen, noch war er im Internet oder hat sonst irgendwelche Nachrichten mitbekommen. Offenbar hat er dabei auch nichts Wichtiges versäumt. Es gibt keine Meldungen über einen verschwundenen

Jugendlichen, der sich unbedingt zu Hause melden soll, weil seine Familie ihn vermisst gemeldet hat. Er schaltet wieder aus. Roosevelt hat es sich in der Zwischenzeit auf dem Sofa gemütlich gemacht. Winston liegt auf der Lehne. Die beiden geben ein tolles Motiv ab. Tiere hat er noch nicht so oft gezeichnet, das weiß er irgendwie, es schadet also nicht, ein wenig zu üben. Die Gelegenheit ist günstig, die beiden machen keine Anstalten, in absehbarer Zeit aufzustehen oder ihre Position zu verändern.

Er holt den Block und die Bleistifte und skizziert in einfachen Formen Roosevelts Körper. Praktisch alles setzt sich aus Rechtecken, Quadraten, Kreisen, Ovalen zusammen. Menschen, Tiere, Gebäude ... alles lässt sich auf geometrische Figuren herunterbrechen. Die Kunst ist, diese Formen zu erkennen. Und sie danach mit Leben zu füllen.

Roosevelt ist eine besondere Herausforderung mit den Falten und hängenden Wangen im Gesicht. Nein, er ist nicht zufrieden mit seinem Werk, reißt das Blatt ab, beginnt ein neues und zeichnet ...

Ein Auto. Auf dem Dach ein Blaulicht, auf der Seite die Aufschrift POLIZEI. Offene Beifahrertür, drei Männer, zwei in Uniform, die Gesichter verschwommen. Der dritte mit gesenktem Kopf, Hände am Rücken, gefesselt mit Handschellen.

Rechts der Gehsteig, ein Hauseingang, geöffnetes Tor. Eine Frau und zwei Jungs, der größere etwa zwölf. Eine Hand liegt tröstend auf der Schulter der Frau, die zweite wird vom jüngeren umklammert. Der kleine versteckt sich hinter der Frau, das Gesicht voller Tränen und Rotz, die Augen geweitet vor Angst und Entsetzen.

Er blinzelt. Sein Herz hämmert hart in seiner Brust, es fühlt sich an, als hätte er einen Sprint hinter sich. Weiter, nicht nachdenken, sonst ist der Flash vorbei, dieser Zustand, der die Vergangenheit in die Gegenwart bringt und ihm Puzzleteile liefert. Er reißt das Papier ab, setzt den Stift an und zeichnet.

Eine Treppe aus Stein mit einer Rampe; rechts und links ein geschwungener Handlauf aus Holz und eine Brüstung. Der Eingang aus Holz und Glas, daneben ein Türöffner für Rollstuhlfahrer. Auf der Glasfront ein Logo: eine Nixe. Über der Tür ein Ornament, die Fassade aus grauem Sandstein; hohe, breite Fenster, vier Stockwerke, graues Dach ...

Roosevelts Knurren bringt ihn in die Wirklichkeit zurück. »Was ist denn?«, fragt er und fühlt sich sofort in Alarmbereitschaft. Doch es sind nur Stimmen im Treppenhaus, die lautstark zu ihnen durchdringen. Gleich darauf wird eine Wohnungstür zugeschlagen und jemand läuft in Stöckelschuhen die Treppe hinunter. Die Absätze klickern auf dem Stein.

Roosevelt legt den Kopf wieder auf seine Pfoten und schließt die Augen. Und auch er entspannt sich langsam. Dank Roosevelt, so hofft er, kann er in der Nacht vielleicht endlich wieder ruhiger schlafen. Es ist diese ständige Schlaflosigkeit, die ihn beinahe paranoid werden lässt. Er hat dauernd das Gefühl, verfolgt zu werden, aus dem Augenwinkel jemanden zu sehen, der sich vor seinen Blicken versteckt. Dabei hat er keine Ahnung, warum ihm jemand nachsetzen sollte oder wer. Vielleicht hat er einfach einen Dachschaden von dieser Kopfverletzung davongetragen? Bildet er sich das alles nur ein, ist er krank? Gibt es nicht Geisteskrankheiten, bei denen man Stimmen hört oder Dinge sieht, die gar nicht da sind? Psychosen heißen die, glaubt er. Ja, womöglich hat er eine Psychose. Aber irgendwo hat er gelesen, ganz dunkel ist da diese Information in seinem Kopf, dass Leute, die an einer leiden, nicht wissen, dass sie eine haben – und wenn einer darüber nachdenkt und vermutet, er könne eine Psychose haben, hat er sie ganz eindeutig nicht.

Sein Kopf beginnt, vor lauter Denken zu schmerzen. Er sollte etwas trinken, das hilft. Gerade als er aufstehen will, fällt sein Blick auf den Tisch und die Zeichnungen darauf. Wann hat er die denn wieder gemacht? Sie sind gut, mit vielen Details. Das Bild von dem Polizeieinsatz erzählt eine ganze Geschichte und es löst ein beklemmendes Gefühl in ihm aus. Auch wenn das Gesicht des Verhafteten nicht zu sehen ist, kommt ihm der Mann bekannt vor. Als er die Familie im Hauseingang betrachtet, fühlt er die Angst des kleinen Jungen, als wäre sie seine eigene.

Das Gebäude auf der zweiten Zeichnung kann er anhand des Logos als ein städtisches Hallenbad erkennen. Doch sosehr er auch sein Gehirn durchforstet, er weiß nicht, welches Bad es sein soll. Es gibt eine ganze Menge davon in Wien. Vielleicht findet er etwas im Internet. Sarah hat ja gesagt, er hätte hier Internetzugang. Doch mit welchem Computer? Es gibt weder einen Rechner noch einen Laptop oder ein Tablet. Wahrscheinlich hat Sarahs Schwester ihren Computer mitgenommen. Am liebsten würde er vor Frust schreien, aber das würden ihm Winston und Roosevelt bestimmt übelnehmen, also lässt er es bleiben. Er muss Geduld haben und auf Sarah warten. Die kann mit ihrem Smartphone ins Internet oder weiß, welches Schwimmbad er da gezeichnet hat. Gegen halb eins wäre sie da, hat sie versprochen. Die Uhr zeigt Viertel vor zwölf. Ob er etwas kochen soll? Kann er das denn überhaupt? Es kommt auf einen Versuch an, findet er.

Es dauert eine kleine Ewigkeit, bis er die Küche nach Brauchbarem durchforstet hat. Lauras Vorratsschrank ist mit lauter Dingen gefüllt, mit denen er nichts anfangen kann. Hirse, Haferflocken, Rollgerste, Kichererbsen ... von den meisten Dingen weiß er nicht einmal, wie sie schmecken, von der Zubereitung gar nicht zu reden. Doch dann entdeckt er ein Glas Gemüsesugo. Spaghetti hat er vorhin in einer Schublade gesehen. Nudeln kochen, das schafft er. Ein Glas aufmachen und den Inhalt in einem Topf erwärmen stellen auch keine unüberwindbare Hürde dar.

Sarah mit einem Mittagessen überraschen zu können, hebt seine Laune sofort. Pfeifend füllt er einen großen Topf mit Wasser, gibt Salz hinein und stellt ihn auf den Herd.

Winston kommt in die Küche, maunzt, streicht ihm um die Beine und springt dann auf den Stuhl, um von dort aus jeden seiner Handgriffe zu beobachten.

Er hat die Nudeln gerade abgeseiht, als er hört, wie

der Schlüssel im Schloss umgedreht wird. »Hi, ich bin's«, ruft Sarah. Sein Herz schlägt ein wenig schneller, als er ihre Stimme hört. Eigentlich hat er ja jetzt ganz andere Probleme, aber er mag Sarah. Sehr sogar. Sie ist hübsch und klug und witzig und weiß es nicht einmal. Sie ist so unverstellt und ehrlich. Gleichzeitig wirkt sie ein wenig hilflos und weckt in ihm das Gefühl, sie beschützen zu müssen. Doch gleich ertönt da diese Stimme in seinem Kopf, die ihn höhnisch fragt, wie er sie beschützen will, wenn er sich nicht mal selbst beschützen kann. Oder – noch schlimmer – womöglich müssen andere vor ihm beschützt werden. Wäre er sonst vor der Polizei weggelaufen?

Als Sarah in die Küche kommt und sieht, dass er gekocht hat, strahlt sie ihn an. »Wahnsinn, riecht das gut!«, sagt sie und alles an ihr ist so echt, dass sich sein Magen schmerzhaft zusammenzieht bei dem Gedanken, ihr könne jemand wehtun. Er verdrängt seine Bedenken und lächelt zurück. »Ich hoffe, du hast Hunger.«

»Ich habe immer Hunger«, gibt sie zurück. Auch das ist wohltuend. Ein Mädchen, das sich nicht nur von fünf Gurkenscheiben pro Tag ernährt.

Er füllt zwei Teller mit Nudeln und gibt reichlich von dem Sugo dazu. Er hat die Fertigsoße mit Zwiebeln, frischem Knoblauch und getrockneten Kräutern noch ein wenig aufgepeppt.

»Und, schmeckt's dir?«, fragt er gespannt, als sie den ersten Bissen in den Mund steckt.

»Köstlich«, nuschelt sie.

Auch er findet die Spaghetti gelungen. In Rekordzeit

hat er seinen Teller leer gegessen und nimmt sich eine zweite Portion.

»Und was hast du die ganze Zeit über gemacht?«, fragt Sarah zwischen zwei Bissen. Sie streicht die Haare zurück, die ihr immer wieder ins Gesicht fallen.

Er zuckt mit den Schultern. »Die meiste Zeit gezeichnet.«

»Darf ich es sehen?«

»Du *musst* dir die Bilder sogar anschauen. Sie sind wieder ... wie die von der Brücke. Und ich weiß allein nicht weiter.«

Sarah ist gerade mit dem Essen fertig und legt das Besteck beiseite.

Er steht auf und holt die Zeichnungen. Auch die, die er von Roosevelt angefertigt hat, selbst wenn sie noch nicht perfekt sind, und hält sie Sarah hin.

Wortlos betrachtet sie seine Bilder. Er beißt sich auf die Lippen, während er auf ihr Urteil wartet.

»Kennst du das Gebäude?«, fragt er schließlich, weil er es nicht länger aushält.

Sie blickt auf und nickt. »Es ist das Michaela-Bad.«

»Bist du dir sicher? Dann muss ich dahin.«

»Du meinst, dann müssen *wir* dahin.«

8

Natürlich lasse ich Robin damit nicht alleine. Als Robin mir nach dem Mittagessen – ich fand es total süß von ihm, extra zu kochen – die Zeichnungen gezeigt hat, ist ja wohl klar, dass ich ihn bei diesem Teil der Spurensuche begleite.

»Ich habe ohnehin vor, mit Roosevelt einen Spaziergang zu machen. Ganz in der Nähe gibt es einen Park mit Hundezone.«

»Hunde dürfen aber nicht ins Bad.«

Wahrscheinlich war mir mein Entsetzen anzusehen, aber darauf war ich einfach nicht vorbereitet. »Du willst allen Ernstes *hinein?*«

»Natürlich. Wir können zuerst mit Roosevelt spazieren gehen und nachher hinfahren.«

»Du meinst heute?«

»Hey, ich dachte, wir sollten lauter alltägliche Dinge tun. Ins Schwimmbad gehen ist so was von alltäglich, finde ich. Oder hast du schon was anderes vor?«

Ich schüttelte den Kopf. »Nein ... aber ... ich habe keinen Badeanzug dabei und für dich müssen wir auch noch eine Badehose besorgen. Ich würde dir ja eine von Paps leihen, aber der ist locker das Doppelte von dir ...«

»Badehose hab ich gefunden. Ich denke, sie gehört Lauras Freund.«

»Aber deine Kopfverletzung!«, gab ich zu bedenken. Sie schien zwar gut zu heilen, aber Wasser tat bestimmt nicht gut und Chlor auch nicht.

Robin legte den Kopf schief und grinste mich mit blitzenden Augen an. Dabei kamen seine Grübchen wieder zum Vorschein. »Wir nehmen Sprühpflaster, das ist wasserfest.«

Innerlich sank ich in mich zusammen. Ich hasste Schwimmbäder ... Sport halt. Außerdem hasste ich Badeanzüge und Bikinis sowieso. Ich trug ja nicht mal Shorts oder Shirts mit Spaghettiträgern, weil ich meine Schultern zu knochig, die Oberarme zu dünn und die Oberschenkel zu hässlich fand. In diesem Schuljahr hatte ich den Schwimmunterricht viermal geschwänzt, als Mädchen fiel es zum Glück nicht auf, jeden Monat die gleiche Ausrede zu benutzen. Mich würden keine zehn Pferde freiwillig in ein Schwimmbad bringen.

»Vielleicht magst du ja mal alleine etwas unternehmen«, brachte ich die letzte Ausrede hervor, die mir einfiel, ohne mich lächerlich zu machen, und kam mir gleichzeitig total blöd vor. Ich konnte ihn doch nicht wirklich allein an diesen Ort schicken, der immerhin für Robin solch eine große Rolle spielte, dass er ihn in seinem Unterbewusstsein gespeichert hatte. Ich dachte an seine Flucht vor der Polizei beim Döblinger Steg. Es wäre sicher besser, wenn ich wieder bei ihm wäre.

»Ich werde das Gefühl nicht los, dass du wasserscheu bist. Oder wachsen dir Flossen, sobald du ins Wasser springst, und dein Doppelleben als Meerjungfrau muss um jeden Preis geheim bleiben?« Er grinste mich an. »Das wäre mir egal. Es ist nur so: Ich würde schrecklich gern mit dir hingehen.« Sein bettelnder Blick hätte es locker mit dem von Roosevelt aufnehmen können.

Wie war das mit den zehn Pferden? Es reichte, dass mich Robin aus seinen traurigen Augen ansah. »Also gut«, gab ich mit einem tiefen Seufzer nach. »Aber nicht heute, okay? So spontan bin ich nicht.« Dann würde ich eben die ganze Zeit über im Bademantel herumlaufen. Und ins Wasser ginge ich mit Sicherheit auch nicht.

»Du bist immerhin spontan genug, um einem wildfremden, dreckigen Kerl mit zweifelhafter Vergangenheit eine Unterkunft zu geben, einfach so.«

Ich verdrehte lachend die Augen.

Robin strahlte dann über das ganze Gesicht. »Super. Morgen, nach dem Frühstück?«

Ergeben nickte ich. »Und nachdem wir mit dem Hund draußen waren.«

»Cool, jetzt haben wir so was wie ein Date.«

Darauf wusste ich nichts mehr zu entgegnen. Es fühlte sich kein bisschen wie ein Date an, eher wie Schwimmbad-Panik. Wahrscheinlich würde ich die ganze Nacht nicht schlafen können.

Den Nachmittag verbrachten Robin, Roosevelt und ich in der Hundezone im Allerheiligenpark. Dort ging Laura auch immer hin. Roosevelt kannte die meisten anderen Hunde – und was noch wichtiger war, die anderen Hundebesitzer kannten ihn und wussten, dass er ein gutmütiges Riesenkuscheltier war.

Mir fiel auf, dass Robin mit Roosevelt an seiner Seite weniger nervös war. Er sah kein einziges Mal verstohlen über die Schulter wie sonst immer.

Im Park warfen wir Stöckchen und versteckten Roosevelts Lieblingsspielzeug, einen ziemlich großen Knochen aus Plastik, der früher mal gequietscht hatte. Gott sei Dank hatte Roosevelt mittlerweile ein Loch reingebissen und uns so von dem nervtötenden Geräusch erlöst.

Es war fast fünf, als wir uns wieder auf den Heimweg machten. Irgendwann tastete Robins Hand nach meiner, er nahm sie sanft in seine und sagte leise: »Danke für alles, Sarah.«

Mein Magen schlug Saltos, aber ich hätte dieses Mal um nichts auf der Welt wieder losgelassen. Erst vor der Haustür brauchte ich beide Hände, um aufsperren zu können.

Als wir in der Wohnung waren, ging Robin ins Bad, um seine Wäsche aufzuhängen. In der Zwischenzeit rief mich Laura an, die wissen wollte, was ihre Lieblinge machten. »Ich bin gerade mit Roosevelt zurückgekommen.« Innerlich rang ich mit mir: Ich wollte ihr ja von Robin erzählen und sie fragen, ob sie etwas dagegen hatte, wenn er ein paar Tage in der Wohnung blieb, aber sie ließ mich kaum zu Wort kommen und berichtete atemlos von Köln und dass der Dom in Wahrheit noch viel imposanter sei, als sie ihn sich vorgestellt hatte. »Köln ist einfach der Hammer, Schwesterchen! Der einzige Nachteil ist, wir wohnen so zentral, dass man ständig Polizeisirenen hört und die Glocken in aller Herrgottsfrühe läuten«, erzählte sie munter weiter.

»Und Bodyguard?«, warf ich in einer Atempause von Laura ein.

»Ist heute dran. Hach, ich freu mich schon so. David wartet übrigens schon, wir wollten gerade los, da gibt es eine coole Ausstellung, in die wir gehen wollen. Gib Roose und Winston einen Kuss von mir.«

»Mach ich. Dann viel Spaß noch. Und grüß David von mir.«

»Spätestens Dienstag bin ich wieder da. Okay?«

»Jaja, mach dir keine Sorgen.« Da kam mir ein Gedanke. »Sag mal, hast du nicht irgendwo noch dein altes Handy herumliegen?«

»Hm, kann sein. Ich glaube, in einer der gestreiften Kisten im Wohnzimmer. Wozu brauchst du es denn? Hast du deins schon wieder geschrottet?«

»So ähnlich«, antwortete ich vage, weil sich die ganze Sache mit Robin nicht in einem Satz erzählen ließ und ich sie nicht aufhalten wollte. Wir verabschiedeten uns. Nachdem ich aufgelegt hatte, holte ich aus der Küche einen Stuhl, stellte ihn vor das Regal und nahm eine der Kisten herunter.

»Kannst du mir mal helfen?«, fragte ich Robin. Eine nach der anderen reichte ich ihm.

»Was hast du vor?«

Ich grinste. »Ich suche etwas. Wart's ab.«

Laura hatte drei dieser Kisten. In einer bewahrte sie Geschenkbänder, Glückwunschkarten und Ähnliches auf, in der zweiten befanden sich alle möglichen alten Fotos von ihr als Kind, Schulfotos, Familienfotos. Mama war auch auf vielen drauf. Ich hatte große Lust, mich mit der Schachtel in eine ruhige Ecke zurückzuziehen und sie mir anzusehen, in Erinnerungen zu schwelgen und ein bisschen zu weinen, wie meistens, wenn ich mir Fotos von Mama ansah. Doch Robins neugieriger Blick hielt mich davon ab. Stattdessen griff ich zur letzten Kiste und fand einen Disc-Man (so ein Gerät, mit dem man früher CDs anhören konnte), einen MP3-Player, mehrere USB-Sticks und Speicherkarten – und gleich zwei Handys. Das eine war ein vorsintflutliches Gerät mit einem winzigen Display und einer Tastatur. Das zweite Handy war das Vorgängermodell von Lauras jetzigem Smartphone. Wenn es erst eine SIM-Karte hatte, so ein Prepaid-Ding, konnte Robin damit ins Internet, Nachrichten verschicken und empfangen, man konnte Fotos und Videos machen – und natürlich und vor allem konnte man damit anrufen oder angerufen werden. Es würde Robins und meine Kommunikation wesentlich einfacher machen. Kein Davonlaufen und Sorgenmachen mehr. In der Kiste fand ich noch ein passendes Ladegerät und hielt ihm beides hin. »Bitte sehr!«

Sein Blick wanderte von dem Smartphone in meiner Hand in mein Gesicht und wieder zurück. »Das ... ich kann das nicht annehmen«, brachte er schließlich stockend hervor.

Ich ließ mich enttäuscht auf den Teppich sinken. »Aber weshalb denn nicht?« Da hatte ich solch eine tolle Idee gehabt und er lehnte sie ab?!

»Sarah, ich weiß, du meinst es wirklich gut und willst helfen. Das ist wirklich nett, nur stehe ich jetzt schon in deiner Schuld und dieses Smartphone ... das ist zu viel. Ich möchte niemandem verpflichtet sein. Vor allem weil ich weiß, dass ich dir niemals das alles zurückgeben kann.« Er machte eine umfassende Armbewegung.

»Das erwarte ich ja gar nicht«, erwiderte ich leise. Dann straffte ich meine Schultern. »Auch ein Smartphone ist so ein Alltagsding. Vielleicht fällt dir eine wichtige Telefonnummer ein oder so.«

Robin atmete tief ein, setzte sich mir gegenüber. »Ich habe noch niemanden getroffen, der so bemüht ist, anderen zu helfen. Du willst, dass es anderen gut geht. Warum?«

Ich zuckte mit den Schultern. »Vielleicht kann ich bloß schlecht Nein sagen«, versuchte ich, eine nicht ganz ernste Antwort zu geben, aber ich wusste, dass da vermutlich mehr dran war, als ich vor mir selbst zugeben würde.

»Du bist großzügig und hilfsbereit. Und du bist gefühlvoll … und … echt süß.« Er beugte sich zu mir. Kurz bevor seine Lippen meine berührten, hielt er inne, wartete auf ein Zeichen von mir. Ich konnte an gar nichts mehr denken und fühlte nur noch das aufgeregte Kribbeln in meinem ganzen Körper. Ich kam ihm entgegen, nur eine winzige Bewegung in seine Richtung, aber das reichte als Einladung. Ganz leicht wie der Flügelschlag eines Schmetterlings legte er seine Lippen auf meine. Ich verlor jedes Gefühl für die Zeit, wünschte, ich könnte sie anhalten, hoffte, der Kuss würde nie enden. Genau so hatte ich mir meinen ersten richtigen Kuss immer vorgestellt.

Nach etlichen, besseren, noch viel schöneren Küssen, löste ich mich aus Robins Umarmung.

»Alles in Ordnung?«, fragte er mich und ich konnte die Unsicherheit in seiner Stimme hören.

»Ja, also ... ich musste nur mal wieder ... Luft holen!«, antwortete ich und kam mir total albern vor, während ich versuchte, meine Gefühle zu sortieren, die irgendwie alle durcheinander waren. Offenbar schaffte es Robin immer wieder, mich ins Gefühlschaos zu stürzen.

Er grinste. »Geht mir ähnlich.« Er beugte sich vor und gab mir einen weiteren Kuss. »Das hat aber jetzt nicht in die Kategorie ›Alltägliches‹ gehört, hoffe ich.«

Mit einem Augenzwinkern lächelte ich zurück. »Definitiv nicht. Jungs, die ich kaum kenne, küsse ich nicht jeden Tag. Höchstens so alle drei Jahre. Aber ich wäre ganz dringend dafür, unser Küssen in Zukunft in die Liste der alltäglichen Dinge aufzunehmen.« Während ich das sagte, fiel mir ein, wie wahr meine Worte waren: Meinen ersten Kuss hatte ich tatsächlich vor drei Jahren von einem Jungen aus Schweden im Ferienlager bekommen. Und den hatte ich ebenfalls kaum gekannt. Dieser Kuss hatte mich an eine Nacktschnecke erinnert, also nichts, was mir unbedingt in Erinnerung bleiben sollte.

Mit Robin war das ganz anders: sanft, warm und unglaublich kribbelig. Mein Blick wanderte schon wieder zu seinen Lippen, die sich in diesem Moment bewegten. »Oh, für die Aufnahme in diese Liste bin ich unbedingt«, antwortete Robin und zog mich wieder in seine Arme. Vor Glück war mir ganz schwummrig. Und auch wenn ich für meinen Geschmack viel zu wenig über ihn wusste – eines wusste ich: Nirgendwo wäre ich im Moment lieber gewesen als hier.

Eine Weile saßen wir nur da, ohne zu reden. Dann fiel mir das mit dem Handy wieder ein. Ich drückte ihm das Smartphone mit Nachdruck in die Hand. »Bitte Robin, nimm das Telefon. Betrachte es als Leihgabe. Wir kaufen eine Prepaid-Karte, so eine mit einem ganz kleinen Guthaben drauf.«

Sein Gesicht wurde ernst. Mittlerweile hatte ich schon einige Male beobachten können, wie schnell seine Stimmung wechselte. Einen Moment war er noch sanft, im nächsten blitzten seine Augen vor Zorn. Aber ich ließ mich nicht beirren. Mir war es wichtig, dass er dieses verdammte Handy nahm.

»Kannst du dir vorstellen, wie viel Blut und Wasser ich geschwitzt habe, als Paps mir am Abend erzählt hat, dass er das Gewächshaus ausräumen will? Ich hätte dich warnen können, wenn du ein Handy gehabt hättest. Oder welche Sorgen ich mir gestern gemacht habe, als du einfach weg warst und ich dich suchen musste?«

Ich hielt ihm noch einmal Lauras Telefon hin und sah ihn flehend an. »Bitte. Ich kann viel ruhiger schlafen, wenn ich weiß, dass du erreichbar bist. Wenn du es nicht für dich tust, dann nimm es eben mir zuliebe.«

Er rang einen kurzen Moment mit sich. »Okay«, gab er schließlich nach, »aber wirklich bloß als Leihgabe.«

Erleichtert atmete ich auf. Er blickte mich liebevoll an und strich eine Haarsträhne aus meinem Gesicht. »Du bist echt unglaublich. Ich bin noch nie jemandem wie dir begegnet.«

»Vielleicht doch und du kannst dich bloß nicht daran erinnern«, feixte ich.

Vollkommen ernst antwortete er: »Daran *würde* ich mich erinnern, glaub mir.«

Ich beugte mich vor, drückte ihm einen Kuss auf die Lippen und wunderte mich, wie unerwartet selbstbewusst und mutig ich plötzlich war.

»Danke«, sagte er und ließ offen, ob er den Kuss oder das Handy meinte.

»Los, lade es auf.«

Robin steckte den Stecker in die Steckdose und das Smartphone an das Kabel an. Es brauchte ein, zwei Minuten, bis er es einschalten konnte. »Wie leichtsinnig, es ist nicht geschützt«, meinte er, als das Menü am Display erschien, ohne ein Passwort eingeben zu müssen.

Ich zuckte mit den Schultern. »Wahrscheinlich hat Laura sich den PIN einfach nicht merken können. Sie ist supervergesslich. Manchmal wundere ich mich, dass sie noch weiß, wo sie wohnt.«

»Cool, dann scheinen Laura und ich eine gewisse Ähnlichkeit zu haben. Nur dass *ich* nicht mal meine eigene Adresse oder meinen eigenen Namen kenne«, entgegnete Robin ernst. Seine Verbitterung war deutlich zu hören.

»Die kriegen wir schon noch heraus. Und alles andere auch, du wirst sehen.«

Er blinzelte ein paar Mal, dann stand er auf und zog mich ebenfalls hoch. »Wir sollten die Kisten wieder verstauen.«

Ich nickte. »Und danach sollte ich nach Hause gehen«, kündigte ich an, obwohl ich eigentlich überhaupt nicht gehen wollte. Ich hatte zwar Paps gegenüber in Erwägung gezogen, in Lauras Wohnung zu übernachten –

ernst hatte ich das aber nicht gemeint. Und jetzt, da Robin hierblieb, war das ohnehin keine Option mehr – das wäre mir komisch vorgekommen. Irgendwie war das hier jetzt vorerst sein Schutzraum.

Nachdem wir die Boxen verstaut hatten, meinte Robin: »Roosevelt und ich begleiten dich ein Stück, wenn du nichts dagegen hast.«

»Klasse«, freute ich mich über Robins Angebot. Ich fand es schön, dass ich noch ein wenig mehr Zeit mit ihm verbringen konnte – und so kam es, dass der Weg nach Hause statt zwanzig Minuten beinahe doppelt so lange dauerte. Alle paar Minuten blieben entweder Roosevelt stehen, um das Bein zu heben, oder wir, um uns zu küssen.

Doch dann hatten wir mein Haus fast erreicht. »Das vorletzte Haus um die Ecke auf der linken Seite, dort wohn ich. Besser, wir verabschieden uns hier, sonst wundert sich Paps vielleicht noch, warum du mit Roosevelt unterwegs bist.«

Robin seufzte und nickte. »Dann träum schön, Prinzessin. Wir sehen uns morgen und denk an deine Badesachen.«

Mist, ich hatte gehofft, dass er diesen Schwimmbadausflug längst vergessen hatte. Ich seufzte. »Werd ich. Schlaf gut!«

Er zog mich in seine Arme und gab mir einen langen Gutenachtkuss. Vor Glück hätte ich tanzen, jubeln oder singen wollen. Aber angesichts der Uhrzeit und der wenig verständnisvollen Nachbarn in unserer Straße hielt ich mich zurück und summte bloß leise und immerfort lächelnd vor mich hin, während mein Herz munter Purzelbäume schlug. So war das also, wenn man sich Hals über Kopf verliebte. Wobei ... kopflos traf es hier wohl eher.

9

Paps und Joe saßen im Wohnzimmer, jeder mit einer Flasche Bier in der Hand, und unterhielten sich.

»Hi Paps, hi Joe«, sagte ich im Vorbeigehen. Ich wollte schleunigst in mein Zimmer, mich ins Bett legen und von Robin träumen.

»Hallo Spatz, wie war dein Tag?«

»Schön. Morgen geh ich übrigens ins Michaela-Bad«, antwortete ich. »Und bei euch?«

»War eine Menge Arbeit, das Gewächshaus auszuräumen. Unglaublich, was sich im Laufe der Jahre so alles ansammelt. Ganz fertig sind wir nicht geworden, aber ich schätze, morgen schaffen wir es, was meinst du, Joe?«

Der nickte, während er einen Zug aus der Bierflasche nahm, dann sagte er: »Bis um drei am Nachmittag müssen wir es hinbekommen, danach habe ich schon was vor.«

»Also gut, dann ... viel Erfolg euch morgen«, wünschte ich den beiden.

»Dir auch, Spatz.«

Schnell ging ich auf mein Zimmer. Erfahrungsgemäß kam man bei den beiden immer schnell ins Quatschen, und wenn ich Pech hatte, würde ich noch stundenlang im Wohnzimmer sitzen. Irgendwann würde die Sprache unweigerlich auf die Schule, auf meine Freunde bzw.

Freund (man beachte: Einzahl/männlich!) kommen und dann müsste ich entweder lügen und behaupten, ich hätte keinen. Oder ich erzählte die Wahrheit, was erst recht einer ausführlichen Erklärung bedurfte.

Ich war auf dem halben Weg in mein Zimmer, als ich Paps sagen hörte, wie froh er sei, dass ich nun endlich was mit Gleichaltrigen unternehmen würde und dass er sich bereits Sorgen gemacht habe, weil ich den größten Teil meiner Freizeit zu Hause verbrachte.

Du brauchst dir echt keine Sorgen machen, hätte ich ihm am liebsten zugerufen. Stattdessen nahm ich mir vor, bei der nächsten sich bietenden Möglichkeit mit Paps zu reden und ihm von Robin zu erzählen. Und von Conny. Und dass es mir gut ging und er wirklich keinen Grund hatte, sich wegen mir den Kopf zu zerbrechen.

In meinem Zimmer durchsuchte ich die Schubladen nach meinem Badeanzug, weil ich never ever einen Bikini tragen würde. Nach einer ganzen Weile fand ich ihn endlich hinter der Unterwäsche. Er war dunkelblau und hatte seitlich rechts und links je drei weiße Streifen, ein zweckmäßiger Sportbadeanzug für den Schwimmunterricht halt. Ich stopfte ihn mit zwei Badetüchern in einen Rucksack. Außerdem packte ich auch noch das Buch ein, das ich gerade las. Ohne ein Buch das Haus zu verlassen, wäre mir nie in den Sinn gekommen. Falls zum Beispiel Robin im Sportbecken ein paar Längen schwimmen wollte, konnte ich es mir in der Zwischenzeit auf einer Liege bequem machen.

Robin und ich. Im Schwimmbad. Auch wenn ich es mir nicht eingestehen wollte und es nie für möglich gehalten hätte, weil ich so wasserscheu war, verspürte ich so etwas wie Vorfreude.

Als ich um halb acht in der Früh wach wurde, war ich wie zerknautscht. Ich hatte seltsames Zeug geträumt, ich konnte mich aber nur vage daran erinnern. Gott sei Dank, denn so angenehm der Traum auch angefangen hatte, so beklemmend wurde er gegen Ende! Ich nahm mir vor, mich dadurch nicht aus der Bahn werfen und mir den Tag vermiesen zu lassen. Aber ganz so freudig wie am Abend sah ich nun diesem Ausflug nicht mehr entgegen.

Ehe ich aus dem Zimmer ging, schrieb ich Laura, dass alles okay sei, ich das Handy gefunden hätte und heute nicht gut erreichbar wäre. Dann wünschte ich ihr noch viel Spaß, schickte David Grüße zurück und kündigte mit einem Grinsesmiley Neuigkeiten an, wenn sie zu Hause wäre.

Danach ging ich in die Küche. Paps hatte mir zwanzig Euro auf den Tisch gelegt und einen Zettel geschrieben, ich solle mir einen schönen Tag machen. Dankbar steckte ich das Geld ein.

Da ich nie sonderlich viel von meinem Taschengeld ausgab – meistens für irgendwelche Bücher –, stand es mit meinen Ersparnissen nicht schlecht. Allerdings war meine Bankkarte, mit der ich beim Automaten Geld abheben konnte, mit einem wöchentlichen Limit versehen und ich befürchtete, dass dieses Limit schon bald erreicht war.

Ich schmierte ein paar Brote, belegte welche mit Salami und welche mit Käse. Dann nahm ich zwei Äpfel aus dem Korb und gab alles in meinen Rucksack. So ausgerüstet verließ ich noch vor acht das Haus und freute mich über den bedeckten Himmel und den Nieselregen. Hallenbäder bei strahlendem Sonnenschein und Temperaturen ab fünfundzwanzig Grad – das wäre wirklich richtig doof.

Als ich bei Lauras Wohnung ankam, hörte ich schon vor der Tür Roosevelt herantraben. Schnell schüttelte ich meine Haare, die durch den Nieselregen platt am Kopf klebten, dann schloss ich auf. Durch den Türspalt sah ich bloß erst mal seine Nase. Ich drückte den Spalt weiter auf und sagte: »Roose, geh beiseite.«

»Komm, Junge«, rief Robin und endlich konnte ich hinein. Robin hielt Roosevelt am Halsband fest, der neben ihm saß und mit dem Schweif wedelte. Robin lächelte mich breit an.

»Guten Morgen, Prinzessin«, begrüßte er mich mit einem Kuss, der von dem Hund unterbrochen wurde, weil der sich zwischen uns drängte. Wir mussten beide lachen. »Scheint so, als würde etwas zwischen uns stehen«, meinte Robin augenzwinkernd.

Auch Winston bequemte sich aus dem Wohnzimmer, um mich zu begrüßen, indem er sich an meinen Beinen rieb. Ich hockte mich hin und streichelte beide Tiere ausgiebig.

»Gefüttert hab ich sie schon. Nur Gassi gehen mit Roosevelt müssen wir noch.«

»Danke. Hast du schon gefrühstückt?«

Er schüttelte den Kopf. »Ich wollte damit auf dich warten.«

Ich musste lächeln. Robin war total süß. Er war zuvorkommend, einfühlsam, liebenswert. Und er gab mir das Gefühl, jemand Besonderer zu sein, machte mir Komplimente, war verständnisvoll, man konnte sich gut mit ihm unterhalten, kehrte nicht den Macho raus, was ich ja überhaupt nicht leiden konnte – und ein nicht unwesentlicher Aspekt: Er küsste einfach wahnsinnig toll.

Aber du weißt nichts über ihn und über seine Vergangenheit, mischte sich der vernünftige Teil meines Gehirns ein. Sosehr ich mir wünschte, diese Stimme zum Verstummen zu bringen, es wollte mir nicht ganz gelingen.

Wie zum Trotz und um die unangenehme Stimme zu verscheuchen, gab ich Robin einen weiteren Kuss. »Wofür war der denn?«, fragte er überrascht.

»Nur so, du weißt schon ... Alltagssituation ...«, antwortete ich. Den wahren Grund wollte ich mir ja nicht mal selbst eingestehen. Ich redete mir ein, dass die Zweifel sicherlich bald zerstreut würden, wenn wir nur endlich wüssten, woher Robin kommt und was seine Geschichte war.

Schnell nahm ich Roosevelts Leine vom Haken. Der Hund schwänzelte aufgeregt um mich herum. »Sitz«, kommandierte ich, er folgte dem Befehl, ich ließ den Karabiner einschnappen und zu dritt verließen wir die Wohnung.

Ich wäre am liebsten den ganzen Tag anstelle des Schwimmbadbesuchs spazieren gegangen – na ja, mal vom Regen abgesehen. Warum hatte Robin ausgerechnet dieses Schwimmbad gezeichnet? Nie wäre ich auf die Idee gekommen, ins Michaela-Bad zu gehen, wobei ich ohnehin nie von allein meinen Fuß auch nur in *irgendein* Schwimmbad setzen würde ... zumindest nicht freiwillig.

»Woran denkst du?«, fragte Robin.

»An meinen Traum von letzter Nacht«, erwiderte ich und begriff, dass dies sogar stimmte. Ich hatte vom Michaela-Bad geträumt.

»Kam ich darin auch vor?«, wollte er wissen.

»Ja«, gab ich zu. »Allerdings nur am Anfang. Das war auch der schöne Teil.«

Er drückte meine Hand, die er in seiner hielt. »Und der nicht so schöne?«

»Wir waren im Schwimmbad, plötzlich warst du weg und ich konnte dich nirgends finden«, beschränkte ich mich auf den wesentlichen Aspekt meines Traumes.

Er blieb stehen, nahm mich an den Schultern und blickte mir in die Augen: »Sarah, ich verspreche dir bei allem, was mir wichtig ist, dass ich nie *weg sein* werde. Ich hau nicht einfach ohne Grund und ohne dir Bescheid zu geben ab.«

»Selbst wenn du sauer auf mich sein solltest?«

»Selbst dann«, bekräftigte er.

»Okay«, sagte ich. Eigentlich hätte ich erleichtert sein sollen, doch stattdessen musste ich daran denken, dass er genau das schon getan hatte. Er war einfach weggegangen – und das war noch gar nicht lange her.

Robin legte seinen Arm um meine Schultern und ich lehnte meinen Kopf an seine. So aneinandergeschmiegt machten wir uns auf den Rückweg zu Lauras Wohnung. Ob ich es jemals schaffen würde, ihm völlig zu vertrauen? Konnte ich seine Vergangenheit komplett ausschalten und ihn annehmen als der, der er jetzt war? Während mein Kopf zweifelte, rief mein Herz laut »Ja« – ich wollte es so sehr.

Aufs Schwimmengehen hatte ich immer noch keine große Lust, aber immerhin hatte Robin es geschafft, meine unbegründeten Ängste ein wenig zu zerstreuen. Wir sollten im Hier und Jetzt leben und ich sollte mir weniger über die Vielleichts und Warums Gedanken machen. Wir brachten Roose zurück nach Hause und vierzig Minuten und zweimal Umsteigen später standen wir vor dem Treppenaufgang zum Michaela-Bad. Wieder einmal war ich verblüfft von Robins fotografischem Gedächtnis, als ich den Eingang des Bads sah. Er hatte so viele Einzelheiten in seine Zeichnung gepackt, dass es beinahe schon unheimlich war. So genau hätte ich nicht mal unser Schulgebäude beschreiben können, obwohl ich es beinahe täglich sah. Klar, im Gegensatz zu mir betrachtete er als geübter Zeichner die Dinge offensichtlich ganz anders als ich. Dennoch fand ich es faszinierend.

Wir nahmen uns gemeinsam einen Spind, in den wir unsere Wertgegenstände und Kleidungsstücke sperrten. Ich holte das Schwimmzeug aus meinem Rucksack und verschwand in der Umkleidekabine.

Nachdem ich meinen Badeanzug angezogen hatte, wickelte ich das Handtuch um meinen Oberkörper, atmete tief durch und verließ die Kabine. Jetzt, wo ich nun mal da war, konnte ich genauso gut das Beste aus der Situation machen und die Zeit mit Robin genießen.

10

Ich fühlte mich immer noch irgendwie fehl am Platz, tröstete mich aber, dass auch dieser Schwimmbadbesuch in die Kategorie »Alltagsdinge« fiel und er Robin helfen würde, ein Stück seiner Erinnerung zurückzuerhalten. Zumindest hoffte ich es. Gerade stand ich neben dem Sprungbecken, hatte den Kopf in den Nacken gelegt und blickte hoch zu Robin, der sich eben bereit machte, vom Zehn-Meter-Turm zu springen. Mein Herz setzte einen Schlag aus, als er sich abstieß, einen Moment in der Luft zu schweben schien, ehe er mit durchgestreckten Zehen und eng am Körper angelegten Armen ins Wasser eintauchte.

Er sank fast bis auf den Grund des Beckens, kam dann mit ein paar Zügen an die Oberfläche und stemmte sich schließlich am Rand aus dem Schwimmbecken. Ich bemühte mich, ihn nicht zu unverhohlen anzustarren, aber das, was ich von ihm sah, gefiel mir. Er war keineswegs übertrieben durchtrainiert, aber auch nicht zu dünn. Seine Haut war hell und beinahe makellos.

»Unglaublich«, sagte ich. »Ich bin allein vom Zusehen fast gestorben. Ich würde nicht mal für viel Geld dahinauf steigen und runterspringen erst recht nicht.«

Er grinste. »Hey, dabei wollte ich dich gerade zu einem Tandemsprung überreden.«

Erschrocken blickte ich ihn an. »DAS geht?«

»Nein, wollte nur sehen, wie du reagierst«, erwiderte er lachend. »Keine Sorge, das ist nicht so wie bei einem Fallschirmsprung oder Bungee-Jumping.«

Erleichterung durchflutete mich. Ich hätte echt nicht gewusst, wie ich mich da aus der Sache rauswinden hätte können, ohne irgendwie verklemmt und spaßbremsig zu wirken.

Robin streichelte mir über die Wange und gab mir dann einen Kuss. »Hey, alles gut. Ich hatte keine Ahnung, dass du so was von wasserscheu bist, hm?«

Wasserscheu traf mein Verhältnis zum Schwimmen ziemlich auf den Kopf. Ich zuckte mit den Schultern. »Das heißt, du machst das schon seit einer Weile«, stellte ich fest. »Das eben hat nicht gerade wie ein Anfängersprung ausgesehen.«

»Na ja«, gab Robin zu. »Vielleicht schon, keine Ahnung. Es hat sich auf jeden Fall vertraut angefühlt, so normal. Als hätte ich das schon hundert Mal gemacht.«

»Was ist dein Lieblingsessen?«, fragte ich völlig aus dem Zusammenhang gerissen.

Verwirrt runzelte Robin die Stirn. »Was ...?«

»Los, nicht denken«, ermahnte ich ihn. »Antworte einfach.«

Jetzt schien er zu begreifen, worauf ich aus war. Aber anscheinend wusste er keine Antwort darauf.

»Piep, piep, piiiiiep. Zu spät«, sagte ich grinsend. »Komm, gehen wir zu den Liegen. Ich habe Hunger.«

»Salami- oder Käsebrot?« Abwartend hielt ich beides in der Hand.

»Salami, bitte«, antwortete Robin. Ich gab es ihm und nahm mir selbst auch eins. Plötzlich kam mir eine Idee: Während wir aßen, würde ich ihn einfach mit weiteren Fragen aus der Reserve locken. »Okay. Lass uns ein Spiel spielen. Es heißt Entweder-Oder.«

Robin kaute weiter und nickte mir neugierig zu.

Ich legte einen Finger an die Unterlippe und überlegte. »Wenn du in deinem Leben nur eine Sache trinken könntest, wäre es Kaffee oder Tee?«

»Kaffee«, antwortete Robin schnell.

Ich lächelte. »Morgen- oder Nachtmensch?«, setzte ich das Spiel fort.

»Eindeutig Nacht.«

»Pizza oder Lasagne?«

»Lasagne.«

Na bitte, es ging ja. »Obst oder Gemüse?«

»Gemüse. Aber nicht gekocht. Salat mag ich. Und alles, was man roh knabbern kann. Karotten, Gurken, Tomaten ... Paprika vertrag ich nicht.« Er schlug sich mit der flachen Hand gegen die Stirn. »Mensch, ich fass es nicht. So etwas wie mit der Paprika weiß ich, nicht aber, wo ich wohne? Absurd, oder?«

»Ja, irgendwie schon. Was ist mit Sushi. Ist auch roh«, bohrte ich weiter. Jetzt, da es gerade gut lief und wir die Chance hatten, mehr über ihn zu erfahren, wollte ich weitermachen. Vielleicht setzte sich so ein weiteres Puzzleteil in seinem Kopf an den richtigen Ort.

Er schüttelte sich theatralisch. »Igitt, nein! Fisch geht gar nicht. Ist für mich das, was für dich das Zehn-Meter-Brett ist.«

»Okay, verstehe. Wovor ekelst du dich mehr? Fisch oder Sauerkraut?«

»Fisch. Und Leber. Absolut pfui. Und du?«

»Sauerkraut, Spargel, Blutwurst. Aber ich stelle hier die Fragen!« Gespielt streng schaute ich ihn über mein angeknabbertes Brot hinweg an. »Lieblingstier?«

»Roosevelt«, kam es wie aus der Pistole geschossen.

Ich knuffte ihn liebevoll am Arm. »Gilt nicht. Ich dachte eher allgemein. Katzen, Hunde, Hamster, Wellensittiche?«

»Schlangen.«

Ich riss die Augen auf. Bei seiner Antwort hätte ich mich beinahe verschluckt. »Ist das dein Ernst? Sag bloß, du hast daheim welche.«

Sein Gesicht verschloss sich plötzlich bei der Erwähnung von seinem Zuhause. »Weiß ich nicht. Können wir jetzt damit aufhören?«

»Aber wir haben doch gerade unheimlich gute Fortschritte gemacht«, erwiderte ich ein wenig gekränkt. Merkte er nicht, dass jedes Detail helfen konnte, den Schlüssel zu seinen Erinnerungen zu finden? Für einen kurzen Moment flackerte in mir die Angst hoch, er wolle sich gar nicht an seine Vergangenheit erinnern, weil er etwas furchtbar Schlimmes getan hatte. Oder aber dass er sich über mich lustig machen könnte, mir etwas vormachte schon die ganze Zeit, was auch nicht besser gewesen wäre. Doch was hätte er davon? Nichts ... abgesehen von einer Gratisunterkunft und der Versorgung mit allem, was er so brauchte, angefangen von Lebensmitteln bis hin zu einem Handy, für das ich sogar auf dem

Weg ins Bad noch eine Prepaidkarte besorgt hatte, damit er es verwenden konnte. Küsse und Umarmungen inklusive.

Ich schluckte und schickte die Zweifel in den hintersten Teil meines Kopfes. So einer war Robin nicht. Er hatte mir kein einziges Mal das Gefühl gegeben, mich auszunutzen. Außerdem hätte er das Handy und wer weiß noch alles, was ihm in der Wohnung zwischen die Finger kam, längst mitnehmen können. Die Gelegenheit hätte er mehr als einmal gehabt. Das hatte er aber nicht getan. Im Gegenteil, ich hatte ihm das Handy regelrecht aufdrängen müssen – genauso wie das Eis, zu dem ich ihn eingeladen hatte.

»Tut mir leid«, sagte er mitten hinein in meine Gedanken. Zerknirscht schaute er mich an. Seine Hand streichelte meinen Arm und hinterließ dabei ein wohliges Kribbeln auf meiner Haut, trotzdem entzog ich mich ihm, indem ich mir das Handtuch über die Schultern streifte.

»Ich wollte dir bloß helfen.« Auch wenn ich versuchte, ihm zu vertrauen, ganz so leicht wollte ich es ihm dann doch nicht machen.

»Ich weiß. Und ehrlich, ich schätze das auch sehr. Bloß ... manchmal ist es, als würde ich mit Anlauf gegen eine Wand rennen. Bei jedem Schnipsel Erinnerung, der in einer Sackgasse endet, verstehst du? Und das ist unheimlich frustrierend.«

»Aber ich fürchte, einen anderen Weg zu deinem früheren Leben gibt es nicht. Keine Ahnung, aber vielleicht solltest du doch zu einem Psychologen oder so gehen.«

»Der dann was tut? Mich für verrückt erklärt und in

irgendeine Klinik einweist?« Er schüttelte vehement den Kopf.

So weit hatte ich gar nicht gedacht. Das wollte ich natürlich auch nicht. »Dazu besteht überhaupt kein Anlass«, erwiderte ich lahm, auch wenn ich meine Worte selber nicht glaubte.

Die Stimmung zwischen uns war plötzlich bedrückend geworden und keiner sagte etwas. Ich wollte gerade vorschlagen, ins Wasser zu gehen (und das sollte von mir schon etwas heißen!), doch als ich zu Robin hinüberblickte, saß er mit angewinkelten Knien auf der Liege und kritzelte wie wild auf dem Block herum. Mit angehaltenem Atem beobachtete ich ihn. So entrückt hatte ich ihn erst ein Mal erlebt – beim Eissalon.

Er schien in einer eigenen Welt zu sein, hatte alles um sich ausgeblendet, so als gäbe es rund um ihn nichts und niemanden.

Vorsichtig, um ihn nicht aus seiner Parallelwelt zu reißen, beugte ich mich zu ihm hinüber, um die Zeichnung zu betrachten. Zuerst erkannte ich nicht, was Robin da skizzierte. Für mich sah es wie ein Labyrinth aus. Erst nach und nach erfasste ich, dass es sich um die Gänge im Umkleidebereich des Schwimmbads handeln musste. Nicht die, wo wir als Tagesgäste unseren Spind hatten, sondern wo sich die geräumigeren Kabinen der Dauerkartenbesitzer befanden. Ich erinnerte mich daran, da ich einmal zufällig dort gelandet war, als ich mich auf dem Weg zu meinem Spind verirrt hatte. Aber wo genau sich dieser Bereich befand, hätte ich nicht mehr sagen können. Es gab dort ein Mosaik an der Wand. Eine

Unterwasserlandschaft mit Wasserpflanzen und bunten Fischen. Und genau die hatte Robin eben zu Papier gebracht.

* * *

Sarah nervt. Dabei hat ihr Spiel, Dinge aus ihm herauszukitzeln, sogar funktioniert. Er kennt jetzt einige seiner Vorlieben und Abneigungen, insofern kann er ihr deswegen nicht mal Vorwürfe machen. Die ersten Fragen hat er ja auch beantwortet, es hat ihm sogar Spaß gemacht. Aber Sarahs letzte Frage, ob er Schlangen als Haustiere hat ... da fällt in seinem Gehirn ein Vorhang, da ist nur Dunkelheit, Vorstellung vorbei, danke für Ihre Aufmerksamkeit.

Er merkt, sie ist ein bisschen sauer auf ihn, selbst wenn er versucht, ihr klarzumachen, wie es ihm dabei geht. Und er ist auch angefressen, weil sie nicht versteht, dass alles nicht so einfach ist, wie sie es sich ausmalt. Er kann sich sogar gut vorstellen, dass sie mit ihm und seiner Nichtvergangenheit überfordert ist. Aber wenn hier einer das Recht hat, überfordert zu sein, dann doch wohl er. Der mit dem Gedächtnisverlust. Er ist derjenige, der keine Ahnung hat, wo er vor einer Woche war oder woher er weiß, wie man den Körper anspannen muss, um einen nahezu perfekten Sprung vom Zehn-Meter-Brett hinzubekommen. Sie kommt schwer klar damit, dass er keine Erinnerungen hat, okay. Aber er braucht halt einfach Zeit. Für ihn ist es noch schwerer, keine Erinnerungen zu haben.

Im gleichen Moment merkt er, wie unfair seine Gedanken sind. Was hat er sich dabei gedacht, sie in seine Schwierigkeiten mit hineinzuziehen? Er hätte sie nicht küssen dürfen. Doch wie hätte er es nicht tun können?

So hat sie sich eine Beziehung bestimmt nicht vorgestellt, eine, die von Anfang an mit solchen Problemen behaftet ist. Er ja auch nicht, er wünschte, es wäre anders. Aber wenn er sich einer Sache sicher ist, dann seiner Gefühle für Sarah. Innerlich schilt er sich. Sarah ist zu nett und zu arglos für die Schwierigkeiten, die sie an seiner Seite erwarten. Aber sie glaubt an das Gute – auf der Welt und in ihm. Womit hat er sie verdient? Sie ist das Beste, das ihm passieren konnte. Das Beste, das ihm seit Langem – vielleicht sogar je – passiert ist. Um das zu wissen, braucht er seine Erinnerungen nicht, er spürt es in seinem Herzen.

Gleichzeitig schnürt ihm dieser Gedanke die Kehle zu, das Atmen fällt ihm schwer. Denn diese Erkenntnis führt zu einem weiteren logischen Schluss: Viel Schönes hat er in der Vergangenheit nicht erlebt. Vielleicht ist es wirklich besser, sich daran nicht mehr zu erinnern und alles hinter sich zu lassen. Wie viele Menschen haben die Möglichkeit, sich ganz neu zu erfinden, neu zu beginnen?

Sarah sagt, sie sei keine Expertin, und doch scheint sie ganz genau zu wissen, was sie tut. Ein Psychologe hätte wahrscheinlich auch nichts anderes gemacht, als solche Fragen zu stellen wie sie. Sie macht das gut, er braucht niemanden anderen. Und er will niemanden anderen, dem er sich so öffnet wie bei Sarah.

Sein Instinkt sagt ihm, dass er ihr vertrauen kann. Keine Selbstverständlichkeit für ihn, der immer auf der Hut ist, auch wenn er nicht weiß, warum oder wovor. Ehe er auch nur darüber nachdenken kann, holt er aus der Badetasche zu seiner Linken Block und Stift. Ein Seitenblick zu Sarah, die nachdenklich auf ihren Lippen herumkaut und dabei so süß aussieht, dass er sie am liebsten sofort küssen möchte. Doch er tut es nicht, weil sie in sich gekehrt ist und ins Leere starrt. Hoffentlich hat er sie nicht dauerhaft verärgert, wo sie doch allein wegen ihm mitgekommen ist. Vor seinen Augen verschwimmt der Ruheraum mit den Liegen, mit Sarah, mit den anderen Besuchern. Da wartet ein anderer Ort auf ihn …

Quader an Quader, Tür an Tür, ein Gang. Die Türen nummeriert, doch zu klein, um die Zahlen genau zu erkennen. Die Knäufe aus dunklem Plastik. Ein Mann, schwarzes, gewelltes Haar. Rückenansicht, groß, schlank, beinahe hager, in Straßenkleidung. Und ein zweiter, gedrungener, muskulöser. Glatze und Stiernacken, die Tätowierung am Hals – das Petruskreuz, ein auf den Kopf gestelltes Kreuz, ein Satanssymbol.

Weitere Gänge, Kabinentüren. Am Ende eine Wand. Viele kleine Steine. Fliesensplitter, ein Mosaik. Fische, die schweben, nein, im Wasser schwimmen. Pflanzen mit langen, gefiederten Blättern und andere mit kleinen, runden.

Er reißt das Blatt ab und lässt es zu Boden fallen, aber er merkt es kaum. Da ist noch etwas anderes, das in ihm brennt und an die Oberfläche drängt.

Quadratischer Griff, ein gezackter Bart mit eingefrästen Löchern darin – ein Sicherheitsschlüssel. Er ist an einem rechteckigen Anhänger befestigt. Die Zahlen darauf sind verblasst, aber trotzdem lesbar. 285.

Er blinzelt. Es ist wie das Auftauchen aus dem Wasser, wenn man nach und nach beginnt, alles um sich herum wahrzunehmen. Auch dass er in Badeshorts auf einer Plastikliege sitzt, wird ihm erst jetzt wieder bewusst, und dass Sarah gleich neben ihm ist, ebenfalls. Er dreht den Kopf in ihre Richtung und sein Herz geht über vor Zuneigung zu ihr. Sie hat die Arme um ihre Knie geschlungen, den Kopf daraufgelegt und beobachtet ihn mit diesem Blick, als wäre er für sie das interessanteste und wichtigste Wesen auf der Welt. Die Zuneigung, die er ihr gegenüber empfindet, macht ihm Angst. Aber gleichzeitig ist es auch schön, weil er, wenn er schon für sich selbst kaum schafft, ein Gefühl zu entwickeln, für Sarah umso stärker empfinden kann.

Sie lächelt ihn an. »Du hast deiner Vergangenheit wieder einen Besuch abgestattet.«

Zwei Zeichnungen liegen vor ihm. »Dieser Schlüssel könnte zu allem Möglichen gehören. Zu einer Haus- oder Wohnungstür. Ich steh wieder vor einem Rätsel.«

»Vielleicht gehört er ja hierher«, sagt Sarah. »Das erste Bild ist nämlich auch von hier.«

Er runzelt die Stirn. Plötzlich wird er aufgeregt. Wegen dieses Schlüssels ist er hierhergekommen, das weiß er jetzt. Aber die Schlüssel, die er und Sarah bei der Kasse bekommen haben, sind kleiner und hängen an einem Armband, damit man sie sich um das Handgelenk schnallen kann. Doch nachsehen kostet schließlich nichts. Er steht auf, hält Sarah eine Hand hin, um ihr von der Liege aufzuhelfen. Dabei zieht er sie hoch, direkt in seine Arme und drückt ihr einen Kuss auf den Mund. »Worauf warten wir noch?«, fragt er. »Sehen wir nach.«

Ja, sie werden hier etwas finden, ein weiteres Stück des Puzzles, wie Sarah es nennt. So muss es sein! Nur deshalb hat er gestern das Schwimmbad gezeichnet. Und wo auch immer der Schlüssel reinpasst – es muss sich etwas Wichtiges darin befinden, da ist er sich vollkommen sicher.

11

Als wir entlang des Familienbeckens Richtung der Umkleidekabinen gingen, rutschte ich am nassen Fliesenboden aus und wäre ziemlich unsanft gestürzt, hätte mich Robin nicht festgehalten. »Hoppla! Alles okay, Prinzessin?«

Mir wurde heiß, denn für einen winzigen Moment flackerte wieder die Erinnerung an meinen Albtraum auf. Auch da war ich hingefallen. Ich nickte mit roten Wangen, lächelte ihn dankbar an und schaute mich um. Im Becken spielten vier Kinder mit einem Wasserball, am anderen Ende des Raumes saß ein älteres Ehepaar und las Zeitung, weiter rechts zwei jüngere Frauen, die sich unterhielten, und genau auf der gegenüberliegenden Seite des Schwimmbeckens standen zwei Männer, einer gedrungen, der andere dünn und groß, die zu mir herübersahen. Wie peinlich, die hatten wahrscheinlich meine Tollpatschigkeit voll mitbekommen!

Als wir den Umkleidebereich erreicht hatten, liefen wir jede einzelne der fünf Reihen ab, die sich vor uns erstreckten. »Dahinten ist 190 bis 200.« Robin wandte sich dem nächsten Gang zu.

»Ich schaue bei den Kästchen auf der anderen Seite.« Wenig später trafen wir uns im Mittelgang wieder.

»Komisch, da drüben enden sie mit 250«, meinte Robin.

»Keine Nummer 285«, stellte ich frustriert fest. Mehr gab es nicht. Das durfte nicht wahr sein! Dabei war ich so sicher gewesen, dass wir die Lösung hier irgendwo finden würden.

»Bei den Duschen sind wir an einem Gang vorbeigekommen. Weißt du, wohin der führt?«, fragte Robin.

Ich nickte. »Es gibt eine Abteilung für Dauermieter. Die haben Kabinen, keine Schließfächer auf dem Gang.« Ich stockte und Robin schien den gleichen Gedanken zu haben wie ich: Dort musste es sein! »Los, komm!«, rief er atemlos und griff nach meiner Hand.

Womöglich würden wir endlich etwas finden, das Rückschlüsse auf seine Identität zuließ. Und die Aussicht, wichtige Informationen zu erhalten, ließ nicht nur ihn Hoffnung schöpfen. Auch ich merkte, wie aufgekratzt ich plötzlich war. Vielleicht trennten uns nur ein Gang und ein paar Minuten von Robins Vergangenheit.

Wir folgten den Pfeilen zu den »365-Kabinen« neben den Duschräumen. Von dort zweigte nach links ein Gang zum Ausgang ab, ein anderer nach rechts zum Dauermieterbereich.

Das Bad war recht spärlich besucht, sodass uns keiner beobachtete, während wir hier herumliefen, wo wir nichts zu suchen hatten. Aber zum Glück wirkte alles regelrecht verlassen. Geräusche aus dem Beckenbereich drangen nur gedämpft bis zu uns. Irgendwo hier mussten die Technikräume sein, denn das Stampfen der Pumpen wurde lauter.

»Da«, deutete ich auf die erste Reihe der Kabinen. Sie befanden sich Tür an Tür, jede hatte eine Fläche von etwa ein mal eineinhalb Meter und war somit etwa doppelt so groß wie die normalen Umkleiden. Sie überragten mich ein Stück, die Türen gingen vom Boden bis zur Kabinendecke und waren mit kleinen Metallschildchen versehen, auf denen die Nummern standen. Die erste Reihe ging von 251 bis 260.

Vier Reihen gab es insgesamt, jede hatte eine eigene Farbe, die vierte, in der sich die 285 befinden musste, war hellblau. Dahinter gab es die letzte Reihe mit dunkelblauen Türen – und dort war auch die Mosaikwand mit einer Unterwasserwelt. Gänsehaut kroch über meine Arme und meinen Rücken. Es war ein unheimliches Gefühl, diese Wand vor mir zu sehen, die Robin vorhin gezeichnet hatte, ohne zu wissen, dass sie überhaupt existierte. »Robin, das musst du dir ansehen.« Wann war Robin schon mal hier gewesen, woher kannte er das Mosaik – und was würde uns hinter der Kabinentür erwarten? Einstweilen hatte er offenbar die richtige Nummer gefunden, denn ich hörte ihn triumphierend »Ich hab sie« rufen.

Ich löste meinen Blick von dem Mosaik und ging zu ihm in den Gang mit den hellblauen Wänden. Gemeinsam standen wir vor der Tür mit der 285 und hielten uns an den Händen.

»Okay, und was jetzt?«, fragte ich. Keine Ahnung, welchen Plan Robin eigentlich hatte. Wir konnten ja nicht einmal durchs Schlüsselloch linsen. Enttäuschung machte sich in mir breit, irgendwie hatte ich erwartet, dass es bei Robin so etwas wie »Klick« machen und er sein Gedächtnis auf einen Schlag wiedererlangen würde, doch es passierte ... nichts.

»Ich weiß es nicht«, gab er zu, machte aber keine Anstalten, sich wegzubewegen. »Wenn wir den Schlüssel hätten ...«

»Aber wir haben keinen«, wies ich ihn auf das Offensichtliche hin.

»... oder wenn ich einfach einen Blick hineinwerfen könnte«, sagte er, ohne sich beirren zu lassen.

»Wie soll das gehen?« Unter den Türspalt hätte gerade mal so eine Minikamera gepasst, die sie immer in Spionagefilmen verwendeten. Wir waren aber leider nicht im Spionagefilm, sondern standen in Badeklamotten vor einer Umkleidekabine.

Nun begann Robin, auf und ab zu gehen, während ich mich auf den Boden hockte und wünschte, ich hätte jetzt mein Buch dabei, um mir die Zeit zu vertreiben. Wer weiß, wann Robin endlich einsehen würde, dass wir nichts ausrichten konnten.

»Wenn wir schon nicht reinkönnen, müssen wir wenigstens herausfinden, wer die Kabine gemietet hat«, sagte er entschlossen und blieb vor mir stehen.

Ich rappelte mich hoch. *»Dieses* Vorhaben hat zumindest den Hauch einer Chance auf Erfolg.«

»Holen wir unsere Sachen?«, schlug er vor.

»Klar, aber vorher muss ich dir noch etwas zeigen.«

Ich führte ihn zu der Wand mit dem Mosaik. »Verdammt«, entfuhr es ihm leise. »Das ist ... Wahnsinn, oder? Wieso war ich schon mal hier, Sarah?«

»Keine Ahnung. Aber wie du das auch immer anstellst – es sieht aus, als wären wir auf dem richtigen Weg.«

Nachdenklich machten wir uns auf den Rückweg zu unseren Liegen im Schwimmbereich. Als wir am Becken vorbeigingen, nahm Robin wieder meine Hand. »Nur eine Vorsichtsmaßnahme«, sagte er. »Bei dir weiß man ja nie, was deine Beine mit dir vorhaben.«

Ich wollte gerade die Augen verdrehen und ihn ins Becken schubsen, da passierten mehrere Dinge gleichzeitig. Robin zog mich abrupt zur Seite – und in einem großen Bogen in die entgegengesetzte Richtung. Im gleichen Moment sah ich einen großen, schlanken Mann, der uns von der anderen Seite der Schwimmhalle beobachtete. Neben ihm ging ein stämmiger Kerl und sofort fiel mir ein, dass ich die beiden eben schon einmal gesehen hatte, als ich gestolpert war.

»Shit!«, entfuhr es Robin und ich kapierte immer noch gar nichts.

»Autsch, was ist los?«, protestierte ich, als wir die Liegen im Ruheraum durch die hintere Tür erreicht hatten und Robin hastig unsere Sachen in seine Tasche und meinen Rucksack stopfte.

»Wir müssen schleunigst hier verschwinden«, raunte er und streckte die Hand nach meinem Handtuch aus.

Widerwillig überließ ich es ihm. »Nichts lieber als das. Aber: Was ist denn überhaupt los?«, flüsterte ich.

»Später. Jetzt ist keine Zeit für Erklärungen.« Er warf die Tasche über die Schulter. Den Rucksack hielt er fest umklammert, mit der anderen griff er nach meiner Hand.

Ich schüttelte sie ab und lief neben ihm her. »Jetzt sag mir schon, was los ist, verdammt!«

Robin drehte sich zu mir, in seinen Augen konnte ich Angst erkennen und seine Stimme klang gepresst, als er sagte: »Sie sind hinter mir her.«

Ja, da war immer schon Robins ständiges Ausschauhalten nach Verfolgern gewesen – aber wer sollte denn tatsächlich hinter ihm her sein? Dieser Typ mit der Hakennase, den er einmal gezeichnet hatte? Und was hatten dann diese beiden Typen hier im Schwimmbad damit zu tun?

»Weshalb sollte dich jemand ... Kennst du die etwa?«, begann ich, doch er unterbrach mich.

»Ja. Bitte, wir müssen los. Die erwarten bestimmt, dass wir uns noch umziehen.«

»Das erwarte ich allerdings auch. Ich habe nicht vor, im Badeanzug Tram zu fahren«, versuchte ich, meine Nervosität zu überspielen.

Verstohlen spähte Robin vom Ruheraum in die Schwimmhalle. »Die Luft scheint rein«, sagte er dann, ohne auf meine Bemerkung einzugehen.

Blitzschnell überlegte ich. Viele Möglichkeiten blieben mir nicht. So nervös, wie Robin wirkte, bezweifelte ich, dass er vernünftig mit sich reden und sich überzeugen ließ, dass ihm keine Gefahr drohte. Am besten, ich gab nach und begleitete ihn. »Wie kommen wir denn zu unserer Kleidung?« *Es ist alles bloß ein Abenteuer,* versuchte ich, mich zu beruhigen. Robin antwortete nicht, sondern fuhr sich mit der Hand durchs Haar. Er wirkte wie auf Autopilot. Bloß weg hier, schien auf seiner Stirn zu stehen, daher bot ich an, unsere Sachen aus der Umkleide zu holen. »Du gehst währenddessen in die Damendusche und wartest auf mich.«

»Spinnst du? Wenn mich wer entdeckt, gibt es bestimmt einen Riesenaufstand«, protestierte er.

»Lass dich halt nicht erwischen. Aber sagen wir mal, diese beiden Typen sind echt hinter dir her, dann werden sie dich dort am wenigsten vermuten.«

Robins Augen huschten hin und her, doch in dem Gang vor uns, der zu den Duschen und Umkleiden führte, versammelte sich nur eine Gruppe von Schwimmschülern, die sich lachend ihre Badekappen überzogen.

Wo waren die beiden Typen hin?

Ich nickte Robin noch einmal zu, dann wartete er einen günstigen Moment ab und schlüpfte in den Damenbereich, wo er sich schnell in einer der Duschkabinen versteckte und die Tür hinter sich verriegelte. Während ich aus dem Spind unsere Sachen holte, merkte ich, dass ich anfing, genauso paranoid zu werden wie Robin. Ständig blickte ich mich um, doch von den beiden Männern war nichts zu sehen.

Erleichtert betrat ich kurz darauf die Damenduschräume. »Robin?!«, flüsterte ich.

Sofort drehte sich das Schloss, die Tür ging einen Spalt auf und Robin zog mich wortlos in die Kabine. »Gott sei Dank«, sagte er, »ich dachte, sie hätten dich erwischt.«

»Ich glaube wirklich, dass du dich geirrt hast. Da war keiner.« Ich drückte ihm seinen Kleiderbündel in die Hand und verließ die Kabine, damit er sich anziehen konnte.

Auch ich schlüpfte in meine Sachen und merkte erst jetzt, wie kalt mir geworden war.

Gerade als ich den Reißverschluss meiner Jeans hochzog, kam Robin ebenfalls angezogen aus der Duschkabine. Vor der Tür hörte ich eine Frauenstimme, die offenbar mit jemand schimpfte.

»Schnell!«, rief ich, schnappte Robins Hand und zerrte ihn mit mir in Richtung Ausgang, gerade rechtzeitig, ehe die Schwimmbadbesucherin uns in der Damendusche erwischte.

Durch das Drehkreuz verließen wir den Badebereich. Als wir an der Kasse vorbeikamen und unsere Armbänder mit den Schlüsseln abgaben, bemühten wir uns, möglichst entspannt und ruhig zu wirken, um nicht aufzufallen. Immer wieder schaute sich Robin verstohlen um, seine Hand, mit der er meine umklammert hielt, war feucht von Schweiß und kalt.

»Entschuldigen Sie?« Robin beugte sich zu der Kassendame vor und sprach hastig weiter: »Wenn ich wissen möchte, wem die Kabine mit der Nummer 285 gehört, könnten Sie mir da weiterhelfen?« Er lächelte charmant.

Die Frau musterte Robin stirnrunzelnd. »Rein theoretisch schon. Aber praktisch muss ich Sie enttäuschen, wir können Ihnen keine Auskunft über ...«, antwortete die Frau. Da klapperte es plötzlich hinter uns und eine raue Stimme fluchte lautstark.

Einer der beiden Männer – der dünne mit den schwarzen Haaren – versuchte, sich immer wieder mit voller Kraft gegen das Drehkreuz zu werfen, das sich nur mit dem Magneten im Schlüsselband öffnen ließ.

»Bitte passen Sie doch auf …«, setzte die Kassiererin an, doch ich hörte nicht mehr, wie sie unseren Verfolger ermahnte, denn Robin packte meine Hand und rannte los. Mir blieb gar nichts anderes übrig, als ihm zu folgen.

Völlig kopflos lief er voran und zog mich mit sich. Wir bogen rechts ab, dann links, kamen durch einen kleinen Park, der verlassen wirkte. Dort rannten wir weiter entlang einer Mauer, Robin suchte immer Deckung und legte dabei ein Tempo vor, dass ich beinahe mehrmals über meine eigenen Füße gestolpert wäre. Schließlich bogen wir in die Tiefgarage eines Einkaufzentrums ab. Irgendwann nach einer gefühlten Ewigkeit keuchte ich »Stopp!« und blieb einfach stehen. Ich hatte Seitenstechen, meine Lunge fühlte sich an, als würde sie gleich bersten, ich bekam kaum mehr Luft. Was tat ich da überhaupt? Durch den Schwung riss ich mich von Robin los. »Das ist doch völlig durchgeknallt! Was tun wir hier eigentlich?«

Ruhig fasste er erneut nach meiner Hand. »Du musst«, sagte er und schien kein bisschen außer Atem zu sein. Er trabte wieder los, immerhin ein wenig langsamer als vorher.

Keuchend blickte ich mich um – und da sackten mir beinahe die Beine weg. Die beiden Typen bogen gerade in die Tiefgarage ein, entdeckten uns und setzten uns nach. Robin hatte die ganze Zeit über recht gehabt! »Da, durch den Notausgang«, bestimmte Robin, stemmte die schwere Stahltür mit der Schulter auf und schob mich einfach nach draußen auf die Gasse.

Panik erfüllte mich, ich mobilisierte meine letzten

Kraftreserven und legte an Tempo zu. Wir fegten um die Straßenecke, kamen an eine Bushaltestelle. Zufällig stand dort noch der Bus, er hatte eben die Türen geschlossen. Ein Fahrgast bemerkte uns und drückte auf den Türöffner. Tatsächlich ging die Tür noch einmal auf. Ohne lange nachzudenken, schlüpften wir hinein und ließen uns auf den nächsten freien Sitz fallen.

Gerade als wir losfuhren, liefen die beiden Männer um die Ecke auf den Bus zu. Ich zuckte zusammen, als der kräftigere der beiden mit der flachen Hand wütend auf die Tür schlug. Erst jetzt merkte ich, dass ich am ganzen Körper zitterte. Vorsichtig sah ich mich um: Der schwarzhaarige hielt sein Handy ans Ohr und telefonierte, während der andere auf ihn einsprach und wild in unsere Richtung deutete.

Da war unendliche Erleichterung in mir, aber auch Angst. Endlich beruhigte sich mein Atem ein wenig. »Shit, die sind ja wirklich hinter uns her.« Ich hatte Robin nicht geglaubt, aber die Tatsache, dass er nicht unter Wahnvorstellungen litt, beruhigte mich nicht unbedingt.

»Sag ich doch die ganze Zeit«, verteidigte Robin sich.

»Wer sind diese Männer und was wollen sie von dir?«, fragte ich weiter. Robin war mir echt eine Erklärung schuldig. Eine verdammt gute!

Er starrte mit zusammengepressten Lippen zum Fenster hinaus. Ich fürchtete schon, er würde mir keine Antwort geben. Doch dann sah er mich an. Alle Leichtigkeit, die ich an ihm heute beim Springen vom Zehn-Meter-Brett bemerkt hatte, war von ihm gewichen. »Ich war auf der Flucht vor ihnen, als ich mein Gedächtnis verloren hab. Es war … ich bin gestürzt. In meinem Versteck …« Er bekam wieder diesen besonderen leeren Blick, so wie im Schwimmbad, als er begonnen hatte, sich zu erinnern und zu zeichnen. Nur gerade jetzt war das ein ganz, ganz schlechter Zeitpunkt.

»Robin«, rief ich, nahm sein Gesicht in beide Hände und küsste ihn. Es war mir egal, ob die Leute guckten oder was sie von uns dachten. Ich hatte Erfolg, denn Robin wirkte im gleichen Moment nicht mehr so entrückt wie vor einer Sekunde. Jetzt musste ich ihn ganz schnell in Sicherheit bringen. Nach Hause – oder das, was am ehesten einem Zuhause gleichkam: in Lauras Wohnung.

Entschlossen drückte ich den Halteknopf. »Wir steigen aus«, bestimmte ich und stand von meinem Sitz auf. Robin sah mich fragend an.

»Wir verwischen unsere Spuren, indem wir ein paar Mal umsteigen, wie in diesen Actionfilmen.« Ich versuchte ein schiefes Grinsen, auch wenn mir eher nach Heulen zumute war. Was wollten diese Kerle bloß von Robin?

»Okay«, stimmte er zu und folgte mir zur Tür.

Kaum waren wir ausgestiegen, war nun ich diejenige, die sich umwandte und die Gegend nach unseren Verfolgern abcheckte. Gegenüber der Bushaltestelle befand sich eine Straßenbahnstation. Von Weitem konnte ich die Straßenbahn bereits erkennen. Eine Minute, dann wäre sie hier. Sechzig volle Sekunden, die wir quasi auf dem Präsentierteller saßen.

Endlich fuhr die Tram ein. Wir suchten uns einen Waggon mit vielen Fahrgästen, um in der Menge unterzutauchen. Ich hatte einen Sitzplatz, wir waren in Sicherheit und ich begann mich gerade wieder zu entspannen. Wie es aussah, hatten die blöden Typen aufgegeben. Da stupste mich Robin an und deutete mit dem Kopf auf die Fahrbahn neben uns. In einem dunkelgrauen Auto saßen der Schwarzhaarige und sein Kumpel und warteten darauf, dass die Ampel grün wurde. Unwillkürlich duckte ich mich tiefer in den Sitz, leider zu spät. Der Stiernackentyp deutete in unsere Richtung und wies seinen Freund an, der Straßenbahn zu folgen.

Fieberhaft dachte ich über einen Ausweg für uns nach. »Was zum Teufel hast du angestellt?«, platzte es da aus mir raus.

»Keine Ahnung«, gab er zur Antwort und er klang frustriert und verzweifelt. Seine Stimme war kaum mehr als ein Flüstern und seine Kiefermuskeln pulsierten. »Ich weiß nur, dass *die* beiden wirklich zu den Bösen gehören.«

In Gedanken ging ich den Verlauf der Tramlinie ab – da kam mir eine Idee. Pech für die beiden Fieslinge, dass manche Straßenbahnhaltestellen für Autos nicht erreichbar waren. Und dass es Stationen gab, an denen mehrere Linien zusammentrafen, sodass es ein reges Getümmel auf den Bahnsteigen gab. Genauso machten wir es: Wir stiegen mit geduckten Köpfen aus und hofften, dass wir zwischen all den Menschen nicht auffielen, als wir in eine andere Tram wechselten. Durch die Scheibe der abfahrenden Straßenbahn sahen wir, wie Schwarzhaar gerade die Treppe heraufgehetzt kam, sich nach allen Richtungen umblickte und schließlich kräftig mit der

Faust in die Luft schlug, als er uns nirgends entdecken konnte.

Kaum war die Straßenbahn um die nächste Kurve gefahren und keiner der beiden mehr zu sehen, nahm ich Robins Hand und drückte sie fest. Er drückte zurück und die Anspannung fiel von mir ab. Wir waren ihnen entkommen! Zumindest für den Moment waren wir sicher.

12

Robin bestand darauf, noch zwei weitere Male umzusteigen. Meine Angst, doch noch entdeckt zu werden, stieg mit jeder Minute, die wir in der Gegend herumfuhren. Als ich das Tor zu Lauras Wohnhaus aufschloss, wir dahinter verschwanden und vor sämtlichen Blicken sicher waren, war ich vollkommen fertig mit den Nerven.

In der Wohnung schleuderte ich die Schuhe von den Füßen und warf den Rucksack in eine Ecke, ehe ich mich auf die Couch fallen ließ und erschöpft die Augen schloss. Was für ein beknackter Vormittag! Ich hätte ja gleich ahnen können, dass nichts Gutes bei einem Schwimmbadbesuch rauskam.

»Möchtest du auch was trinken?«, unterbrach Robin meine Gedanken.

Ich öffnete die Augen, setzte mich auf und nickte. Erst jetzt merkte ich, wie durstig ich durch die ganze Rennerei geworden war. »Ein großes Glas, bitte. Und dazu hätte ich gern ein paar Antworten. Wer waren diese Typen? Was hast du mit Schwarzhaar und Stiernacken zu schaffen?«

Robin ignorierte meine Fragen, ging in die Küche und kam mit zwei Gläsern und einer Karaffe Wasser wieder. Er schenkte uns ein, trank sein Glas, ohne abzusetzen, aus und füllte es ein zweites Mal, während ich ungeduldig an meinem Glas nippte und ihn erwartungsvoll ansah.

Er nahm einen weiteren Schluck. Dann sagte er: »Sarah, es tut mir furchtbar leid, dass ich dich da mit reingezogen habe.«

»Wohinein denn?«, wollte ich wissen.

Robin blickte mich mit fast schmerzverzerrtem Blick an. »Das ... ich weiß es nicht. Ich weiß nicht, was sie von mir wollen.« Er fuhr sich mit der Hand über die Stirn. »Aber ich erinnere mich, dass die mich schon vor Tagen verfolgt haben. Ich bin vor ihnen weggelaufen und dann ... ich muss gestürzt sein oder so. Ich habe keine Ahnung, was danach passiert ist.«

Das Rätsel um Robin wurde immer größer – und mit jedem seiner Worte bekam ich mehr Angst, was wir sonst noch über ihn herausfinden würden. »Und jetzt wissen die, dass wir zusammen unterwegs sind. Wenn sie mir folgen, finden sie dich. Und ...«, ich schluckte, »... muss ich nun jedes Mal, wenn ich rausgehe, Angst haben, dass die beiden wieder auftauchen und mich auch ins Visier nehmen?« Komischerweise fiel mir dieser Gedanke erst ganz als Letztes ein.

Keine Ahnung, was ich auf meine Frage erwartet hatte, eine beschwichtigende Antwort oder ein überzeugtes »natürlich nicht«. Stattdessen sagte er kraftlos: »Ich weiß es nicht.«

Ich sprang vom Sofa auf und starrte ihn fassungslos an. »›Ich weiß es nicht‹? Aber ich weiß es: Ja! Und beschissen ist das!«, rief ich aufgebracht und wunderte mich selbst über meine Wortwahl, aber mir fiel kein treffenderes Wort ein, um unsere Situation zu beschreiben.

»Ich sagte doch, es tut mir leid.« Er trat auf mich zu und wollte mich in den Arm nehmen, doch ich wich ihm aus. Ich hatte jetzt keine Lust auf seine Nähe. Beleidigt zog er sich auf das Sofa zurück, worauf Winston sich sofort auf seinen Schoß setzte. Verräter!

Ich versuchte, meine Gedanken zu sortieren. »Okay, vielleicht bist du ja gewohnt, ständig auf der Hut zu sein, ich bin es nicht. Verfolger abschütteln und weglaufen – das kannte ich bis heute nur aus Büchern und Filmen. Ich gehe in die Schule, ich habe eine Familie und ... Freunde.« Zumindest eine Freundin.

»Das hatte ich wahrscheinlich auch alles«, entgegnete Robin leise.

»Aber du kannst dich nicht daran erinnern. Ich schon.« Ja, ich wusste, das war gemein gewesen, und ich hasste mich selbst dafür, aber ich konnte nicht anders.

Robin zuckte bei meinen Worten zusammen, als hätte ich ihn geohrfeigt. Doch ich war zu sauer auf ihn, als dass mir meine Worte leidtaten.

»Verdammt, Robin, wie stellst du dir das vor? Wir können uns nicht ewig verstecken. Vor allem: Wohin willst du gehen, wenn meine Schwester wieder da ist?« Ich lief vor der Couch auf und ab.

»Glaubst du, mir ist das alles nicht klar?«, rief er genervt.

Ich funkelte ihn an. »So kommen wir nicht weiter. Vielleicht ist es doch am besten, die Polizei oder wenigstens einen Psychologen einzuschalten.«

»Nein, verdammt!«, schrie er mich an. Seine Augen funkelten wütend, selbst jetzt konnte ich darin aber den sanften und liebevollen Robin erkennen, den ich kennengelernt hatte.

»Was hast du angestellt, dass du so eine Angst vor der Polizei hast? Du willst dir gar nicht helfen lassen – zumindest von anderen – und ich allein kann dir nicht helfen, das haben wir doch gerade gesehen! Das ist alles viel zu gefährlich, was auch immer ›das alles‹ ist«, rief ich ebenso aufgebracht und setzte dann ruhig hinzu: »Weißt du, was? Mach, was du willst, ich für meinen Teil geh jetzt da raus. Auf die Straße. Roosevelt, komm!«

»Was hast du vor?«, fragte Robin. In seine Stimme hatte sich ein Zittern geschlichen.

»Ich brauch frische Luft«, erwiderte ich.

»Geh nicht«, bat er leise.

»No chance. Der Hund muss raus. Und ich auch, sonst erstick ich hier noch.« Und weil mich seine Sorge etwas versöhnlicher stimmte, setzte ich hinzu: »Was soll mir schon mit Roosevelt als Begleitung passieren?«

Darauf wusste Robin nichts mehr zu erwidern. Stumm sah er zu, wie ich meine Schuhe anzog und den Hund an die Leine nahm. »Bis später.« Dann zog ich die Wohnungstür hinter mir zu. Erst da merkte ich, wie ich aufatmete und das Beben am ganzen Körper etwas nachließ. Ich hasste Streit, deshalb gab ich meist schnell nach. Aber hier würde ich auf meiner Meinung beharren. Weil ich im Recht war und das Gefühl hatte, Robin würde es sich einfach zu leicht machen. Klar konnte ich mir vorstellen, dass er keine schönen Erlebnisse mit der Polizei gehabt hatte, wenn ich mir seine Zeichnung mit den beiden kleinen Jungs in Erinnerung rief. Doch ich sah keinen anderen Weg, damit er in Sicherheit war – und auch ich keine Angst mehr um ihn oder mich haben musste. Ich würde ihm anbieten, ihn auf die nächste Polizeidienststelle zu begleiten und die ganze Zeit über bei ihm zu bleiben. Vielleicht würde es ihm dann leichterfallen, sich seinen Ängsten zu stellen. Und vielleicht würde er dann endlich merken, dass ihm nicht jeder etwas Böses wollte.

Während ich mit Roosevelt um die Häuser zog, kreisten meine Gedanken immer noch um Robins Problem, das jetzt irgendwie auch zu meinem geworden war. Ich überlegte, ob ich ihn am Friedhof auch dann angesprochen hätte, wenn ich gewusst hätte, worauf ich mich mit ihm einließ.

Ich sah ihn vor mir, wie er in dieser Grabreihe stand, verwirrt und mit dem süßen Lächeln und den traurigen Augen – und plötzlich war die Antwort ganz leicht. Ja. Ich hätte alles genauso gemacht, selbst mit dem Wissen, dass uns die Suche nach seiner Vergangenheit in ein Schwimmbad führen würde (schlimm) und wir vor zwei gefährlich aussehenden Typen fliehen mussten (noch schlimmer). Und wieder fiel mir ein Zitat aus »Der kleine Prinz« ein: *Die Zeit, die du für deine Rose gegeben hast, macht deine Rose so wichtig.*

Je mehr Zeit ich Robin schenkte, indem ich mit ihm zusammen war, desto wichtiger und besonderer wurde er für mich. Ich würde ihn nicht im Stich lassen, nur weil es schwierig wurde.

Als ich früher mal weinend aus der Schule nach Hause gekommen war, weil meine damals beste Grundschulfreundin sich total fies benommen hatte, hatte Mama mir gesagt, wahre Freunde würden immer für einen da sein und am meisten braucht man sie, wenn man sie am wenigsten verdient. Damals hatte ich das nicht ganz verstanden ... aber jetzt schon. Da fiel mir ein: Als ich Laura letztens mein Herz ausgeschüttet hatte, vor drei oder vier Monaten vielleicht, weil ich keine Freunde fand, sagte sie, der beste Weg, um Freunde zu haben, sei, selbst einer zu sein. Dieser Spruch stammte von einem amerikanischen Philosophen, Ralph Waldo Emerson, wie ich später im Internet recherchiert hatte.

Ich atmete noch einmal tief durch und lief Roosevelt hinterher - sofort fühlte ich mich ruhig und irgendwie wieder geerdet, weil ich wusste, was das Richtige war. Ich beschloss, Robin seinen Wutausbruch zu verzeihen und ihn weiterhin zu unterstützen - und zwar so, wie er wollte, und nicht, wie ich es mir wünschte. Wenn er es ablehnte, die Polizei einzuschalten, würde ich ihn nicht dazu zwingen – wer wusste schon, was wir sonst damit ins Rollen bringen würden? Es würde sicher nicht dabei helfen, seine Erinnerungen wiederzufinden.

»Wir gehen nach Hause, Roose«, sagte ich und Roosevelt schlug sofort die richtige Richtung ein.

Während meines Spazierganges war ich so in Gedanken gewesen, dass ich ganz vergessen hatte, auf die zwei Verfolger zu achten. Jetzt, wenige Hundert Meter von Lauras Wohnung entfernt, fielen sie mir wieder ein. Sofort wurden meine Knie weich. Wie leichtsinnig von mir, schalt ich mich selbst, ich darf sie nicht zu Robin führen!

Ich checkte die Umgebung jetzt umso genauer. Ich wollte mir selbst nicht vorwerfen müssen, sie hätten uns wegen meiner Unachtsamkeit gefunden.

Doch weit und breit war von Schwarzhaar und Stiernacken nichts zu sehen.

* * *

Sarah ist gegangen. Wenigstens weiß er, dass sie zurückkehrt. Sie hat ihre Sachen dagelassen und Roosevelt wird sie auch wieder herbringen.

Sie hat jedes Recht, auf ihn sauer zu sein, und er versteht, dass sie Abstand braucht. Er würde sogar verstehen, wenn sie ihn aus der Wohnung ihrer Schwester wirft. Die beiden Typen – Sarah hat ihnen treffende Spitznamen verpasst – haben ihr bestimmt eine Heidenangst eingejagt. Sie hat sich großartig verhalten, denkt er, und Zuneigung durchflutet ihn. Sie hätte ihn genauso gut einfach sich selbst überlassen können. Jedes andere Mädchen wäre vielleicht ein Klotz am Bein gewesen. Nicht aber Sarah.

Dass sie nun ebenfalls auf der Liste der zwei Gangster steht, ist seine Schuld. Er hätte sie nie in das Schwimmbad mitnehmen dürfen, begeistert war sie von der Idee eh nicht gewesen, das hat er gemerkt, auch wenn sie sich alle Mühe gegeben hat, es nicht zu zeigen. Und doch ist er froh, dass er dort gewesen ist. Denn erstens weiß er jetzt, dass er nicht an irgendwelchen Wahnvorstellungen leidet. Ganz sicher ist er sich da nämlich bis jetzt nicht gewesen. Zweitens hat er nun endlich ein Bild der beiden Verfolger. Wenn man weiß, wovor man davonläuft, kann man sich darauf einstellen und man sieht nicht mehr überall Gespenster. Und drittens hat er erfahren, dass er das Michaela-Bad kennt, und zwar ziemlich gut. Er ist dort häufig gewesen, auch in dem Bereich für die Dauermieter, sonst hätte er wohl kaum die Wand mit dem Mosaik so genau nachzeichnen können.

Trotzdem. Es wäre besser gewesen, alleine hinzugehen. Denn jetzt steckte Sarah ebenfalls in seinen Schwierigkeiten, weil er zu wenig nachgedacht hat. Er möchte das alles am liebsten ungeschehen machen.

Die Erinnerung an ihre gelungene Flucht bringt ihn zum Lächeln. Überhaupt bewundert er Sarahs Tapferkeit und ihre Bereitschaft, über ihren eigenen Schatten zu springen. Mut heißt nicht, keine Angst vor etwas zu haben, sondern diese Angst zu überwinden. Sarah ist mutig. Und klug. Und er sollte auf ihren Rat hören, denn bis jetzt hat der ihn immer weitergebracht. Durch ihre Fragen kennt er Fragmente seiner Vergangenheit. Er weiß mehr, als er noch vor zwei Tagen gewusst hat.

Sarah hat das Problem erkannt: Er *will* sich womöglich gar nicht an alles erinnern. Es gibt da einen Teil in ihm, der stärker verschlossen ist als der Rest seiner Vergangenheit. Er hat Angst, mehr über sich zu erfahren. Und doch ist wahrscheinlich genau dieser Teil der Schlüssel zu allem: zu seinem Leben, zu seiner Familie, zu seinen Freunden.

Gibt es überhaupt eine Zukunft ohne Vergangenheit?

Ist man nicht die Summe seiner Erfahrungen? Und wenn man sich an diese Erfahrungen nicht mehr erinnert, was ist dann?

Vor ihm türmt sich eine drohende schwarze Wolke aus Verzweiflung auf. Sie hüllt ihn ein, nimmt ihm für einen kurzen Moment die Luft zum Atmen. Die Verlockung, darin zu verschwinden, sich darin einfach zu verstecken, ist da. Doch selbst wenn er seine Vergangenheit nicht kennt, weiß er, dass er ihr noch nie nachgegeben hat, dass er ein Kämpfer ist, immer schon einer gewesen sein muss. Wenn er total harmlos wäre, würde er da gejagt werden? Stiernacken wirkt auf den ersten Blick gefährlich, aber der andere – der mit den schwarzen Haaren – ist derjenige, vor dem man sich in Acht nehmen muss, er ist der Klügere von beiden. Schneller ist er ebenfalls.

Sie hätten ihn schon vorher gefunden und ausgeschaltet, ehe er ...

... ein Raum, gestützt mit Pfeilern aus Beton. Sonnenlicht, das durch eine zerbrochene Scheibe fällt. Feiner Staub, der im Licht zu tanzen scheint. Der Boden voll Geröll und Schutt, darin Spuren, die Schuhe hinterlassen haben.

Unverputzte Wände aus Ziegelsteinen, mit Graffiti besprüht. Große Buchstaben, die dreidimensional wirken sollen, aber dilettantisch ausgeführt sind. Namen in schwungvoller Schrift, ein Peace-Symbol in der Größe eines Autoreifens. Am Boden davor Kartons, umsäumt von Zigarettenkippen, zwei leere Bierdosen und in einer Ecke eine vergessene halb volle Weinflasche. Der Korken steckt halb im Flaschenhals.

Der Eingang, ein Rolltor aus rostigem Metall, die weiße Lackierung an vielen Stellen abgesplittert, es steht ein Stück offen und lässt einen schmalen Balken Licht herein.

An der anderen Seite der Halle steht ein alter, aufklappbarer Tisch mit Metallfüßen und karierter, zerkratzter Resopalplatte. Rechts und links davon zwei Campingstühle, einer mit gestreiftem Stoff, der andere einfarbig. Auf dem Tisch vier Geldbündel, Fünfzigerscheine mit Banderole, wie frisch aus der Druckerei. Eine große Plastikflasche Energydrink, sie ist offen, der Drehverschluss liegt daneben auf der Tischplatte.

Wie er an den Zeichenblock gekommen ist, weiß er nicht, plötzlich liegt er vor ihm, alles drängt danach, aufgezeichnet zu werden, will aufs Papier. Es ist die Sprache, mit der die Vergangenheit zur Gegenwart spricht, er hat lediglich die Aufgabe, es festzuhalten. Er ist Medium, ein Vermittler. Auf den Inhalt der Botschaft hat er keinen Einfluss.

Die Bilder sitzen knapp unter der Oberfläche, er muss es nur zulassen, dass sie sein Bewusstsein übernehmen dürfen. Soll er?

Ein neues, leeres Blatt starrt ihn an, provokant, fordernd. Es lockt ihn und er gibt der Verführung nach.

Zwei Hände, die Handflächen nach oben gewandt, die Finger leicht gekrümmt, sie ähneln Vogelklauen. Auf dem linken Zeigefinger ist ein kleines Stück des Nagels sichtbar, an der rechten Hand baumelt eine Kette mit einem rechteckigen Anhänger; dunkle Tropfen, die über die Handgelenke laufen, die Linien in den Innenflächen stechen ebenfalls hervor.

Zwei Griffe aus Stahl, mit kreisrunden Löchern versehen, in der Mitte eine Klinge, spitz, etwa zwanzig Zentimeter lang, zwei Zentimeter breit. Auch das Butterflymesser hat schwarze Flecken. Es ist Blut, noch so frisch, dass es glänzt.

* * *

»Ich bin wieder da!«, rief ich, als ich die Wohnungstür aufschloss. Roosevelt drängte sich an mir vorbei, ich folgte ihm. Schon im Flur beschlich mich das Gefühl, dass irgendetwas nicht stimmte.

»Robin?!«, rief ich leise.

Keine Antwort.

Ich ging in die Küche, um Roosevelts Wasserschüssel zu füllen, und blieb wie angewurzelt stehen.

Er saß am Küchentisch, seine Hand mit dem Bleistift fegte über das Blatt Papier vor ihm, hinterließ Striche, Linien. Erst als ich näher trat, erkannte ich, was Robin da zeichnete. Hände voller Blut, eine Kette mit Anhänger – seine Hände, ich erkannte sie an den markanten Linien, ich hatte sie erst heute Vormittag eingehend mit meinen verglichen, sie gestreichelt. Seine Hände, seine Dog-Tag-Kette. Und dieses Messer. Es ließ keinen Zweifel daran, woher das viele Blut an den Händen stammte.

Gänsehaut kroch über meinen Rücken, meine Nackenhärchen stellten sich auf, die Fassungslosigkeit schnürte meine Kehle zu. Robin, was hast du bloß getan?, formten meine Lippen.

Noch immer schraffierte er, verlieh seiner Zeichnung Plastizität, sie wurde mit jedem Strich realistischer, lebendiger, obwohl er keine Farbe verwendete – oder gerade deshalb.

Mein Blick fiel auf das Bild neben dem Stuhl, wahrscheinlich war es vom Tisch zu Boden gerutscht. Ich löste mich aus meiner Starre, bückte mich, um die Zeichnung aufzuheben, und ehe ich mich versah, lag ich bäuchlings auf den Küchenfliesen, einen Arm auf den Rücken gedreht. Es tat weh. So richtig. Robins Knie drückte sich in meine Wirbelsäule und presste mir die Luft aus den Lungen.

Roosevelt bellte, Winston fauchte. »Du tust mir weh!«, presste ich keuchend hervor. Ich wusste überhaupt nicht, wie mir geschehen war, ich hatte nicht mal Zeit gehabt, in Panik zu verfallen. Doch nun brodelte Wut in mir hoch, ich strampelte mit den Beinen und wand mich, um Robin abzuschütteln. »Lass. Mich. Sofort. Los!«

Tatsächlich lockerte sich sein Griff, sein Knie in meinem Rücken verschwand.

Ich blieb noch einige Sekunden liegen, um durchzuatmen, ehe ich mich aufsetzte und meine schmerzende Schulter rieb. Robin hockte mit angezogenen Beinen am Boden, hatte sich gegen einen Küchenschrank gelehnt und das Gesicht hinter beiden Händen verborgen. Sein Oberkörper zuckte seltsam.

Erst da merkte ich, dass er weinte.

Er hatte mich angegriffen, mich zu Boden geworfen, mir den Arm auf den Rücken gedreht – und trotzdem war da sofort Zuneigung und Mitleid und der Versuch, ihn zu verstehen, als ich ihn so sah. Mein eigener Vorsatz hallte in meinem Kopf wider: Ich würde für ihn da sein, egal, wie schwierig es war. Langsam rutschte ich zu ihm hinüber und streckte die Hand nach ihm aus. Bei meiner Berührung zuckte er zusammen. Ohne mich anzusehen, sprang er auf. »Nein, geh weg von mir. Ich bin ein Monster!«, rief er mit sich überschlagender Stimme.

Ich stand ebenfalls auf, hielt aber ein wenig Abstand. »Du bist kein Monster. Ich habe dich aus deiner Erinnerung gerissen, du warst voll weggetreten, da kann man schon mal überreagieren.«

Sein tränennasses Gesicht verschloss sich. »Überreagieren, aha. Und beim nächsten Mal? Was ist, wenn ich dir richtig wehtue? Ich wusste nicht einmal, dass ich so was kann. Wer weiß, wozu ich noch fähig bin?« Er zeigte mit ausgestrecktem Arm auf den Tisch, seine Augen schienen dunkel zu funkeln. »Siehst du die Zeichnung? *Das bin ich.* Ich habe Blut an den Händen. Sarah, verdammt, ich bin gefährlich!«

Ja, seine Zeichnung schien genau dies zu erzählen. Und mein Kopf stimmte ihm zu. Ich sollte einen ganz großen Bogen um Robin machen, ihn nicht wiedersehen, ihn vergessen. Ein paar Tage würde es wehtun, aber an Liebeskummer starb man nicht so leicht.

Der Kopf kann sich irren, das Herz irrt nie.

Da war dieses Gefühl, dass Robin, ohne es zu wollen, in diese Schwierigkeiten geraten war. War es naiv zu glauben, ich könnte meinem Herzen vertrauen? Darauf bauen, es würde sich um Robin und mich schon alles zum Guten wenden, nur weil ich so fest daran glauben wollte und bereit war, ihm zu verzeihen? Man sieht nur mit dem Herzen gut ...

Und mein Herz wusste: Robin würde mir nicht absichtlich wehtun. In ihm war nichts Böses oder Gefährliches, nur tiefe Verzweiflung. Und Sorge – um mich.

Mehr als mein Arm schmerzte mich seine abweisende Haltung. »Robin, bitte lass uns reden. Vielleicht interpretierst du die Zeichnung falsch? Das könnte sogar dein eigenes Blut sein, zum Beispiel von der Platzwunde am Kopf.«

»Und das Messer liegt nur zur Deko da?!« Seine Stimme troff vor Sarkasmus.

»Oder du hast in Notwehr gehandelt.« Ich merkte, wie verzweifelt ich klang bei dem Versuch, ihn selbst von seiner Unschuld zu überzeugen.

Es war, als hätte er meine Worte nicht gehört. »Sarah, ich habe keine Kontrolle über mich und das, was ich tue. Ich traue mir nicht. Vielleicht sind die beiden Typen, die uns verfolgt haben, Polizisten, die mich verhaften wollen. Vielleicht bin ich *ein Mörder.*« Die letzten Worte flüsterte er und doch schienen sie laut im Raum widerzuhallen.

Erneut versuchte ich, auf ihn zuzugehen, doch er lief aus der Küche. Als ich ihm folgte, sah ich, dass er dabei war, seine wenigen, noch feuchten Kleidungsstücke in eine Tüte zu packen.

»Was tust du da?« *Jetzt* verspürte ich Panik.

»Ich gehe.«

»Wohin?«

»Keine Ahnung, ich find schon was.« So wie Robin

dastand, gebückt, wie ein Verprügelter, Gejagter, sah er schutzlos und unheimlich verletzlich aus. Mein Herz wurde unglaublich schwer.

Laut stieß ich die Luft aus. »Du bleibst. Ich gehe. Zumindest für heute. Wir können morgen überlegen, wie es weitergeht. Vielleicht fällt mir was ein, wo du hinkannst. Bitte, überleg doch mal. Du bist doch sonst nirgendwo sicher!«

Er hielt inne. »Okay, aber dann bin ich weg«, sagte er schließlich mit gesenktem Kopf. Er ließ die Schultern hängen und wirkte völlig kraftlos.

Ich nahm meinen Rucksack. »Fütterst du Winston und Roosevelt?«

»Ja.«

So gerne hätte ich ihn noch zum Abschied umarmt, ihm gut zugeredet und ihm gesagt, dass ich ihm verzieh und dass ich auf das Gute in ihm vertraute, aber ich traute mich nicht. Womöglich hätte er dann seine Meinung, bis morgen zu bleiben, doch noch geändert.

»Also, dann ... tschüss!«, sagte ich leise. Ohne mich noch einmal nach ihm umzudrehen, zog ich die Wohnungstür hinter mir zu. Dann ließ ich meinen Gefühlen freien Lauf und stolperte blind vor Tränen die Treppe hinunter.

13

Mein Vater kam mir entgegen, als ich zu Hause die Tür aufschloss. »Hallo Spatz«, sagte er gut gelaunt, stockte aber, als er mein verheultes Gesicht sah. »Oh, was ist passiert?«

Ich ließ den Rucksack zu Boden plumpsen, warf mich an seine Brust und weinte sein T-Shirt ganz nass.

Ach, Paps. Er hielt mich fest, strich mir tröstend über den Rücken, ohne dumme Fragen zu stellen. Erst nachdem ich mich nach einer gefühlten Ewigkeit wieder beruhigt hatte und mich schniefend aus seiner Umarmung löste, fragte er: »Besser?«

»Geht schon. So irgendwann, in tausend Jahren, denk ich vielleicht gar nicht mehr daran.«

»Willst du darüber reden?«

Ich schüttelte den Kopf. »Nicht jetzt.«

»So schlimm?«

Ich atmete schluchzend aus und nickte.

»Würden Pizza und ein großer Eisbecher helfen? Ein bisschen zumindest?«

Warum nicht den ersten Liebeskummer meines Lebens mit Pizza und Eis feiern?, dachte ich und sagte: »Eine große Pizza und ein Rieseneisbecher vielleicht.« Ich konnte immerhin schon ein wenig lächeln.

Wenig später entschied ich mich für Pizza Salami mit Extrakäse. Paps bestellte Spaghetti mit Peperoni-Tomaten-Soße und Schafskäse. Beim Anblick der Speisen am Nachbartisch knurrte mir der Magen. Komisch, hatten Romanfiguren normalerweise bei Liebeskummer keinen Appetit? Wahrscheinlich war mein Hunger einfach nie totzukriegen – und vielleicht würde ich mit vollem Magen auch endlich wieder klar denken können und mich weniger wie ein Häufchen Elend fühlen.

Endlich kam der Kellner mit zwei riesigen dampfenden Tellern zurück. Schon vom Duft allein lief mir das Wasser im Mund zusammen.

Paps kostete von meiner Pizza und ich von seinen Spaghetti. Vor Schärfe trieb es mir die Tränen in die Augen, aber wir machten das immer so, schon von klein auf. Das gehörte zu unserem Ritual, ehe wir uns über unsere eigenen Speisen hermachten: von allem zu kosten und auch mal Neues auszuprobieren. Schon nach den ersten Bissen merkte ich, dass ich mich ein wenig entspannte. Meine Gedanken wanderten zwar etwa jede zweite Sekunde zu Robin, aber hey, immerhin dachte ich die Hälfte der Zeit nicht an ihn.

Nachdem unsere leeren Teller abgeräumt waren, nippte Paps an einem Espresso und ich naschte an dem Amarena-Becher. »Grandissimo«, hatte ich beim Bestellen gesagt und der Kellner war tatsächlich mit einer riesigen Portion gekommen, mit extraviel Schlagsahne.

»Und verrätst du mir jetzt, was denn los ist? Bei so einem Rieseneisbecher mache ich mir langsam doch Sorgen«, fragte Paps halb im Scherz, aber auf seiner Stirn konnte ich die Falten erkennen. Es wäre unfair gewesen, ihn völlig im Dunkeln tappen zu lassen. Nicht, nachdem er sich so bemühte, mir was Gutes zu tun. Deshalb zuckte ich mit den Schultern und sagte: »Liebeskummer trifft es wohl am besten.«

Fast wäre ihm die Espressotasse aus der Hand gefallen. »Liebeskummer? Ehrlich? Und ich dachte, ich hätte noch eine ganze Weile Zeit, um mir dafür eine passende Strategie zurechtzulegen.«

Ich grinste schief. »Ich finde, Pizza und Eis sind schon ein recht guter Ansatz zur Liebeskummerbewältigung.«

»Soll ich noch schwereres Geschütz gegen jemanden auffahren oder so?«

Ich seufzte. »Ach, Paps, das ehrt dich, aber nein danke.«

»Wie konnte mir das bloß entgehen?« Ungläubig schüttelte er den Kopf. »Also nicht nur, dass du Liebeskummer hast, sondern auch, dass es da wen gibt. Oder gegeben hat – oder geben sollte ...«

War der Zeitpunkt nicht bestens, um Paps von Robin zu erzählen? Nicht alles, eigentlich nur, dass es da diesen Jungen gab, mit dem ich die letzten Tage viel Zeit verbracht hatte und den ich sehr mochte. Und dass es den Anschein machte, er hätte mich auch gern, er aber trotzdem der Meinung war, dass es mit uns nicht funktionieren würde. Tja, und das war's dann wohl mit ihm und mir.

»Herrje, das klingt ziemlich kompliziert«, meinte Paps.

»Oja, das ist es«, gab ich zu und steckte mir eine der schwarzen Kirschen in den Mund.

»Ich würde dir gern helfen, aber ich weiß absolut nicht, wie«, sagte Paps und setzte leise hinzu: »Das sind die Momente, in denen ich wünschte, eure Mutter wäre noch da. Sie wüsste jetzt einfach besser, was zu tun ist.«

Ich legte meine Hand auf seine. »Ja, ich vermisse sie auch. Wahrscheinlich mein Leben lang. Aber du machst deine Sache ganz gut, ehrlich.« Ich lächelte.

Er sah mich durchdringend an. »Sarah, du versuchst immer, mit allem alleine zurechtzukommen. Aber das musst du nicht. Du hast Laura, du hast mich – und es ist keine Schande, sich helfen zu lassen.«

»Amen«, sagte ich und grinste. Ich kannte da jemanden, der ebenfalls ganz schlecht darin war, Unterstützung anzunehmen – und der saß genau vor mir.

Offensichtlich merkte auch Paps, dass er sich den Schuh gleich selbst anziehen konnte. Wie sahen uns an und brachen in Lachen aus. Es tat unglaublich gut. All die Beschwernisse der letzten Tage fielen für einen Moment von mir ab.

Als wir wieder nach Hause fuhren, erzählte Paps mir von seiner ersten Liebe. »Sie bekam einen Studienplatz in England, den konnte sie nicht einfach ausschlagen. Auch wenn wir nie darüber sprachen, war es uns beiden klar, dass unsere Beziehung mit ihrem Abflug zu Ende sein würde.«

»Aber bei Laura und David klappt die Fernbeziehung doch auch«, gab ich zu bedenken.

»Tja, Wiesbaden ist um einiges näher als Brighton. Und Flugtickets waren damals richtig teuer. Aber auch wenn ich schrecklich gelitten habe und davon überzeugt war, ich würde nie wieder jemand so lieben wie sie, traf ich ein Jahr später deine Mutter. Und da verstand ich, dass alles, was passiert war, einen Sinn hatte.«

Ich seufzte. »Schon klar, ich hab kapiert, was du mir damit sagen willst.«

So was predigte Laura auch gerne. Und Mama hatte ebenfalls immer versucht, allem etwas Positives abzugewinnen. Nur hatte ich im Moment absolut keine Ahnung, was ich Tolles daran finden sollte, dass Robin einfach so für uns beide entschieden hatte, dass er abhauen würde. Er hatte mich quasi aus seinem Leben geworfen – zwar aus Sorge und aus nachvollziehbaren Gründen, doch das änderte halt leider auch nichts an der Tatsache, dass er mich nicht mehr sehen wollte.

Zu Hause angekommen, bedankte ich mich bei Paps für das Essen und ging dann auf mein Zimmer. Den ganzen Abend hatte ich mein Handy lautlos gestellt, nun holte ich es aus meiner Hosentasche. Mit klopfendem Herzen schaute ich, ob ich vielleicht einen unbeantworteten Anruf oder eine Nachricht erhalten hatte, doch weder das eine noch das andere wurde angezeigt. Ob ich ihn anrufen sollte?

Ich hatte die Nummer schon auf dem Display aufgerufen, ein einziger Klick hätte gereicht, um zu wählen. Unschlüssig schwebte mein Daumen über dem Display – schließlich legte ich das Handy weg. Zweimal noch griff ich nach meinem Smartphone, dann gab ich mir einen Ruck und schob meinen angeknacksten Stolz beiseite. Vielleicht würde er ja froh sein, wenigstens mit mir reden zu können. Vielleicht litt er genauso wie ich. Vielleicht hatte er es sich anders überlegt und eingesehen, dass er sich irrte, dass er nicht gehen würde.

Mit angehaltenem Atem wartete ich auf das Tuten. »Die von Ihnen gewählte Rufnummer ist derzeit nicht erreichbar. The number you have called is not available.«

Jetzt schossen mir schon wieder Tränen in die Augen. Doch ich wischte sie entschlossen weg. Was auch immer passierte, ich würde morgen auf alle Fälle in die Wohnung fahren, schließlich warteten Roosevelt und Winston darauf, versorgt zu werden. Wir würden irgendeine Lösung finden, gemeinsam. Das Bild von mir, am Boden liegend, durch Robins Bein fixiert, eisern in seinem Griff, unfähig, mich zu rühren, drängte sich in mein Bewusstsein und eine warnende Stimme in meinem Kopf raunte: Aber er hat dir wehgetan, wer weiß, was ihn das nächste Mal überkommt.

Ich presste beide Hände auf die Ohren, bis das Rauschen des Blutes die Stimme übertönte. Dass Robin jemanden ernsthaft verletzt oder gar Schlimmeres getan hatte, wollte ich einfach nicht glauben.

14

Die Leere, nachdem sie weg ist, bereitet ihm beinahe körperliche Schmerzen. Seine Augen brennen, sein Herz fühlt sich an wie eine klaffende Wunde, doch am schlimmsten sind die Vorwürfe und die Erkenntnis, dass er das Beste, was ihm passiert ist, kaputt gemacht hat.

Er ist von sich selbst entsetzt, was da in ihm schlummert: ein Tier, gefährlich und labil, das darauf lauert, endlich rauszudürfen.

Sosehr er sich anstrengt, er kann immer noch nicht richtig begreifen, was eigentlich passiert ist mit ihm. Im Nachhinein hat es was von einem schlechten Actionfilm. Er hat instinktiv, intuitiv, ohne darüber nachzudenken, gehandelt, so wie man Rad oder Auto fährt. Schönreden hilft nicht, Sarah kann noch so sehr nach Entschuldigungen für ihn suchen. Während sie daran festhält, dass er einer der Guten ist, wächst in ihm die Gewissheit, dass er ihr und sich selbst etwas vorgemacht hat. Er hat vorgegeben, etwas zu sein, was er nicht ist.

Wie versprochen füttert er Winston und Roosevelt. Seine Hand versinkt in dem weichen Fell des Katers und er nimmt bewusst wahr, wie sich die Haare unter seinen Fingern anfühlen. Er streicht über Winstons Kopf, fährt die Nase entlang, muss lächeln, als Winstons raue Zunge seine Hand ableckt. Ich mag dich auch, soll das wohl heißen.

Er lacht auf. Im wahrsten Sinne des Wortes kann er sich nicht erinnern, wann er das letzte Mal so viel Sicherheit und Geborgenheit erlebt hat wie hier. Überhaupt hat er das Gefühl, dass er nie so etwas wie ein behütetes Zuhause, sondern eine schlimme Vergangenheit hat, wenn er all seine Zeichnungen betrachtet. In ihnen gibt es nichts Schönes, nichts Positives, nichts, was wert wäre, sich gerne daran zu erinnern.

Da könnte das Problem begraben sein. Weil er vor seinem womöglichen Unfall ein kaputter Typ gewesen ist und ihn das unberechenbar macht.

Sarah. Die Schmerzen, die ihm der Gedanke an ihren Blick bereitet, als er sich von ihr abgewandt hat, lässt er nicht zu. Er verschließt die Erinnerung an Sarah, begräbt sie in sich, in einer Ecke seines Bewusstseins, von der er hofft, sie irgendwann einmal wieder öffnen zu dürfen.

Vielleicht ist er nur durch Sarah ein bisschen weniger beschädigt als zuvor, als würde sie ihn allein durch ihre Anwesenheit heilen, während er wie ein Tornado alles zerstört, mit dem er in Berührung kommt. Noch hält sich der Schaden, den er bei ihr angerichtet hat, in Grenzen. Gerade deshalb dürfen sie nicht zusammenbleiben, sonst reißt er sie mit in den Abgrund, von dem er nur mehr ein paar Schritte entfernt ist.

In der Nacht wirft er sich unruhig hin und her, er träumt. Es kann sein, dass er sogar schreit. Irgendwann – es ist noch dunkel draußen, der Mond ist aber schon ein ganzes Stück weitergewandert – gibt er auf. Es wird ein anstrengender Tag werden und wer weiß, wann sich wieder die Gelegenheit für einen sauberen Schlafplatz bietet – aber er spürt, er muss los.

Er sieht nach seinen Kleidungsstücken im Bad. Alles ist trocken. Er zieht sich seine eigenen Klamotten an, lässt die vom Freund der Schwester zurück und stopft sie in die Waschmaschine. Die Bettwäsche und die Handtücher, die er benutzt hat, ebenso.

Winston will nicht einsehen, dass es viel zu früh für das Frühstück ist, maunzt und streicht ihm in Schlangenlinien durch die Beine, dass er beinahe über den Kater stolpert. Er gibt seufzend nach und füllt die Futterschüssel. Heißhungrig stürzt das Tier sich darauf. Wenn man Winston so zusieht, könnte man glauben, er hätte zwei Wochen nichts gefressen, und bis Sarah in ein paar Stunden kommt, hat er sicher schon wieder vergessen, dass er Futter bekommen hat. Dieser Kater und er – irgendwie haben sie einiges gemeinsam, wie Vergesslichkeit und Gedächtnislücken zum Beispiel, deshalb verstehen sie sich auch so gut, denkt er lächelnd. Er wird Winston vermissen.

Roosevelt liegt auf seinem Schlafplatz und lässt sich von der Aktivität rund um ihn nicht stören. Vorhin hat der Hund nur den Kopf gehoben und sich dann gleich wieder hingelegt und weitergeschlafen. Auch die Dogge wird ihm fehlen. Das alles hier.

Besser er beeilt sich und macht es kurz und schmerzlos ... wobei: Es fühlt sich an, als würde es ihn innerlich zerreißen. Dieses Gefühl ist ihm vertraut, es ist nicht das erste Mal, dass er so empfindet und etwas zurücklassen muss, unwiederbringlich. Er schluckt mehrmals und schließt die Augen. Bilder fliegen an ihm vorbei, schreckliche, beängstigende Bilder, so schnell, dass sein Gehirn sie nicht richtig erfassen kann. Aber das braucht es auch nicht, denn sie sind in ihm gespeichert, er muss sie nur willkommen heißen. Und er muss es am besten jetzt tun, da er noch Zeit hat. Wenn Sarah erst mal hier ist, ist es zu spät.

Er hat ihr gesagt, er könne diese Sache mit den Zeichnungen nicht steuern. Irgendwie kann er das doch, merkt er gerade, aber bisher hat er Angst davor gehabt. Nun gibt es für ihn nichts mehr zu verlieren: Er muss sich damit auseinandersetzen, dass er das Schlimmste, was denkbar ist, getan hat. Dass er jemanden verletzt oder sogar getötet hat – egal aus welchen Gründen. Wenn man schon ganz unten liegt, kann man nicht noch tiefer fallen.

Er greift zu Papier und Bleistift. Sein Mund ist trocken, die Kehle kratzt. Das kommt von der Anspannung. Tu es, spricht er sich Mut zu. Er atmet ein und aus, schließt noch einmal die Augen, setzt die Mine auf das Papier, öffnet die Lider wieder und legt los.

Links ein mannshoher Maschendrahtzaun, rechts eine Mauer, etwa zehn Zentimeter niedriger als der Zaun. Der Verputz bröckelt ab. Efeu rankt sich daran hoch, er wächst aus einer Ritze im Betonboden.

Überall Risse, an einigen Stellen fehlen ganze Stücke, die Natur hat ihren Platz zurückerobert, Unkraut sprießt hervor. Löwenzahn und Klee.

Ein schmuckloses, rechteckiges Gebäude mit Flachdach, einfach und funktionell. Über dem geöffneten Rolltor ein verblasstes Schild, auf dem »Autolackiererei« steht. Seitlich große Fenster, voller Dreck und mit Sprüngen und einem gezackten Loch. Dichter Rauch dringt aus der Toröffnung, drei Menschen, zwei im Hof, einer versteckt sich geduckt im Schatten des Gebäudes. Flammen züngeln, lodern im Innern des Gebäudes.

Die zwei anderen stehen in sicherer Entfernung, abwartend. Der dünne mit den dunklen Haaren hat ein Feuerzeug in der Hand, der andere mit der Tätowierung und dem kahlen Schädel grinst.

Der dritte hält den Arm vor Mund und Nase, um sich vor dem Rauch zu schützen, der aus der Halle in seine Richtung zieht, eine Kette mit einem Anhänger baumelt zwischen seinen Fingern. Dieser dritte ist ...

... er. Er hört beinahe das Prasseln des Feuers und hat den Rauch in der Nase, als wäre er gerade dort gewesen, bei dieser Autolackiererei, die er gezeichnet hat. Und wenn er wüsste, wo diese Halle ist und was er da gewollt hat, vielleicht wäre das der Hinweis, den er braucht, um sich auch noch an den Rest zu erinnern.

Immerhin kennt er die beiden Typen, Schwarzhaar und Stiernacken – sie stehen irgendwie in Verbindung mit dem, was er über sich herausfinden muss. Vielleicht sind sie sogar der Schlüssel zum Ganzen. Er denkt nach. Gestern, im Schwimmbad ... Bei der Hinfahrt wurden er und Sarah noch nicht verfolgt, dessen hat er sich wie immer vergewissert. Deshalb ist es nur logisch, dass die beiden wegen einer ganz anderen Aufgabe im Bad waren, ehe Schwarzhaar und Stiernacken auf ihn und Sarah aufmerksam geworden sind.

Er wird den Spieß umdrehen. Er wird nicht länger der Gejagte sein, sondern der Jäger. Nicht er wird verfolgt werden, er wird die beiden aufspüren und sich ihnen an die Fersen heften.

Der Schwarzhaarige hat auf der Zeichnung das Feuerzeug in der Hand. Könnte das bedeuten, dass Sarah vielleicht recht hat und die Bösen wirklich die anderen sind? Und dass ein Funken Hoffnung besteht, es könne eine Zukunft für ihn geben? Für ihn und Sarah?

Doch dafür muss er sich in die Höhle des Löwen begeben. Er möchte gar nicht daran denken, was sie mit ihm anstellen, wenn sie ihn erwischen. Offensichtlich haben sie eine Rechnung mit ihm offen, wie auch immer die aussieht. Und sie verstehen keinen Spaß. Die beiden sind gefährlich. Brandstiftung ist kein Kavaliersdelikt und er hat die leise Ahnung, dass das bloß die Spitze des Eisbergs ist von dem, was Schwarzhaar und Stiernacken auf dem Kerbholz haben.

Er weiß, er hat das Richtige getan, sich von Sarah zu entfernen. Er muss sich frei bewegen, sich nur auf sich selbst konzentrieren dürfen, ohne sich um andere zu sorgen. Gestern wollte er Sarah verlassen, um sie zu schützen. Heute wird er gehen, um ihnen eine Chance zu geben.

Er sieht auf die Uhr: kurz vor halb sechs. Wenn er gleich geht, vermeidet er unnötige Diskussionen, sie würde ja doch keine Ruhe geben, bis er sie mitnimmt. Und er würde es wahrscheinlich nicht schaffen, sie zu verlassen, wenn sie hier wäre. Was er vorhat, ist gemein, aber die sicherste Möglichkeit, Sarah daran zu hindern, nach ihm zu suchen. Er wird nichts mitnehmen, abgesehen von dem Block und den Zeichenutensilien.

Am meisten leid tut es ihm um das Handy, weil er damit ins Internet kann, überall dort, wo es Gratis-WLAN gibt, um notfalls wen anzurufen oder um die Nachrichten nach einem Anhaltspunkt zu seiner Identität zu checken. Vor allem aber, weil er so mit Sarah in Verbindung bleiben könnte. Doch genau das möchte er vermeiden, er würde sich zu sehr ablenken lassen, würde ständig darauf hoffen, dass sie anruft. Gerade jetzt braucht er alle seine Sinne. Nur eine Sekunde Unkonzentriertheit kann über Sieg oder Niederlage, über Freiheit oder Gefangenschaft, Leben oder Tod entscheiden, das spürt er ganz genau.

Wieder einmal wundert er sich, woher er so etwas weiß. Sarah hat mal gesagt, er benähme sich wie die Figur in einem Actionfilm. Und genauso kommt er sich jetzt vor. Da gab es doch mal diesen Film, Bourne Identität mit Matt Damon. Der hatte ebenso sein Gedächtnis verloren, doch all seine Instinkte waren noch vorhanden. Genauso geht es ihm auch. Da ist Wissen in ihm, das ihn verwundert, meist sogar erschreckt, weil es irgendwie zeigt, was für ein Mensch er gewesen sein muss. Ist es nicht ein Witz, dass er sich an einen Kinofilm und den Darsteller erinnert, nicht aber an seinen Namen? Und ist es nicht komisch, dass er zwar keine Ahnung hat, wie Schwarzhaar und Stiernacken richtig heißen, aber Bescheid weiß, wie man hartnäckige Verfolger erkennt und abschüttelt? Oder wie man jemanden innerhalb von Sekundenbruchteilen auf die Matte legt?

Die Erinnerung daran verdrängt er lieber sofort.

Den Schlafsack lässt er nur ungern zurück, doch er wird ohne ihn auskommen müssen. Weder weiß er, wohin er gehen, noch, wie lange er fort sein und ob er überhaupt wieder zurückkehren wird. Er schluckt, denn dieser Gedanke ist ziemlich beängstigend. Es könnte schiefgehen. Dann sieht er Sarah nie wieder.

Gleichzeitig weiß er, dass sie beide so wie jetzt ohnehin nicht weitermachen können. Er kann ja nicht mal sagen, was der nächste Tag bringt, wie soll er da auf Monate hinaus planen? Wo soll er wohnen? Hier kann er sowieso nur bis übermorgen bleiben, dann kommt Sarahs Schwester wieder zurück.

Wovon soll er leben?

Und dann die ständige Angst im Nacken. Das alles sind keine guten Voraussetzungen für eine Beziehung. Dabei wünscht er sich nichts sehnlicher, als dass er ein normales Leben führen kann. Und als dass das mit ihm und Sarah funktioniert. Dass sie beide zumindest eine Chance bekommen, denn die haben sie verdient. Deshalb wird er das jetzt durchziehen.

In einer Küchenschublade hat er eine alte Leinentasche entdeckt. Die nimmt er und verstaut darin die Zeichensachen. Er braucht sonst nichts. Das Zeichnen ist kein Vergnügen, es gehört zum Überleben. Das letzte Mal, als er aus Spaß gezeichnet hat, war der Tag, an dem er Sarah getroffen hat. Es kommt ihm wie eine Ewigkeit vor, dabei ist noch nicht mal eine Woche vergangen.

Nachdem er noch eine Plastikflasche mit Wasser abgefüllt und zwei Äpfel ebenfalls in die Tasche gelegt hat, kommt der schwerste Teil. Er kann nicht gehen, ohne ihr eine Nachricht zu hinterlassen. Wenigstens das. Weil er ihr versprochen hat, nicht wegzugehen, ohne ihr Bescheid zu geben.

»Liebe Sarah«, schreibt er, streicht das »Liebe« und schreibt »Liebste« darüber. Er seufzt. Das mit dem Brief wird wohl schwieriger als gedacht.

Liebste Sarah,

ich weiß, du dachtest, ich würde noch hier sein, wenn du kommst, und es ist unverzeihlich, dass ich nicht auf dich gewartet habe, doch es ist besser so. Es ist schwer genug, dich verlassen zu müssen.

Du siehst in mir einen besseren Menschen, als ich bin, und in den wenigen Tagen, die ich mit dir verbringen durfte, war ich das auch. Irgendein schlauer Kerl hat mal gesagt, jeder würde danach trachten, die Erwartungen, die man in ihn setzt, zu erfüllen – negative als auch positive – oder so ähnlich. Auf jeden Fall danke ich dir dafür, dass du nicht damit aufgehört hast, bis zuletzt daran zu glauben, dass ich zu den Guten gehöre. Du bist die beste Freundin, die ich mir wünschen kann – und es tut weh, gehen zu müssen. Aber ich muss das hier zu Ende bringen.

Ich habe es mir mit dieser Entscheidung nicht leicht gemacht, das musst du mir glauben. Und dass ich dich sehr, sehr mag, auch. Ich könnte es mir nie verzeihen, wenn dir etwas zustieße.

Ich komme zurück, sobald ich weiß, wer ich bin, und mich an meine Vergangenheit erinnern kann. Wenn du mich dann noch willst …

Ich habe vielleicht einen Weg gefunden, mehr über

mich herauszufinden, zumindest weiß ich, wo ich hingehen muss, um Antworten zu finden. Die Erfolgschancen sind nicht besonders groß, aber die Hoffnung stirbt zuletzt, nicht wahr? Glaub einfach daran, dass ich es schaffe. Glaub an uns. Und an eine Zukunft für dich und mich – gemeinsam.

»In Liebe, Robin« will er erst schreiben, aber das klingt nach einem mittelalterlichen Liebesbrief. Doch was dann? Ich liebe dich ... das scheint ihm trotz seiner starken Gefühle für Sarah ein wenig zu früh. Ein einfaches »Dein Robin« ist zu neutral, findet er.

Schließlich setzt er »Ich denke an dich, jeden Tag, bis wir uns wiedersehen« unter den Brief, faltet ihn zusammen und legt ihn auf den Küchentisch zum Wohnungsschlüssel und zu dem Handy. Sarahs Rucksack mit ihren Sachen hat er auf den Küchenstuhl gestellt, damit sie alles gleich findet.

Er ist schon an der Tür, als ihm noch etwas einfällt und er umkehrt.

PS: Danke für alles, was du für mich getan hast.

PPS: Du bist unheimlich schön, das wollte ich dir schon längst sagen.

PPPS: Ich liebe dich.

Also doch. Er hat sie hingeschrieben, die drei berühmten Worte, weil sie zu schreiben leichter ist, als sie auszusprechen. Und weil er es sich nie verzeihen würde, dass sie es nicht weiß, was er für sie empfindet, falls er keine Gelegenheit mehr bekommt, es ihr zu sagen.

Schnell klappt er den Zettel ein zweites Mal zu, schreibt noch »Für Sarah« darauf und flieht regelrecht aus der Wohnung, um nicht in die Versuchung zu kommen, den Brief ein weiteres Mal umzuschreiben.

Auf dem Weg zur Tür streichelt er zum Abschied Winston, der sich auf dem Couchtisch breitgemacht hat. Roosevelt sitzt vor der Eingangstür und sieht ihn mit wedelndem Schwanz und erwartungsvollen Augen an.

Er krault Roosevelts Kopf. »Später gibt's Gassi gehen, alter Junge. Sarah kommt gleich, geh auf deinen Platz.« Mit dem Zeigefinger deutet er auf den Hundeteppich. Seufzend trottet Roosevelt in die Ecke, dreht sich zweimal im Kreis, ehe er sich niederlässt und ihn enttäuscht ansieht. Bei Rooses Anblick bekommt er ein schlechtes Gewissen.

Dann gibt er sich einen Ruck.

Als die Wohnungstür hinter ihm zufällt, überkommt ihn für einen Moment die Panik. Er kann nicht wieder hinein, er hat den Schlüssel am Küchentisch gelassen. Absichtlich. Damit er seine Meinung nicht ändern kann.

Manchmal ist es besser, nicht zurückzublicken.

Als er die nächste Straßenecke erreicht, tut er es trotzdem. Er tastet in seiner Gesäßtasche nach dem kleinen Papierschnipsel, der so winzig ist, dass er nicht einmal auffällt, wenn er abgetastet wird. Der Zettel ist seine Rettungsleine, seine Rückversicherung für Notfälle, der *In case of emergency*-Kontakt. Zuerst wollte er sich die Nummer merken, aber da sich sein Gedächtnis nicht gerade als zuverlässig erweist, ist das so die bessere Lösung. Er wird verdrängen, dass er ihn bei sich hat, und ganz bestimmt wird er ihn nicht verwenden, außer im Katastrophenfall. Oder wenn er Erfolg gehabt hat. Dann wird er ein Telefon suchen, den Zettel hervorholen und die Nummer wählen, die er darauf notiert hat: Sarahs Handynummer.

15

Kurz vor acht stand ich auf. Meine Augen fühlten sich an, als hätte ich Sand hineingerieben. Sie schmerzten und beim Blick in den Spiegel sah ich, dass sie gerötet waren. Kein Wunder, hatte ich doch die halbe Nacht geheult und dabei eine ganze Palette an Gefühlen durchgemacht – von Verzweiflung über Selbstmitleid. Zum Schluss flossen Tränen der Wut und danach war ich völlig erschöpft und schlief irgendwann ein. Sogar beim Aufwachen war mein Kissen immer noch ein wenig feucht.

Ich überlegte, mir meine Sonnenbrille aufzusetzen (zum Glück war wenigstens Sonntag und keine Schule), was aber im Haus auch irgendwie blöd aussah, deshalb verzichtete ich darauf und ging in die Küche, um Paps Gesellschaft zu leisten.

Er briet gerade Speck und Spiegeleier, als ich hereinkam. »Guten Morgen, Spatz! Willst du auch?«, fragte er, während das Ei in der Pfanne seine ganze Aufmerksamkeit beanspruchte.

Das Aroma knusprigen Specks kitzelte meine Nase und ließ meinen Magen laut grummeln. »Ja, bitte.«

Eigentlich hatte ich vorgehabt, mit Robin zu frühstücken, ein Abschiedsfrühstück sozusagen. Doch nun war mein Trotz größer. Sollte er doch allein essen.

Paps ließ den Speck und zwei Eier auf einen Teller gleiten, streute auf die Dotter eine Prise Paprikapulver, rupfte ein paar Blätter Petersilie, die wir in einem Topf auf dem Fensterbrett zogen, ab und dekorierte damit die Eier. Schwungvoll stellte er den Teller vor mich hin. »Voilà«, sagte er und drehte sich wieder zum Herd, um eine zweite Portion zuzubereiten. »Iss ruhig schon, bevor es kalt wird«, meinte er.

Das musste er mir nicht zweimal sagen. Ich nahm mir eine Scheibe dunkles Brot, tauchte es in den halb flüssigen Dotter und biss dann ab.

Ich hatte zur Hälfte aufgegessen, als Paps sich ebenfalls setzte. »Und was hast du heute vor?«, fragte er zwischen zwei Bissen.

»Also erst mal muss ich mich um Roose und Winston kümmern«, antwortete ich. »Wieso?«

»Ich dachte, wir könnten wieder mal was zusammen unternehmen. Kino oder so.«

»Okay. Am Nachmittag?«, stimmte ich zu und versuchte, ein wenig Begeisterung zu zeigen. Schließlich bemühte sich Paps, mich aufzumuntern, und mit Robin würde ich den Tag jedenfalls nicht verbringen. Bei dem Gedanken spürte ich schon wieder Tränen aufsteigen.

Ich seufzte und schluckte den Kloß im Hals hinunter. »Paps, weißt du zufällig, wo die Augentropfen sind? Irgendwie habe ich das Chlorwasser vom Schwimmbad gestern nicht so gut vertragen.«

Mein Vater reichte mir eine frische Papierserviette und holte dann aus dem Apothekenschrank eine Flasche Augentropfen. Sofort nach dem Eintröpfeln fühlte ich mich besser.

»So, so, Chlorwasserunverträglichkeit«, brummte Paps. »Auch wenn du es gerade nicht glaubst, aber das wird besser.«

Wir wussten beide, dass er damit ganz etwas anderes meinte. Aber den Ausdruck »Chlorwasserunverträglichkeit« fand ich gut. Den musste ich mir unbedingt merken, als Entschuldigungsgrund für die nächste Schwimmunterrichtseinheit in der Schule.

Um Viertel vor neun hatte ich meinen Laptop eingepackt – natürlich wegen der Geschichtsarbeit. So gerüstet drückte ich Paps einen Kuss auf die Wange und machte mich auf den Weg zu Lauras Wohnung. Meine Augen fühlten sich nicht mehr so trocken an, trotzdem setzte ich draußen die Sonnenbrille auf, auch wenn es noch ein wenig zu früh war, um wirklich eine zu benötigen. Immerhin schien die Sonne, besonders auffallen würde ich also nicht.

Ich fand es in Romanen immer total kitschig und übertrieben, wenn die weibliche Hauptfigur ein paar Tränen vergoss und der Held sich dadurch umstimmen ließ, weil der nicht mit ansehen konnte, wie sie weinte. Das grenzte an Erpressung. Trotzdem fragte ich mich, ob Robin sich vielleicht erweichen ließe. Nicht dass ich ihn vollheulen wollte – nein, ich würde stark sein und nicht vor ihm weinen, selbst wenn es mir das Herz brach. Entweder er ging – oder er blieb, weil er selbst bleiben wollte. Nicht, weil ich ihm leidtat. Mitleid war ohnehin das

Schlimmste, stattdessen sollte ich mir lieber gute Argumente überlegen, die seine Befürchtungen zerstreuten und ihm klarmachten, dass wir ein gutes Team waren.

Als ich Lauras Wohnhaus erreichte, waren mir keine wirklich stichhaltigen Gründe eingefallen, wie ich ihn zum Bleiben bewegen konnte. Ich würde wohl improvisieren müssen. Und wenn alles schieflief, dann ... dann hatte ich immer noch das Klischee mit den Tränen, auf das ich zurückgreifen konnte.

Das letzte Mal hatte ich mich offenbar nicht laut genug bemerkbar gemacht, nur deshalb war Robin von meiner Anwesenheit überrumpelt worden. Um den Fehler zu vermeiden, drückte ich zweimal auf den Klingelknopf, ehe ich die Tür aufsperrte. Das Schrillen der Glocke war laut und ging einem durch Mark und Bein. Laura witzelte immer, dass ihre Klingel einen aus dem Koma holen konnte. Auf jeden Fall würde es Robin, wenn nötig, aus seinem Trance-Zustand reißen.

Sicherheitshalber rief ich laut: »Ich bin da!«, als ich die Wohnung betrat, und ließ mir Zeit, um Roosevelt zu begrüßen. »Na du?« Ich tätschelte seinen Rücken, bevor ich zuerst ins Wohnzimmer ging, wo Winston auf dem Tisch lag und mich ohne Schuldbewusstsein anblickte.

»Runter, Winston«, sagte ich und bemühte mich, meine Stimme streng klingen zu lassen, was aber nichts nützte, denn er streckte sich nur genüsslich in alle Richtungen und begann, sich zu putzen.

»Robin?«, rief ich.

Keine Antwort.

Zuerst den Kater füttern, arbeite ich die To-do-Liste in meinem Kopf ab. Vielleicht war er im Bad und würde gleich rauskommen. Sobald ich die Tür zur Küche aufstieß, sprang Winston vom Tisch und trippelte mir nach.

Als Erstes sah ich meinen Trekkingrucksack auf dem Stuhl. Meine Hoffnung, Robin könnte es sich mit dem Weggehen vielleicht noch mal überlegt haben, sackte in sich zusammen.

Der letzte Rest zerstob dann beim Anblick von Lauras Handy, des Wohnungsschlüssels und des zusammengefalteten Zettels, auf dem mein Name stand. Mein Herz zog sich schmerzhaft zusammen, mein Magen rebellierte. Ich wollte nicht glauben, was ich sah.

Seine Klamotten! Er würde seine eigenen Sachen nicht einfach dalassen, dachte ich mir und stürzte ins Bad, um nachzusehen, ob Robins Sachen noch da waren.

Sie waren weg, dafür war die Waschmaschine gefüllt, das Lämpchen zeigte »Ende« an und ich erkannte durch das Bullauge Davids Badeshorts und Lauras Bettwäsche.

Trotzdem weigerte sich mein Gehirn, das Offensichtliche zu akzeptieren. Auch wenn Robin auf dem Sofa geschlafen hatte, sah ich sicherheitshalber im Schlafzimmer nach. Erst als ich das ebenfalls leer vorfand, sickerte es zu mir durch, dass er tatsächlich abgehauen war – und das zum zweiten Mal.

Das erste Mal hatte ich es noch nachvollziehen können. Da hatte er wegen der Zeichnungen völlig neben sich gestanden und verzweifelt diese Brücke gesucht.

Doch heute war ich tief verletzt. Der einzige Grund,

warum er nicht auf mich gewartet hatte, war seine Feigheit. Wie paralysiert ließ ich mich auf die Bettkante sinken und barg das Gesicht in beiden Händen. Er hatte sich einfach davongestohlen und mir jede Möglichkeit genommen, ihn zu überzeugen, dass wir gemeinsam einen Weg finden konnten. Er hatte mich um die Gelegenheit gebracht, ihn zum Abschied zu umarmen und ihm zu versichern, dass ich an seine Unschuld glaubte und ich deshalb keine Angst vor ihm hatte und nie haben würde.

Ich hätte ihm so gern gesagt, dass seine Vergangenheit für mich nicht wichtig war, sondern für mich nur das Jetzt zählte, aber ich mich mit ihm auf die Suche nach seiner Identität machen würde, wenn es ihm so viel bedeutete, ganz egal, was dabei rauskäme.

Und ich hätte ihm erklärt, wie wichtig er für mich geworden war und dass ich mich noch nie so wohlgefühlt hatte wie mit ihm. Seit ich ihn kannte, war mein Leben abenteuerlich, spannend, actionreich. Ich hatte noch nie so viel erlebt und war so an meine Grenzen gestoßen wie in den letzten Tagen.

All das und noch viel mehr konnte ich ihm nicht mehr mitteilen. Winston sprang neben mich auf das Bett und rieb seinen Kopf an meiner Hand. Dann kam auch noch Roosevelt, der seinen Kopf auf meinen Schoß legte und die Hose vollsabberte. Meine Tränen flossen wieder, aber sie lösten den Knoten in meiner Brust, der mir die Luft abgeschnürt hatte. Ich atmete tief durch und trocknete meine Wangen. Egal, wie es mir jetzt ging, Winston und Roosevelt hatten Hunger. Roosevelt musste raus und die Wäsche konnte auch nicht in der Maschine bleiben.

Im Badezimmer wusch ich mir mit kaltem Wasser das Gesicht, dann ging ich in die Küche, um Winston zu füttern, der erstaunlich geduldig blieb, während ich die Dose öffnete und seinen Napf füllte.

Ich rief nach Roosevelt, nahm den Reserveschlüssel vom Küchentisch, um ihn wieder unter dem Fensterbrett zu befestigen. Den Brief ließ ich liegen, den konnte ich lesen, wenn ich wieder zurück war. Falls ich das überhaupt wollte. Sicher war ich mir da nicht.

Ich liebte die Spaziergänge mit Roosevelt, auch heute merkte ich, dass es mir bald leichter ums Herz wurde. Es schien, als ob das Gehen auch in meinem Kopf etwas bewegte. Im Park warf ich ein paar Stöckchen für Roosevelt, damit er sich auspowern konnte, dann machten wir uns wieder auf den Rückweg. Ich hatte beschlossen, Robin die Chance auf eine Erklärung zu geben. Ich würde seinen Brief lesen. Vielleicht war ja etwas vollkommen Überraschendes passiert, etwas Dringendes, Unaufschiebbares ...

Und ich musste ihm zugutehalten, *dass* er mir eine Nachricht hinterlassen hatte. Schließlich hätte er ja auch ohne Brief verschwinden können.

Zurück in der Wohnung hängte ich Roosevelts Leine auf den Haken, ging in die Küche, gab ihm sein Fressen und frisches Wasser. Dann setzte ich mich auf den Stuhl und nahm Robins Brief in die Hand. Mit klopfendem Herzen faltete ich ihn auseinander und las: *Liebste Sarah ...*

Verdammt, ich brauchte ein Taschentuch. Ich hatte seit gestern schon so viel geweint, dass ich eigentlich völlig ausgedörrt sein musste. Wieso waren da immer noch Tränen übrig?

Ich riss Küchenpapier ab, trocknete meine Augen und putzte mir die Nase. Dann erst konnte ich weiterlesen.

Robin schrieb, wie er zeichnete, kunstvoll und poetisch. Und wunderschön.

Ich drückte den Brief an meine Brust und las ihn noch zweimal, saugte jedes Wort in mich auf. Dann faltete ich den Zettel zusammen und steckte ihn in meine Hosentasche, um ihn immer bei mir zu haben. Wie er mich darum gebeten hatte, würde ich an ihn und an uns glauben und die Hoffnung nicht aufgeben, dass sich doch noch alles zum Guten wendete. Vor allem wollte ich aber selbst bei dieser Wendung zum Guten nachhelfen – tatenlos rumsitzen würde ich jedenfalls nicht!

16

Zunächst kümmerte ich mich um die Wäsche in der Maschine, ehe ich ins Wohnzimmer ging, um ein wenig aufzuräumen – immerhin wohnten hier ein paar Tage lang gleich zwei, na ja, sogar drei Untermieter. Als ich die Katzenhaare vom Couchtisch wischen wollte, entdeckte ich die Zeichnungen darauf. In der Früh hatte Winston draufgelegen und sie verdeckt. Hatte die Robin etwa vergessen? Oder womöglich absichtlich liegen lassen?

Neugierig betrachtete ich das oberste Bild und ein Schauer lief über meinen Rücken. Diese Zeichnung kannte ich noch nicht. Er musste sie gestern, nachdem ich weg war, gemacht haben. Sie war brillant wie alles, was er malte, doch dieses Bild löste echte Beklemmung in mir aus. Ich wusste nicht, um welches Gebäude es sich handelte – außer dass es sich um eine alte Autolackiererei handelte, wie auf dem Schild über dem Eingangstor stand. Das ganze Areal sah ziemlich trostlos aus.

Die beiden Typen im Vordergrund erkannte ich sofort. Stiernacken grinste verschlagen, Schwarzhaar hielt ein Feuerzeug in der Hand, so eines mit Benzin und Docht, das man aufschnappen lassen konnte. Aus der Halle quoll Rauch, lichterlohe Flammen schlugen hoch und man brauchte weder viel Fantasie noch großes logisches

Denkvermögen, um zu erahnen, wer das Feuer gelegt hatte.

Ich entdeckte neben dem Haus, in geduckter Haltung, dicht an die Mauer gepresst, Robin, der sich einen Arm vor Mund und Nase hielt, um sich vor dem Rauch zu schützen. In der anderen Hand hielt er die Kette mit dem Namensanhänger.

Langsam sickerte in mein Bewusstsein, dass Robin die Brandstiftung beobachtet haben musste. Egal, worum es ging, ob die beiden Verfolger irgendwelche Spuren verwischten oder ... es fehlte mir eindeutig die kriminelle Energie, um mir das vorzustellen, aber Robin war Zeuge gewesen. Er konnte sie belasten und durch seine Aussage vielleicht sogar ins Gefängnis bringen. So wie die beiden aussahen, hatten sie aber garantiert nicht nur ein bisschen gezündelt, und das bedeutete: Schwarzhaar und Stiernacken hatten richtig viel zu verlieren. Sie wussten, dass er sie gesehen hatte, anders konnte es nicht sein. Kein Wunder, dass sie Robin jagten. Und er war irgendwo da draußen und legte sich mit zwei Verbrechern an, weil er Angst davor hatte, sich an die Polizei zu wenden. Mist!

Und wenn ich zur Polizei ginge?, überlegte ich.

Die würden mich wahrscheinlich auslachen. Ich hatte ja keine Beweise, nur Robins Zeichnungen – viel zu wenig, um irgendwelche Beamten zu überzeugen, aktiv zu werden. Außerdem hätte Robin dann bestimmt nie wieder mit mir gesprochen.

Ich stand auf und lief im Wohnzimmer auf und ab. Winston hob kurz den Kopf, kniff die Augen zusammen und schlief weiter. Roosevelt fand, es wäre ein lustiges Spiel, und sprang an mir hoch, bis ich ihn auf seinen Platz schickte, weil ich bei seinem Rumgehopse keinen klaren Gedanken fassen konnte.

Eines war schon mal klar: Robin täuschte sich, wenn er annahm, ich würde seelenruhig abwarten und Daumen drehen, während er sich in Gefahr befand. Hey, ich war doch keine holde Maid aus irgendeinem viktorianischen Roman oder so! Ich musste herausfinden, wo Robin gewohnt hatte, wo er zur Schule gegangen, warum er offenbar zur falschen Zeit am falschen Ort gewesen war ... je mehr ich über ihn in Erfahrung brachte, desto eher würde ich ihn aufspüren.

Mein Kampfgeist war erwacht. Robin hatte mit keinem Wort erwähnt, dass ich ihn nicht suchen durfte. Und wie war das? Freunde hielten zusammen, auch – und besonders dann – wenn es schwierig wurde. Er war nicht unverwundbar und schwebte in weit größerer Gefahr als ich, wenn ich mich an seine Seite begeben würde.

Ich hatte auch schon eine Idee: Ein Anhaltspunkt waren Robins Zeichnungen. Wenn jemand so toll zeichnen konnte, musste er das doch gelernt haben, oder? Klar, es gab Autodidakten, die sich alles selbst beibrachten. Aber jemand, der so talentiert war, hatte vielleicht schon Werke ausgestellt. In Galerien oder Museen oder wo auch immer, damit kannte ich mich nicht gut aus. Aber ich wusste, wer über diese Dinge besser informiert war als ich.

Wie gut, dass wir unsere Nummern getauscht hatten. Ich nahm mein Handy und rief Conny an.

Sie hob nach dem dritten Läuten ab. »Hi Sarah! Was für eine Überraschung.« Sie klang richtig erfreut, mich zu hören.

»Conny, ich hab da ein Problem und ich glaube, du und deine Mutter könntet mir helfen. Hast du Zeit?«.

Conny lachte leise. »Gott sei Dank, ich dachte, ich würde vor Langeweile sterben. Ja, ich hab Zeit. Mama ist auch zu Hause. Wann willst du herkommen?«

Ich ließ mir ihre genaue Adresse durchgeben und fragte: »Passt es dir in einer halben Stunde?«

»Klar, passt. Scheint ja wirklich ziemlich dringend zu sein.«

»Das ist es«, gab ich zurück. Man könnte sogar sagen, es geht um Leben und Tod, fügte ich in Gedanken hinzu.

Wir verabschiedeten uns, dann suchte ich die Zeichnungen zusammen, die Robin dagelassen hatte, gab Winston sicherheitshalber eine Handvoll Trockenfutter in den Napf, damit er bis zum Abend nicht verhungerte, und verließ die Wohnung.

Von unterwegs rief ich Paps an, um ihm Bescheid zu geben, dass ich es wohl nicht rechtzeitig ins Kino schaffen würde, ich wäre gerade unterwegs zu Conny, einer Freundin. »Ich hoffe, du bist nicht enttäuscht«, setzte ich hinzu.

»Ach, Spatz, mach dir keine Gedanken um mich. Ich bin ja eh nicht so der große Kinofan, und wenn es dir hilft, mit einer Freundin zu reden ...«

Ich seufzte. Wenn Paps wüsste, dass es nicht nur ums Ausheulen wegen meines Liebeskummers ging! »Wir können ja stattdessen demnächst Billard spielen gehen«, schlug ich vor. Das machte uns wenigstens beiden Spaß.

Wenig später stieg ich aus der U-Bahn und fuhr mit der Straßenbahn drei Stationen. Nach etwa sechs Minuten Fußweg hatte ich Connys Zuhause erreicht. Sie wohnte in einem alten, schick sanierten Wohnhaus. Ich drückte auf die Klingel, der Türöffner summte und ich trat ein. Das Haus war kein Vergleich zu dem, wo Laura wohnte. Hier wirkte alles nobel und teuer, der Fußboden sah aus, als wäre er aus Marmor, alles glänzte. Ich traute mich kaum, in den Lift zu steigen, aus Angst, irgendetwas schmutzig zu machen oder Fußspuren zu hinterlassen, aber da Conny im sechsten Stock wohnte, war die Treppe keine Option.

Als ich aus dem Fahrstuhl stieg, wartete Conny bereits an der offenen Wohnungstür auf mich.

»Hi«, sagte sie strahlend. Einladend trat sie beiseite und ließ mich herein. Unwillkürlich pfiff ich durch die Zähne. Meine Freundin lebte in einem Penthouse über den Dächern Wiens!

»Wir sind auf der Terrasse«, sagte sie und führte mich weiter. Ich versuchte, nicht allzu sehr zu starren, war aber von der Wohnung einfach dermaßen beeindruckt, dass ich meinen Mund vor Staunen kaum schließen konnte. Sie war bestimmt so groß wie unser ganzes Haus, die Küche hätte mit dem ganzen Stahl und den schwarz glänzenden Schränken jedem Science-Fiction-Film Ehre gemacht. Nach gemütlichem Kochabend sah das nicht aus, eher nach Hightech-Sterneküche und so, als wäre sie noch nie benutzt worden. Um in den Wohnbereich zu gelangen, mussten wir drei Stufen hinuntergehen. Eine gewaltige Couch, bestimmt war sie aus echtem Leder, stand an einer Seite, auf der anderen eine ultramoderne Wohnwand mit einem Riesenbildschirm. Rechts neben der Küchenzeile führte eine Treppe auf eine Art Galerie. Überall an den weißen Wänden hingen Kunstwerke. Fotografien und Gemälde und sie sahen genauso teuer aus wie der ganze Rest.

Conny hatte meinen Blick bemerkt und erklärte: »Dort oben sind die Bäder und die Schlafzimmer.«

Die Bäder und *die* Schlafzimmer! Ich fragte mich, wozu zwei Personen mehr als ein Bad brauchten.

Die Schiebetür aus Glas stand offen und führte hinaus auf die Dachterrasse. Eine Frau saß auf einem Liegestuhl. »Mum, das ist Sarah. Sarah, das ist meine Mutter.«

Connys Mutter trug eine dunkelblau gestreifte, dünne Stoffhose und ein weißes enges Top. Ihre Haut war leicht gebräunt, eine große Sonnenbrille verdeckte ihre Augen, die blond gesträhnten Haare hatte sie zu einem straffen Pferdeschwanz zusammengebunden. In der Hand hielt sie ein dickes Buch, von dem ich den Titel nicht erkennen konnte. Als wir neben ihr standen, legte sie das Buch auf den Glastisch. »Anna Karenina« von Tolstoi.

Sie schob die Sonnenbrille hoch und reichte mir ihre Hand. »Wie schön, dich kennenzulernen, Sarah. Cornelia hat schon so viel von dir erzählt.«

Hatte sie? Ich konnte mir gar nicht vorstellen, was es über mich zu erzählen gab. In der Gegenwart von Connys Mutter und in dieser Wohnung kam ich mir ziemlich normal, langweilig und deplatziert vor.

»Ich freue mich auch, hier zu sein«, erwiderte ich höflich. »Tolle Geschichte, übrigens.« Ich deutete mit dem Kopf auf das Buch.

Sie strahlte. »Du kennst ›Anna Karenina‹? Da nimm dir mal ein Beispiel, Cornelia.« Conny verdrehte hinter ihr die Augen.

»Ich lese es jetzt zum vierten Mal, ich liebe Tolstoi, auch wenn der Stil natürlich nicht mehr ganz zeitgerecht …«

Sie wurde von Conny unterbrochen. »Schon gut, Mum. Sarah ist nicht gekommen, um mit dir über Bücher aus dem vorvorigen Jahrhundert zu reden.«

»Ja, natürlich. Entschuldige bitte.« Connys Mum deutete auf einen der Stühle. »Nimm doch Platz. Und dann erzähl mal, wie wir helfen können.«

Ich berichtete von Robin – nur so viel, wie mir nötig erschien –, zeigte Conny und ihrer Mum die Zeichnungen und erklärte, dass ich unbedingt den Künstler finden musste, von dem ich nur diese wenigen Zeichnungen hatte.

Kritisch betrachtete Connys Mutter Robins Arbeiten. »Die Strichführung ist sehr gut, mit viel Eigensinn, ja, einzigartig, die Auswahl der Motive … ein wenig seltsam, aber das hat Kunst ja häufig an sich, man muss sie nicht zwangsläufig verstehen, sie muss bloß Gefühle wecken – und das tun diese Bilder eindeutig. Und sie erzählen Geschichten, was ebenfalls toll ist.« Sie reichte mir die Zeichnungen zurück. Erwartungsvoll sah ich sie an.

Sie schüttelte bedauernd den Kopf. »Gleich vorweg, ich kenne diesen jungen Mann nicht. Leider – und wenn du ihn finden solltest, möchte ich ihn gerne treffen.« Ich schluckte tapfer meine Enttäuschung hinunter. Es wäre ja auch ein zu großer Glücksfall gewesen.

»Aber«, fuhr sie fort, »aussichtslos ist es nicht. Die einschlägigen Schulen und Akademien haben alle Werke ihrer Schüler auf ihrer Homepage ausgestellt, vor allem die der besonders talentierten. Es würde mich nicht wundern, wenn dein Robin bereits irgendwelche Preise gewonnen hätte. Oder Stipendien für Nachwuchszeichner. So einer wie er wird gern als Aushängeschild genommen.«

Sie tippte sich mit dem Zeigefinger gegen die Unterlippe. »Du könntest auch in verschiedenen Kunstportalen suchen. Es gibt Seiten, auf denen Künstler ihre Portfolios einstellen und so Aufträge vermittelt bekommen. Dort überall besteht die Chance, dass du fündig wirst.«

Ich bedankte mich. Das klang alles nach richtig viel Recherchearbeit, aber wenigstens wusste ich jetzt, wo ich am besten ansetzen musste. Connys Mutter schrieb ein paar der Portale auf einen Notizblock, riss den Zettel ab und reichte ihn mir. Das war schon mehr, als ich vorher hatte.

Ich wollte nicht unhöflich erscheinen, aber ich brannte darauf, endlich mit der Suche nach Robin loszulegen. Und dafür musste ich nach Hause – oder zurück zu Laura –, wo ich einen Computer und Internetzugang hatte.

Conny schien meine Gedanken zu lesen, denn sie sagte: »Ich zeig Sarah jetzt mein Zimmer, okay?«

»Natürlich, geht nur«, sagte ihre Mum, schenkte sich ein Glas Eistee ein und griff wieder zu »Anna Karenina«.

»Deine Mum ist echt nett«, sagte ich, als wir die Treppe zur Galerie hinaufstiegen.

»Ja, sie ist okay, meistens zumindest. Außer wenn sie mich Cornelia nennt. Das hasse ich wie die Pest. Und wenn sie sagt, ich solle mir ein Beispiel an anderen nehme. Das finde ich total ätzend.« Sie zog eine Augenbraue hoch und verdrehte grinsend die Augen. »Mütter halt, oder?«

Ich schluckte, ließ mir aber nicht anmerken, dass ich so nie über meine Mutter sprechen würde. »Versteh ich«, brachte ich hervor.

Vor einer der Türen blieb meine Freundin stehen und drückte sie auf.

»Wow!« Mehr brachte ich beim Anblick von Connys Reich nicht hervor.

Eine ganze Wand bestand aus einer Glasfront. Blickdichte beige Schiebevorhänge sorgten dafür, dass man den Raum verdunkeln konnte. Wobei, wenn das mein Zimmer gewesen wäre, hätte ich die Vorhänge nachts immer offen gelassen, um den Himmel, die Sterne und den Mond zu sehen.

Doch mit ihr tauschen wollte ich trotz der tollen Wohnung, der grandiosen Aussicht und der teuren Einrichtung nicht. Ich mochte es, dass es bei uns ein wenig chaotisch war und nicht immer so sauber, dass wir uns ein Bad teilten und ich mithelfen musste. Und ich hatte das Gefühl, dass in unserem Haus Leben herrschte – hier hingegen wirkte alles wie ein Vorzeigemodell eines Innenarchitekten. Die Wohnung war nobel, doch unser Haus war gemütlich.

Plötzlich betrachtete ich Connys Zuhause und auch sie selbst mit anderen Augen und erkannte, dass sie nicht nur meine Freundschaft gesucht hatte, weil ich zufällig neben ihr saß und sie neu in der Schule war. Eher kam es mir so vor, dass sie sonst keine Freundin hatte und sich einsam fühlte. Ich hatte mir meine Einsamkeit mehr oder weniger selbst gewählt und sie machte mir meistens nichts aus. Ich war gern allein. Aber Conny nicht. Warum hing sie also nicht mit den anderen Mädels in unserer Schule ab, sondern mit mir?

Mitten im Raum stand ihr Schreibtisch, darauf befanden sich ein aufgeklappter Laptop und ein Stapel Modemagazine.

»Hey, du liest ja doch«, neckte ich sie lächelnd und deutete auf die Zeitschriften.

Conny grinste. »Jaja, Fräulein Tolstoi! Aber halt dich fest, es kommt noch schlimmer ...« Sie flüsterte verschwörerisch: »Ich interessiere mich mehr für die Fotos als für den Text.« Und dann setzte sie noch leiser hinzu, als könne sie irgendwer hören: »Ich möchte Modedesignerin werden. Willst du mal sehen?«

»Klar«, antwortete ich und meinte es ehrlich. Mit Mode konnte ich zwar nicht viel anfangen, ich lief am liebsten in Jeans und T-Shirt herum, aber mich interessierte wirklich, was meine Freundin da kreiert hatte.

Conny zog einen zweiten Stuhl zum Schreibtisch, schaltete den Laptop ein und klickte ein paar Mal, um eine Datei namens »Entwürfe« aufzurufen.

Stolz drehte sie den Bildschirm in meine Richtung und biss sich erwartungsvoll auf die Lippen. »Na, was meinst du?«, fragte sie schließlich, als ich keine Antwort gab. Das lag aber bloß daran, dass ich gerade sprachlos war. Mit wenigen Strichen und zarten Farben hatte Conny elfenhafte Frauen erschaffen, die fantasievolle, mutig wabernde, flatternde und fast lebendig wirkende Gebilde um ihren Körper trugen. Das sah, soweit ich das beurteilen konnte, total professionell gezeichnet aus.

»Conny, das ist wahnsinnig schön«, sagte ich schließlich voller Ehrfurcht. »Woher kannst du das?«

»Hab ich mir selbst beigebracht«, antwortete Conny stolz. »Ich hab ja noch viel mehr Entwürfe, aber um dir alle zu zeigen, würden wir Stunden brauchen, und ehrlich gesagt sind die älteren auch noch nicht so gut. Außerdem ... was ist denn mit diesem Zeichenkünstler, Robin? Du willst ihn doch nicht nur finden, weil du ein Fan von seinen Bildern bist.« Sie wackelte mit den Augenbrauen, dass ich lachen musste. »Robin ist doch der Junge, von dem du mir in der Schule erzählt hast und den du süß findest. Seid ihr doch zusammen? Hat er dich sitzen lassen? Willst du ihm einen Denkzettel verpassen, weil er Schluss gemacht hat? Wollen wir sein Haus mit Klopapier bewerfen?« Connys Augen funkelten abenteuerlustig.

Ich seufzte und musste über ihren ernsten Blick lachen. Und ich dachte, ich hätte zu viel Fantasie! »Nein, ich bewerfe niemanden und niemandes Haus mit Klopapier und ja, wir sind zusammen – aber irgendwie ...« Ich stockte. Was wollte ich Conny denn alles erzählen?

»... ist er weg. Er ist einfach gegangen und das Problem ist ... Robin hat sein Gedächtnis verloren«, begann ich wenig zusammenhängend. Was sollte denn schon passieren, wenn ich ihr die Wahrheit sagte? Im schlimmsten Fall würde sie es weitererzählen, aber wem sollte sie davon berichten und wer würde ihr schon glauben, so fragwürdig, wie die ganze Geschichte klang. Ich konnte wirklich jede Hilfe brauchen, die ich bekam, und ich hatte das Gefühl, auf Conny konnte ich zählen, selbst wenn wir uns noch gar nicht so gut kannten. Wenn ich mich nicht bald jemandem anvertraute, würde ich noch platzen!

Conny sah mich abwartend an, also fuhr ich mit meinem Bericht fort: »Die einzigen Hinweise auf seine Vergangenheit sind seine Zeichnungen. Vorgestern hat er das Michaela-Bad gezeichnet, gestern waren wir dort, offenbar war er häufig da, er springt vom Zehn-Meter-Turm wie ein Profi, aber egal ... wir haben gequatscht und geblödelt und dann hat er ein Flashback gehabt. Die hat er immer wieder und dann malt er diese unglaublichen Bilder.« Ich hielt die Zettel mit Robins Werken hoch. »Er hat einen Schlüssel zu einer der Dauermieterkabinen gezeichnet. Das ist bestimmt was Wichtiges, doch wir haben nicht herausbekommen, wem die Kabine gehört.« Ich holte kurz Luft, ehe ich weitersprach. »Aber das Schlimmste war, dass zwei Typen auf uns aufmerksam geworden sind, als wir zur Kabine wollten. Die zwei hatte Robin in seinen Bildern schon mal gezeichnet – und die haben uns verfolgt, ziemlich verbissen und gefährlich wirkten die. Zum Glück konnten wir sie abschütteln.«

Connys Augen waren bei jedem meiner Worte größer

geworden. »Uff, das klingt alles ziemlich heftig. Die haben euch so richtig verfolgt wie im Film?« Sie tippte sich mit dem Finger gegen die Unterlippe, wie es eben ihre Mutter getan hatte. »Sehr geheimnisvoll und ziemlich aufregend. Du hast ja bereits erwähnt, dass du grad im Stress bist, aber ich dachte halt, Hausaufgaben und Stress zu Hause oder so. Aber doch nicht so eine coole Geschichte! Und ihr habt keine Ahnung, wer die beiden sind?«

Ich schüttelte den Kopf.

»Hm, verständlich, dass du mehr über Robins Vergangenheit erfahren willst. Okay, lass mal sehen, was wir herausfinden.«

Conny tippte in das Suchfeld ihres Browsers »Bleistiftzeichnungen« ein. Innerhalb einer Sekunde füllte sich der Monitor mit Kunstwerken.

»Oha«, entfuhr es Conny beim Anblick der Zeichnungen. Es gab einige darunter, die offensichtlich von Kindern oder von weniger talentierten Menschen stammten – doch die meisten waren unglaublich toll. Ich hatte nicht erwartet, dass es so viele Künstler gab, die richtig, richtig gut waren.

»Klick das hier mal an«, bat ich Conny und zeigte mit dem Finger auf eines der Bilder, bei dem ich glaubte, eine Ähnlichkeit mit denen von Robin zu erkennen. Es zeigte einen alten Mann in einem Stuhl, das Bild sah aus wie ein Foto, nicht wie gezeichnet. Wir wurden auf seine Seite weitergeleitet, auf der weitere lebensechte Porträts zu sehen waren, doch sie stammten alle von einer Künstlerin aus London.

Eine ganze Weile klickten wir uns durch weitere Bilder, hatten aber keinen Erfolg. »Pffft, so klappt das nicht«, stellte Conny fest und griff nach dem Zettel, den ihre Mutter mir in die Hand gedrückt hatte. Doch hier wurde es dann richtig unübersichtlich: Es gab für jeden Jahrgang der Akademien zahlreiche Ausstellungsfotogalerien, jeder Jahrgang hatte außerdem eine eigene Seite mit Portfolios und Gewinnern von Stipendien und Preisen. Wir klickten uns zusammen durch, dann sah ich auf die Uhr. Zwei Stunden waren vergangen! Ich bedankte mich bei Conny für ihre Hilfe und die Zeit, die sie sich genommen hatte. »Ich würde echt noch gern bleiben, aber ich muss mit dem Hund raus.«

»Der von deiner Schwester?«

»Ja, eine Bordeauxdogge, das sind die ...«, wollte ich erklären, doch Conny unterbrach mich: »... mit den Falten auf der Stirn, den hängenden Backen und den furchtbar traurigen Augen. Die sehen immer so aus, als wären sie total besorgt oder deprimiert. Supersüß!«

Ich lachte. Ihre Beschreibung traf es ganz genau.

»Ich liebe Hunde«, schwärmte Conny. »Wir hatten mal einen Berner Sennenhund, als ich klein war. Ich hätte so gern wieder einen Hund, aber Mum ist dagegen, weil wir oft den ganzen Tag nicht zu Hause sind ...« Sie seufzte tief.

»Du kannst ja mitgehen«, bot ich ihr an, weil ich wirklich gerne mit Conny Zeit verbrachte und es schön wäre, beim Spazierengehen mit Roosevelt Gesellschaft zu haben.

»Das wäre echt cool, aber es geht nicht, wir müssen nachher zu einer Vernissage.« So bedauernd, wie sie dabei klang, tat sie mir leid. »Wie lange passt du denn noch auf ihn auf?«, fragte sie hoffnungsvoll.

»Nur über Pfingsten. Aber wir können Roosevelt auch später mal besuchen oder mit ihm Gassi gehen. Ich weiß, dass Laura nichts dagegen hat«, bot ich Conny an, um sie ein wenig zu trösten.

»Au ja, das machen wir. Okay, dann telefonieren wir oder sehen uns sonst am Mittwoch in der Schule.«

Als ich Connys Wohnung verließ, hatte ich zwar, was Robin betraf, keine nennenswerten Fortschritte gemacht, trotzdem ging es mir besser. Immerhin wusste ich, wo ich mit meinen Nachforschungen ansetzen konnte, auch wenn da noch ganz schön viel Arbeit auf mich wartete. Aber wenn ich im Moment etwas im Überfluss hatte, dann war das Zeit. Und ich besaß Durchhaltevermögen. Ich würde Robins Nachnamen schon noch herausfinden, da war ich mir sicher.

17

Er kauert hinter dem Sockel einer Statue. Sie ist aus Bronze und stellt irgendeinen österreichischen Dichter dar, von dem er noch nie etwas gehört, geschweige denn gelesen hat. Von hier aus hat er den Treppenaufgang zum Bad im Blick. Seit einer gefühlten Ewigkeit wartet er auf Schwarzhaar und Stiernacken. Bisher sind sie nicht aufgetaucht und langsam beginnt er zu zweifeln, ob sein Plan so gut ist, wie er dachte.

Zur Tarnung und damit niemand misstrauisch wird, nimmt er einfach den Block heraus und zeichnet – so hat er einen Grund, hier zu sitzen und alle paar Sekunden zum Gebäude gegenüber hinzusehen. Ab und an bleibt jemand stehen und schaut ihm über die Schulter, einige sprechen ihn sogar an und loben seine Arbeit. Ein Mann steckt ihm fünf Euro zu, »zur Unterstützung junger Künstler«. Er ist ganz baff. Die Versuchung ist groß, Passanten gegen Bezahlung zu porträtieren. Schnell verdientes Geld, das er gut brauchen könnte. Doch damit würde er womöglich nicht nur die Aufmerksamkeit der Spaziergänger auf sich ziehen, sondern von wer weiß wem, vielleicht von der Polizei. Dann müsste er seinen Beobachtungsposten aufgeben – und noch ist er dazu nicht bereit.

Die Sonne brennt ihm in den Nacken, dem kaum vorhandenen Schatten der Statue nach zu urteilen, ist es ungefähr zwölf. Die Zunge klebt am Gaumen, das Wasser aus der Flasche hat er schon vor einer Stunde ausgetrunken. Völlig bescheuert. Jetzt ärgert er sich, weil er sich das Wasser nicht besser eingeteilt hat. Die kommen nicht mehr, raunt eine Stimme in seinem Kopf und lockt ihn mit Gedanken an Schatten, einen kühlen Ort, irgendwo zwischen Bäumen oder an der Donau.

Hunger hat er mittlerweile auch. Eine halbe Stunde noch, vertröstet er sich. Nur noch dreißig Minuten will er warten, dann wird er sich etwas zu essen organisieren und an einem Brunnen seine Flasche auffüllen und so viel trinken, dass er einen Wasserbauch bekommt.

Weil er keine Uhr in Sichtweite hat, ändert er die Zeitangabe von dreißig Minuten in hundert vorbeifahrende Autos. Und weil viel Verkehr herrscht und die Hundert bald erreicht ist, beschließt er, noch einmal hundert abzuwarten.

Bei Auto Nummer achtundvierzig sieht er Schwarzhaar und dann gleich hinter ihm Stiernacken. Sie gehen die Stufen zum Eingang hinauf. Der Durst, die Hitze, der Hunger – alles ist vergessen. Sein Plan ist aufgegangen, er hat recht behalten. Sein Herz klopft ihm bis zum Hals.

Er steckt die leere Flasche und seine Zeichensachen in die Tasche. Nicht weit entfernt ist ein Supermarkt. Hin und zurück braucht er vielleicht zehn Minuten, noch mal zehn, um einzukaufen. Zwanzig Minuten, die er seinen Posten verlassen muss, aber das ist er bereit zu riskieren. Niemand verlässt ein Schwimmbad bereits nach zwanzig Minuten wieder.

Er ist schon eine Viertelstunde später wieder zurück. Neben einer Zehnerpackung Semmeln vom Vortag hat er eine große Flasche Wasser und einen neuen Block gekauft. Knapp drei Euro sind übrig, nahezu ein Vermögen, wenn man tagelang nicht einmal einen Cent besessen hat.

Die Gewissheit, dass er früher mit weitaus weniger auskommen musste, steigt in ihm hoch. Offenbar ist er also kein reicher Erbe, der nicht arbeiten muss und sich ein Künstlerdasein leisten kann, denkt er. Es hätte ihn auch eher gewundert.

Er verdrückt zwei der Semmeln und spült sie mit ein paar Schluck Wasser hinunter. Von der Kohlensäure muss er aufstoßen.

Im Schneidersitz lässt er sich wieder hinter der Statue nieder und schlägt den neuen Block auf. Mit der Fingerkuppe streicht er über die erste Seite. So leer und unbeschrieben ist sie etwas Besonderes. Es will gut überlegt sein, wie er diese erste Seite verwendet.

Er denkt kurz nach, dann weiß er, was er zeichnen wird. Kein anderes Motiv würde sich besser für das Ereignis eignen, einen neuen Zeichenblock anzufangen.

Ein Oval, um die Kontur des Gesichts anzudeuten, im oberen Drittel die Form der Augen, eine Spur größer als der Durchschnitt; die Brauen, dunkle Balken, breiter in der Mitte und leicht zu einem Bogen geschwungen. Schmaler Nasenrücken, die Spitze leicht nach oben gewölbt, es sind kleine Unvollkommenheiten wie diese, die einem Gesicht Charakter geben. Die Oberlippe um eine winzige Spur zu dünn, die Unterlippe dafür perfekt geformt. Das Haar mit wenigen Strichen angedeutet, ein paar Strähnen im Gesicht.

Er betrachtet die Skizze – mehr ist es noch nicht – und er will sich richtig Zeit nehmen, um daraus ein Kunstwerk zu schaffen. Ein Porträt von Sarah, so echt wie eine Schwarz-Weiß-Fotografie. Zuerst das Gerüst, dann die Feinheiten. Er arbeitet die Konturen ihrer Wangenknochen besser heraus.

Ihr Gesicht wird immer detaillierter.

Er merkt, dass er versucht ist, in die Arbeit einzutauchen. Das passiert ihm häufig und ist normalerweise gut. Doch jetzt gerade kann er das gar nicht brauchen. Er darf Schwarzhaar und Stiernacken nicht verpassen und dadurch einen Tag wertvolle Recherchezeit verlieren. Ein Tag ist vielleicht nicht viel. Ein Tag, an dem man jemanden vermisst, kann hingegen ganz schön lang werden. Eine Stunde mit Sarah spazieren zu gehen, vergeht im Flug, sich sechzig Minuten nicht von der Stelle rühren zu können, zieht sich ins Unendliche.

Aber nicht nur die verlorene Zeit spielt eine Rolle. Sich auf Sarahs Bild zu konzentrieren, würde ihn Gefahren ausliefern, er wäre verletzlich. Die Vernunft siegt, er wird an der Zeichnung weiterarbeiten, wenn er einen sicheren Ort gefunden und Ruhe dazu hat. Wann und wo auch immer das sein wird. Stattdessen blättert er zu einem leeren Blatt weiter und macht Charakterstudien von Menschen, die an ihm vorübergehen. Jeder hat irgendetwas Auffälliges, irgendeine Eigenheit, die sofort ins Auge sticht. Es entstehen schnelle Karikaturen, wenige Striche, um das Wesentlichste festzuhalten. Eine gute Übung, um sehen zu lernen, um genau beobachten zu lernen. Und seine Aufmerksamkeit bleibt auf einem hohen Level.

Fünf Frauen, drei Männer und sechs Kinder hat er so bereits skizziert, als er die Bewegung am Eingang des Bades registriert. Es ist Stiernacken, der zuerst herauskommt, gefolgt von seinem Kumpan. Einer ohne den anderen? Unvorstellbar. Sie sind immer im Doppelpack unterwegs. Dick und Doof, Max und Moritz, Ernie und Bert ... Schwarzhaar und Stiernacken. Und dann, als hätte er in seinem Gedächtnis eine Seite umgeblättert, sieht er plötzlich zwei Namen vor sich. Dennis und Marvin. So heißen die beiden in Wirklichkeit. Dennis ist der Große, Schlanke mit den dunklen Haaren, Marvin der Kraftprotz mit dem Satanskreuz-Tattoo am Hals.

Sie blicken sich um, entdecken ihn aber nicht, vom Schatten der Statue verborgen, und schlendern Richtung U-Bahn-Station davon.

Hastig verstaut er die Wasserflasche, den Block und den Stift in der Tasche. Dann folgt er ihnen in gebührendem Abstand – nicht zu groß, um sie nicht zu verlieren, aber auch nicht zu dicht, damit sie ihn bemerken. Er darf nicht vergessen, mit wem er es zu tun hat. Die beiden sind Profis, keine Amateure. Er ist aber auch nicht ganz unfähig, wie er inzwischen gemerkt hat. Wenigstens Kampfsport kann er. Und zumindest bisher konnte er die beiden noch jedes Mal austricksen – wenn auch Sarah ihm dabei geholfen hat. Sarah, er vermisst sie, hätte sie gerne an seiner Seite. Aber er würde sie nicht noch einmal dermaßen in Gefahr bringen. Er allein gegen Marvin und Dennis: Die Chancen stehen nicht ganz schlecht für ihn.

18

Nach der großen Gassirunde am frühen Abend schwankte ich zwischen der Option, nach Hause zu gehen, um dort nach Robins Werken zu suchen, oder hier in Lauras Wohnung zu bleiben. Daheim hatte ich eine schnellere Internetverbindung und in meinem eigenen Zimmer, in dem gewohnten Bett, würde ich auf jeden Fall besser schlafen. Andererseits war Paps zu Hause, und so wie ich ihn kannte, würde er sich verpflichtet fühlen, seine liebeskummerkranke Tochter aufzumuntern und mich damit von meiner Arbeit abhalten.

Und auch wenn ich wusste, dass ich in Lauras Wohnung die ganze Nacht von Winston und Roose belagert werden würde, sie schliefen nämlich gerne im Bett oder davor, entschied ich mich doch, über Nacht hierzubleiben. Den Ausschlag gab, dass ich so heute nicht heim- und morgen früh nicht wieder herfahren musste. Und ganz tief in mir drinnen spielte für meinen Entschluss ebenfalls eine Rolle, dass Robin hierher zurückkommen könnte. Schließlich hatte er doch sonst keinen Platz, wo er schlafen konnte, und wer sollte ihm sonst die Tür öffnen, da er den Schlüssel hiergelassen hatte?

Gleichzeitig wusste ich, wie aussichtslos es war, darauf zu hoffen. Er wusste ja nicht, dass jemand in der Wohnung war und ihn hereinlassen konnte. Trotzdem. Ich erlaubte es mir, auch mal aussichtslos zu hoffen, und rief Paps an, um ihm Bescheid zu geben.

Er klang erst enttäuscht, dass ich nicht nach Hause kommen würde. »Ich muss mich wohl daran gewöhnen, dass du seltener daheim bist.« Um ihm zu beweisen, dass mein Nicht-nach-Hause-Kommen unter anderem bedeutete, dass ich eine Freundin gefunden hatte, erzählte ich ihm von meinem Besuch bei Conny und dass mich deren Wohnung ziemlich beeindruckt hatte, ich aber trotzdem unser Haus vorzog.

»Weißt du, ich gehe lieber auf den Friedhof und rupfe Unkraut, als mich auf irgendwelchen Schickimicki-Veranstaltungen zu langweilen«, fasste ich zusammen.

Paps lachte. »Das beruhigt mich. Wenigstens kommst du da nicht auf die Idee, mich auf so eine Schickimicki-Veranstaltung mitzuschleifen.«

Ich grinste. »Würde ich nie tun.«

Wir vereinbarten, dass ich mich morgen Vormittag melden würde. Bis dahin würde ich auch wissen, wann Laura wieder zurück wäre.

Nachdem wir uns voneinander verabschiedet hatten, nahm ich meinen Laptop, setzte mich auf die Couch und schaltete ihn ein. Gut, dass ich daran gedacht hatte, ihn von daheim mitzunehmen. Laura hatte nämlich die Angewohnheit, ihren Laptop überallhin mitzunehmen, selbst in ein langes, wohlverdientes Wochenende.

Ich verband mich mit dem WLAN und trommelte ungeduldig auf die Tischplatte, bis die Startseite geladen wurde. Dann überlegte ich kurz, ehe ich nach der Internetadresse des Bundesministeriums für Bildung suchte. Das schien mir der beste Weg zu sein, an eine Liste aller Schulen in Wien zu kommen. Connys Mutter hatte mir zwar einige aufgeschrieben, aber es konnte sicher nicht schaden, auch alle anderen zu checken, wenn ich schon dabei war. Und tatsächlich. Links fand ich eine Rubrik »Schulverzeichnisse«.

Ich musste mich durch eine ganze Reihe von Listen und weiterführenden Links klicken, bis ich fündig wurde und alle Schulen und Ausbildungsmöglichkeiten, die nur annähernd etwas mit Kunst zu tun hatten, eine nach der anderen aufrufen konnte.

Auf den Homepages schaute ich mir nun endlich in Ruhe die Werke der Schüler an, die dort ausgestellt waren. Je länger ich mich damit befasste, desto besser fand ich mich zurecht.

Auch wenn mich die ausgestellten Arbeiten der Schüler meist faszinierten, hielt ich mich nicht lange mit ihnen auf. Dafür fehlte mir die Zeit. Ich sah mir bereits seit drei Stunden Zeichnungen und Gemälde, Fotografien und Kunstobjekte an und hatte immer noch nicht gefunden, wonach ich suchte. Doch dann entdeckte ich an einer Kunstschule Zeichnungen, die mich an die von Robin erinnerten. Eine hatte sogar irgendeinen Kunstpreis gewonnen. Mit angehaltenem Atem klickte ich sie an, um sie mir im Vollbildmodus anzusehen. Vor Aufregung kribbelten meine Finger. »Yes!«, stieß ich jubelnd hervor und Winston, der es sich halb neben mir, halb auf mir bequem gemacht hatte, sprang empört von der Couch. Es gab für mich gar keinen Zweifel, dass diese Zeichnung von Robin stammte. Wie hatte Connys Mum es genannt? Eine »einzigartige Strichführung«, genau.

Ich konnte mein Glück gar nicht fassen. Ich hatte womöglich eine Spur gefunden. Laura hatte keinen Scanner, um eine von Robins Zeichnungen einzuscannen, aber Not macht bekanntlich erfinderisch. Ich fotografierte zwei seiner Bilder mit meinem Handy ab und schickte sie mir selbst per Mail auf den Computer.

Blöd, dass morgen ein Feiertag war, und noch blöder, dass ich vor Mittwoch gar nichts ausrichten konnte, weil alle Schulen und Akademien wegen der Pfingstferien geschlossen hatten. Doch davon ließ ich mich nicht demotivieren. Unter manchen der auf der Schulseite ausgestellten Werke standen die Namen der Künstler. Andere waren anonym, leider auch die Zeichnung, von der ich annahm, sie könne von Robin stammen.

Ich startete eine Personensuche nach dem ersten Namen unter einem der anderen Werke und fand die Homepage der Künstlerin, einer asiatisch aussehenden jungen Frau. Ohne lange nachzudenken, klickte ich auf »Kontakt«, schrieb ihr eine Nachricht und hängte die zwei Fotos mit Robins Werken an.

Die gleiche Vorgehensweise wiederholte ich mit weiteren Studenten und hoffte, dass mir irgendeiner zurückschreiben würde – immerhin waren sie künstlerisch geschult, konnten die individuelle Strichführung besser einordnen als ich und wüssten sicher, ob die eingescannten Bilder zu dem anonymen Kunststudenten passten. Und wenn sie die Zeichenart wiedererkannten und Parallelen sahen, wüssten sie den Namen ihres Kommilitonen – so weit mein Plan.

Genug für heute, beschloss ich. Mein Ziel hatte ich erreicht, zumindest eine erste Spur. Jetzt konnte ich eh nur auf die Antworten warten. Nach der langen Arbeit vor dem Bildschirm brannten meine Augen wieder und ich fühlte mich müde und erschöpft.

Ich sperrte die Wohnungstür ab, duschte, lieh mir von Laura ein Schlafshirt, zog es über und nahm eine frische Zahnbürste aus der Verpackung. Gott sei Dank hatte meine Schwester immer welche in Reserve.

Es war bereits ein Uhr vorbei, wie ich mit einem Blick auf mein Handy feststellte. Ich kuschelte mich auf das Sofa und fühlte mich Robin gleich ein wenig näher. Wie es ihm jetzt wohl ging und wo er heute Nacht schlief?

Im Halbschlaf merkte ich, dass Winston sich zu meinen Füßen zusammenrollte, Roosevelt mich beschnupperte und sich dann vor dem Sofa auf den Teppich legte, dann döste ich ein.

Das erste Mal wurde ich um halb sieben wach – vielmehr wurde ich geweckt, weil Winston auf meiner Brust herumtrampelte, die Decke knetete und dabei leider seine Krallen nicht einzog.

Normalerweise war ich kein Morgenmuffel, aber fünf Stunden Schlaf waren auch mir zu wenig. Ächzend schob ich Winston von mir herunter, drehte mich noch einmal um, zog die Decke über meinen Kopf und schlief weiter.

Das zweite Mal spielte er mit meinen Haaren, die unter der Decke hervorlugten. Ich setzte mich auf und stellte die Füße auf den Boden. Automatisch nahm ich mein Smartphone vom Tisch und blickte aufs Display. 08:16 Uhr. Kein Wunder, dass Winston alle Register auffuhr, um gefüttert zu werden. Weil er mir sogar bis auf Klo folgte, damit ich ja nicht auf ihn vergaß, füllte ich seine Schüssel, noch bevor ich mich anzog.

Um Punkt neun war ich bereits mit Roosevelt unterwegs. Unterwegs kaufte ich zwei Plunderkipferl und einen Kakao, ging in den Park weiter und setzte mich auf eine Bank. Während Roosevelt mit einem Artgenossen auf dem Rasen herumtollte, aß ich mein Frühstück und sah den beiden zu. Nach dem Snack rief ich ihn zu mir. »Na komm, mein Junge. Für uns wird es langsam Zeit.«

Als wir nach Hause trotteten meldete sich Laura, um mir Bescheid zu geben, dass sie morgen Abend zurückkäme. »Wie geht es denn meinen Süßen?«

»Denen geht's bestens. Mir nicht ganz so gut, ich habe auf dem Sofa geschlafen und Winston hat mein Haar als Spielzeug missbraucht.«

Laura lachte. »Hach, ich vermisse die zwei schon.«

»Sie freuen sich auch, wenn du wieder da bist. Ich übrigens ebenfalls. Es gibt ziemlich viel, was ich dir erzählen muss.«

»Was denn?«

»Morgen«, vertröstete ich sie und wechselte das Thema, ehe sie nachbohrte. »Sag mal ... Du hast doch mal in einer Detektei gearbeitet.« Tatsächlich waren es bloß drei Monate vor ihrem Job in dem Bioladen gewesen. Sie war damals mit diesem Privatdetektiv liiert, den Winston dem Himmel sei Dank vergrault hatte.

Laura klang gleich ein wenig alarmiert. »Du hast doch hoffentlich nix angestellt«, rief sie.

»Nein, keine Sorge. Ich will nur wissen, wie ich an eine wichtige Information komme, wenn ich jemanden befrage, der mir eigentlich keine Auskunft geben will.«

Sie dachte kurz nach. »Dann schick der Person am besten die Mafia an den Hals. Oder ein paar Schlägertypen«, schlug sie spaßhalber vor und kicherte.

Ich stöhnte. »Laura, das hilft mir jetzt nicht gerade weiter.«

»Na gut. Dann versuch es mal damit: Du tust, als würdest du die Antwort bereits kennen, und entlockst deinem Gesprächspartner ganz beiläufig die Auskunft, die du brauchst. Das funktioniert meistens, weiß ich aus Erfahrung. Oder du suchst dir einen Komplizen. Einer lenkt die Aufmerksamkeit der Person ab, der zweite wühlt in den Unterlagen.«

»Danke«, sagte ich, verabschiedete mich dann von meiner Schwester und dachte darüber nach, wie ich Lauras Tipps am besten umsetzen konnte. Genau genommen den ersten. Der zweite erforderte eine Portion Abgebrühtheit. Und damit konnte ich nun echt nicht aufwarten.

Nachdem ich mit Roosevelt zurück in der Wohnung war, checkte ich als Erstes meine Mails. In meinem Magen begann es, nervös zu flattern, als tatsächlich einer der Studenten geantwortet hatte.

Gespannt öffnete ich die Mail von einem gewissen Steve. Er schrieb:

Liebe Sarah,

ich fürchte, ich kann dir leider nicht viel weiterhelfen. Diese Zeichnungen, die du geschickt hast, könnten tatsächlich von einem Studienkollegen stammen, wie du schon vermutest. Aber der heißt bestimmt nicht Robin, sondern Jan. Den Nachnamen kenne ich leider nicht, da er nicht im gleichen Jahrgang war wie ich. Überhaupt ist mir in den Jahren auf der Kunstschule kein Robin untergekommen. Es tut mir leid, dass ich keine besseren Nachrichten für dich habe.

Grüße

Steve

Enttäuscht sackten meine Schultern nach vorn. Ich war mir sicher gewesen, in der Zeichnung Robins Stil erkannt zu haben. Konnte es wirklich zwei Künstler geben, die sich so sehr ähnelten? Diese Frage musste ich wohl oder übel mit »ja« beantworten.

Ich erinnerte mich: Während meiner Nachforschungen war ich auf einer Website gelandet, auf der Zeichnungen nach Fotografien angefertigt wurden. Und als ich weiterforschte, weil ich fasziniert von den Werken war, stellte ich fest, dass es sich hier nicht um einen einzigen Zeichner, sondern um eine ganze Gruppe von Künstlern handelte, die sich zusammengeschlossen hatten, um ihre Dienste anzubieten. Auf den ersten Blick hatte ich keinerlei Unterschiede in den Arbeiten feststellen können, aber ich war eben auch echt kein Profi. Robin war vielleicht nur für mich einzigartig – als Zeichentalent und als Mensch. Auch wenn es mir schwerfiel, musste ich mir eingestehen, dass ich – wieder einmal – in eine Sackgasse geraten war. Dass ich es zumindest versucht hatte, war leider kein großer Trost.

Blieb also noch diese Kabine im Schwimmbad. Dass Robin in irgendeiner Verbindung zu ihr stand, war ja ziemlich klar.

Wenn ich bloß herausfinden könnte, wer sie gemietet hatte! Ich brauchte nur einen Namen, einen weiteren Anhaltspunkt, wo ich weitersuchen konnte.

19

Er kriecht aus dem behelfsmäßigen Nachtlager aus Kartons, sobald die ersten Vogelstimmen erklingen. Seine Kleidung fühlt sich klamm auf der Haut an, er hätte jetzt gern eine Dusche und frische Klamotten. Eine Zahnbürste und etwas Zahnpasta wären auch nicht schlecht, doch diese ganz normalen Dinge, die für die meisten Menschen selbstverständlich sind, sind so was von meilenweit von der Realität entfernt. Nur eine halb volle Flasche mit Wasser hat er noch. Er zieht das T-Shirt über den Kopf und wäscht sich notdürftig mit dem Wasser aus der Flasche. Fröstelnd sitzt er auf den Kartons und wartet, bis er trocken ist.

Mit dem Zeigefinger reibt er sich über die Zähne und spült den pelzigen Geschmack auf der Zunge weg. Mit gespreizten Fingern fährt er sich ein paar Mal durchs Haar. Kinn und Wangen kratzen. Spätestens in ein, zwei Tagen würde er aussehen wie ein Penner. Vom Geruch ganz zu schweigen. Doch das ist sein geringstes Problem. Auch dass er kaum geschlafen hat, weil er bei jedem Geräusch Herzrasen hatte, ist nebensächlich, genauso wie der schmerzende Rücken und die von der Kälte steifen Gliedmaßen. Das gibt sich, sobald er sich ein wenig bewegt.

Die größte Herausforderung ist zu überleben. Dass Dennis und Marvin keine harmlosen Zeitgenossen sind, hat er gewusst, tief in sich drin. Doch auf das, was er herausgefunden hat, nachdem er ihnen vom Bad gefolgt ist, ist er nicht gefasst gewesen. Unverhofft ist er dank ihnen und mit gehörigem Abstand auf den Typen mit der Hakennase getroffen, der endlich mehr als ein Gesicht auf einem Zeichenblatt ist. Auch zu ihm ist ein Gefühl, ein Wissen tief in ihm gespeichert, das sofort glasklar gemacht hat, mit wem er es zu tun hat: dem Feind. Vor ihm empfindet er Furcht. Und Wut. »Boss« haben die beiden ihn genannt. Er weiß genau, dass dieser Typ berechnend und gefährlich ist. Er hat Macht und er hat Geld. Die Kabine im Schwimmbad ist sein Umschlagplatz – für Drogen.

Diese Erinnerungen sind einfach aufgetaucht, als er sich gestern Nacht auf seinem Schlafplatz hin und her gewälzt hat und nicht einschlafen konnte. Viele solcher Erinnerungen hat er jetzt wiedergefunden, aber bei Weitem nicht alle, es gibt immer noch einige Lücken in seinem Gedächtnis. Den Namen des Drogenbosses kennt er nicht. Und vor allem hat er keine Ahnung, wie er mit alldem überhaupt in Verbindung steht. Drogen, Mann! Was hat er damit zu tun? Steht oder vielmehr stand er etwa auch auf der Gehaltsliste des Bosses? Diese Informationsfetzen wollen einfach nicht zusammenpassen. Er ist kein Verbrecher, kein Dealer. Oder doch?

Je mehr er herausfindet, desto mehr Fragen hat er, verdammt. Vielleicht sollte er der Polizei einen anonymen Tipp geben … doch schon allein beim bloßen Gedanken an »deinen Freund und Helfer« verfällt er in eine Art Schockstarre, für ihn ist die Polizei weder Freund noch Helfer, das ist tief in ihm verankert. Polizisten haben seinen Vater mitgenommen. Polizei verbindet er automatisch mit Weglaufen, Fliehen, Gewalt und Tränen. Wenn er wirklich für diesen Drogenboss gearbeitet hat, gerät er so garantiert erst recht ins Schlamassel. Den Beamten ist es doch sicher völlig egal, ob er die entscheidenden Hinweise geliefert hat oder nicht, wenn er selbst dazugehört. Straffreiheit als Gegenleistung für eine Zeugenaussage gibt es nur in Hollywood.

Entschlossen schüttelt er die düsteren Gedanken ab, schiebt auch die Bilder fort, wie Sarah ihn im Knast besuchen würde – bei dieser Vorstellung wird ihm schlecht. Liegt bestimmt bloß am mangelnden Frühstück, an der trostlosen Umgebung und der schlaflosen Nacht, dass er so negativ denkt. Er wird alles daransetzen, diese Autolackiererei auf seiner Zeichnung zu finden. Er muss sich von Puzzleteil zu Puzzleteil weiterhangeln. Er denkt über das Bild nach, den Brand. Hatten sie den Auftrag von ihrem Hakennasen-Boss, das Feuer zu legen? Vermutlich ja. Der Brand sollte etwas vertuschen. Ein anderes Verbrechen womöglich. Jetzt hätte er doch gern das Smartphone von Sarahs Schwester dabeigehabt. Dann könnte er sich irgendwo ein öffentliches WLAN-Netz suchen und ein paar Nachforschungen anstellen. Es muss schließlich Berichte über das Feuer oder wenigstens über einen Feuerwehreinsatz geben. Aber wann ist das alles gewesen? Für die Stunden oder Tage vor der Begegnung mit Sarah hat er keinerlei Zeitgefühl.

Er denkt an die Brücke, zu der er instinktiv den richtigen Weg gewählt hat, er hat sich von seinem Gefühl leiten lassen, in seinem Inneren kannte er den Weg. Ob er das noch einmal schafft? Vielleicht.

Die Zeichnung von dem Gebäude hat er in der Hektik seines Aufbruches in der Wohnung liegen lassen. Blöd, aber nicht mehr rückgängig zu machen. Er schließt die Lider, ruft das Bild aus seinem Gedächtnis auf, zwingt es vor sein inneres Auge. Die Autolackiererei. Als hätte er ein eingebautes Zoomobjektiv, holt er das Schild in seiner Erinnerung näher und näher, bis er die kleine Schrift ebenfalls erkennt. Sie ist ein bisschen unscharf, aber da steht eine Telefonnummer. Und ein Straßenname. Es gibt viele verlassene Hallen und Gebäude in Wien, er kennt die meisten von ihnen aus seinem Leben davor. Grundiger Straße. Doch von dieser Straße hat er noch nie gehört, eine große, stark frequentierte ist sie jedenfalls nicht. Er braucht eine Straßenkarte von Wien. Und er weiß auch, wo er eine findet. Überall dort, wo viele Touristen sind, an Verkehrsknotenpunkten, U-Bahn-Stationen – oder am Hauptbahnhof, der quasi ums Eck liegt und wo es Toiletten und Waschbecken gibt. Die Aussicht auf ein Frühstück und ein richtiges Klo muntert ihn auf. Seine Sinne sind geschärft, man weiß schließlich nie. Das Michaela-Bad ist bloß zwanzig Minuten zu Fuß entfernt, er befindet sich mitten in Dennis' und Marvins Revier – nur wissen die das nicht. Und er hat vor, diesen Vorteil zu nützen.

* * *

Conny rief mich an und wollte wissen, ob das Angebot, mich und vor allem Roosevelt zu besuchen, noch stand.

»Klar«, antwortete ich und nannte ihr die Adresse von Lauras Wohnung.

Eine halbe Stunde später klingelte sie an der Tür. »Oh, mein Gott, ist der niedlich!«, rief sie bei Roosevelts Anblick. »Komm her, Süßer«, lockte sie ihn.

Roosevelt ließ sich das nicht zweimal sagen. Geknuddelt zu werden, gehörte zu seinen Lieblingsbeschäftigungen.

»Find ich cool, dass du hier allein in der Wohnung bleiben darfst, während deine Schwester weg ist. Sturmfrei und so«, sagte sie ehrfürchtig, nachdem sie Roosevelt gestreichelt hatte und sich danach umsah.

»Genau, ich Partygirl kann ohne sturmfrei quasi nicht überleben!«, gab ich gespielt aufgedreht zurück.

Conny lachte. »Na ja, aber wer weiß, wann das mal nützlich sein kann. Du Glückliche. Mum bekäme allein schon beim Gedanken, dass unsere Wohnung von einer Horde Jugendlicher belagert werden könnte, einen Anfall. Die würde mir es nie erlauben, mehr als zwei, drei Freunde einzuladen.«

Ich zuckte mit den Schultern. Ich konnte mich vermutlich wirklich glücklich schätzen, dass Laura und Paps beide meistens ziemlich cool waren und mir viele Freiheiten ließen.

Conny erzählte mir von der Vernissage, auf der sie gestern mit ihrer Mutter gewesen war. »Schon krass. Das waren so 3D-Bilder, echt gut. Und da war ein voll süßer Typ, der mich angeflirtet hat. Wir haben die Telefonnummern getauscht. Kurz darauf seh ich den mit Mum reden – und begreife dann, dass er einer der Künstler ist.«

Ich zog staunend meine Augenbrauen hoch. »Ist der nicht schon ziemlich alt? Wirst du ihn anrufen?«

»Weiß nicht, er sieht echt so aus, als würde er noch in die Schule gehen. Vielleicht ist er so ein Teenie-Ausnahmetalent? Was, wenn er das bei jedem Mädchen macht? Aaah!«

»Aber wenn ihr euch gut versteht und du ihn anrufen willst, tu es doch. Ich finde ... manchmal muss man die Sache einfach selbst in die Hand nehmen«, sagte ich und dachte an Robin und meine Suche nach ihm.

»Hm, denkst du? Hast du das bei Robin so gemacht? Das hätte ich dir ... ehrlich gesagt hätte ich das von dir nicht erwartet. Stille Wasser und so. Aber sie sind vielleicht gar nicht so still, wie man immer denkt.« Sie sah mich fragend an.

Eigentlich hatte sie gar nicht so unrecht. Ich war vielleicht kein »stilles Wasser«, aber ich ging meistens lieber auf Nummer sicher. Dass ich ausnahmsweise über meinen Schatten gesprungen war, lag an Robin. Und daran, dass er mich brauchte. Sicher auch daran, dass ich ihn so sehr mochte. Und weil ich eh schon dabei war, mich zu überwinden und meine Ängste und Bedenken über Bord zu werfen, konnte ich gleich Lauras zweiten Rat bezüglich Informationsbeschaffung befolgen. Wer sonst, wenn nicht Conny, würde sich als bessere Komplizin anbieten?

Als ich ihr erzählte, worum es ging, und fragte, ob

sie mir helfen wolle, war sie sofort Feuer und Flamme. »Klingt nach Spaß. Du bist ja eine richtige Draufgängerin und ich mit dir!«

Ich grinste. »Das hättest du mir wohl auch nicht zugetraut, stimmt's?«

»Ehrlich gesagt nein«, erwiderte sie und lächelte mich breit an.

Ich grinste zurück. »Ich mir bis eben auch nicht.«

Vor dem Michaela-Bad kamen mir erste Zweifel, ob das Ganze eine so gute Idee war. Wir würden uns wahrscheinlich strafbar machen, wegen ... keine Ahnung. Erschleichung oder Diebstahl von Informationen unter Vorspiegelung falscher Tatsachen oder so.

»Hey, was soll denn schiefgehen?«, munterte Conny mich auf. »Zur Not rennen wir einfach, so schnell wir können.«

Ich dachte an Robins und meine Flucht neulich. Sie kam mir schon so unendlich lange her vor, als ob Wochen oder Monate vergangen wären, nicht erst Tage. Da hatten wir immerhin die beiden Typen abgeschüttelt.

Jetzt würden wir im schlimmsten Fall vor der Kassendame türmen müssen, die nicht gerade schlank aussah, bestimmt noch unsportlicher als ich und mindestens fünfzig Jahre alt war. Und da meine Aversion gegen Schwimmbäder mich sicher eher noch schneller machte, sollten wir das schaffen.

Das Bad besaß zwei Drehkreuze nach der Kasse. Eines zum Hinein- und eines zum Herausgehen. Dazwischen saß die Kassendame. Da es kein weiteres Büro gab, nahm ich an, dass sich alle Unterlagen in diesem Bereich befanden. Conny hatte einen verwegenen Plan ersonnen, bei dem so einiges schiefgehen konnte, aber da uns trotz intensiven Nachdenkens nichts Besseres eingefallen war, wollten wir es versuchen.

Alles würde davon abhängen, dass ich innerhalb von fünf Minuten die richtige Mappe und darin den Namen des Mieters von Kabine 285 fand – und dass in genau diesen fünf Minuten niemand das Schwimmbad betrat oder verließ. Das war der große Unsicherheitsfaktor, den wir in Kauf nehmen mussten.

Wie abgemacht, betrat ich das Schwimmbad einige Minuten vor Conny, die mich durch die Glaseingangstür beobachtete, um mir im richtigen Moment auf unser abgemachtes Zeichen zu folgen. Ich ließ mir Zeit und tat so, als würde ich die Preisliste studieren.

Die Kassendame schien mich vom letzten Mal nicht wiederzuerkennen. Gelangweilt sah sie zu mir und dann wieder in das Magazin, das sie vor sich liegen hatte.

»Entschuldigen Sie«, wandte ich mich an sie.

Sie blickte von der Zeitschrift hoch.

»Bei der Jahreskarte – ist da eine eigene Kabine dabei?«

»Ja, die ist inklusive, ebenso die Sauna.«

»Dann würde ich gern eine mieten. Ist die 285 noch frei? Ich habe am 28. Mai Geburtstag.« Ich lächelte sie unschuldig an.

Die Frau bückte sich und zog einen gelben Ordner heraus. Ich strich mir mit einer Hand das Haar hinters Ohr – mein Signal an Conny.

Wenige Sekunden später wankte sie herein und sogar ich bekam Mitleid mit ihr, so echt spielte sie ihre Rolle. »Verzeihung, haben Sie vielleicht ein Glas Wasser? Mir ist ein bisschen schwindlig«, fragte Conny mit matter Stimme. Sie sollte sich das mit der Modedesignerin als Berufswunsch noch mal überlegen, als Schauspielerin hatte sie nämlich ebenfalls Talent. Ich musste mich echt anstrengen, sie nicht anzusehen – sonst wäre ich wahrscheinlich in 'nen Lachflash ausgebrochen.

Überraschend flink wand sich die Kassendame vom Stuhl, kam hinter ihrem Tresen hervor, hob das Drehkreuz an und schob es beiseite. »Komm und setz dich da drüben hin«, ordnete sie an.

Conny warf mir einen auffordernden Blick zu, ehe sie der Frau folgte.

Während ich mit zwei Schritten im Kassenbereich war, die Mappe aufschlug und sie hastig durchblätterte, hörte ich Connys Stimme: »Vielleicht hab ich einfach zu viel Sonne erwischt. Oder zu wenig getrunken.«

Hier, da war eine Liste – Kabinennummer, Datum des Mietbeginns und Name waren dort angeführt. Schnell fotografierte ich die Seite ab, schlug den Ordner zu und hechtete wieder auf die andere Seite des Tisches, gerade rechtzeitig, als die Kassendame mit Conny zurückkam. »Soll ich wirklich nicht lieber die Sanitäter aus dem Badebereich rufen?«

»Nein, nein. Vielen Dank, es geht mir schon besser. Ich hab das manchmal. Ein paar Minuten hinsetzen und ein Glas Wasser wirken meist Wunder.«

»Ja, der Kreislauf. Das hatte ich in deinem Alter auch.

Niedriger Blutdruck.« Und mit einem Blick auf mich fügte die Frau hinzu: »Oder ein viel zu niedriger Blutzucker, weil ihr jungen Dinger ja alle hungern müsst.«

Wenn die wüsste, wie viele Pizzen und Eisbecher in Megagröße ich verputzen konnte! Ich verkniff mir jeden Kommentar, da wandte die Frau schon das Wort an mich: »Du wolltest eine Jahreskarte, richtig?«, während Conny bereits dem Ausgang zustrebte und der hilfsbereiten Kassendame noch einmal zum Abschied zuwinkte.

»Ach, ich glaube, ich überleg mir das noch. So oft geh ich dann auch wieder nicht schwimmen. Ich kalkuliere das mal durch. Danke, trotzdem!«, sagte ich, nahm ein Prospekt mit der Preisliste aus dem Ständer und ging. Innerlich war ich total aufgekratzt und beim Gedanken, was wir da gerade für eine Sache abgezogen hatten, bekam ich ganz weiche Knie. Draußen angekommen, hätte ich am liebsten vor Freude gejubelt, doch ich riss mich zusammen und verließ betont normal das Schwimmbad.

Conny wartete um die Ecke auf mich. »Und hast du ihn?«, fragte sie, sobald ich bei ihr war.

Ich fiel ihr vor Erleichterung und Dankbarkeit um den Hals. »Yes! Ich hab den Namen. Jetzt brauch ich nur noch seine Adresse. Du hast da drinnen eine tolle Show abgeliefert.«

Conny wurde bei meinem Lob ein wenig rot. »Danke und es hat total Spaß gemacht!«

Wir fuhren zurück in Lauras Wohnung, dann begleiteten Roosevelt und ich Conny bis nach Hause. Unten vor dem Eingang bückte sie sich, knuddelte Roosevelt und drückte ihm einen Schmatzer auf den Kopf. »Du bist so ein toller Hund. Ich komme dich bestimmt bald wieder besuchen – wenn ich darf.« Fragend blickte sie zu mir hoch.

»Na klar! Wenn du willst, morgen.«

»Total gerne, aber ich weiß nicht, welche Pläne Mum hat. Sie hat sich extra freigenommen, damit wir was zusammen machen. Ich melde mich, wenn ich Zeit habe, ja?«

»Klingt gut. Viel Spaß«, rief ich Conny noch hinterher, bevor sie im Haus verschwand.

20

Auf dem Rückweg schaute ich mit Roosevelt bei mir zu Hause vorbei, weil mir Paps am Telefon was von dem Nudelauflauf vorschwärmte, den er sich zu Mittag gekocht hatte. Durch die ganze Aufregung im Schwimmbad hatte ich einen Mega-Hunger. Den Auflauf würde ich mir nicht entgehen lassen.

Ich aß eine doppelte Portion, sehr zu Paps Freude, und erzählte ihm, dass ich mich mit Conny getroffen hatte und wir gemeinsam mit dem Hund spazieren gewesen waren.

»Willst du wirklich noch einmal alleine drüben schlafen?«, fragte Paps, als ich mich auf den Weg zu Lauras Wohnung machte und mich von ihm verabschiedete.

»Paps, es macht mir ehrlich nichts aus. Und Winston wartet auf sein Abendessen. Ich muss also ohnehin noch mal in Lauras Wohnung.«

Er nickte. »Wann kommt Laura zurück?«

»Morgen Abend.«

»Gott sei Dank, dann habe ich meine zwei Mädels wieder.«

Auch wenn Paps Aussage spaßhalber gemeint war, regte sich ein schlechtes Gewissen in mir. Seit Robin aufgetaucht war, hatte ich mich ziemlich rar gemacht, hatte meinem Vater die halbe Geschichte einfach verschwiegen, ihm nicht in der Gärtnerei geholfen wie sonst ... Ja, ich war nicht einmal am Friedhof an Mamas Grab gewesen.

Ich drückte Paps an mich. »Morgen bin ich wieder zu Hause, versprochen.«

Und wenn ich endlich Robin wiedergefunden hatte und er seine Erinnerungen zurückhätte, würde ich ihn Paps vorstellen und endlich alles erzählen. Ich würde nichts beschönigen und nichts auslassen. Erfreut würde mein Vater wahrscheinlich nicht sein, mit diesen mysteriösen Verfolgern und Robins ungewisser Vergangenheit und dass wir uns keine sonstige Hilfe geholt haben, aber dann wäre ja schon alles wieder gut und er könnte nichts sagen. Er mochte Robin bestimmt. Ich konnte mir niemanden vorstellen, der ihn nicht nett fand. Und Laura würde ich gleich morgen, wenn sie wieder zu Hause war, beichten, dass Robin in ihrer Wohnung geschlafen hatte. Allein schon der Gedanke, dass die Heimlichkeiten aufhören würden, erleichterte mich.

Winston begrüßte mich, als hätte er eine ganze Woche nichts zu fressen bekommen. Ich gab ihm Futter und danach eine Extraportion Streicheleinheiten, während ich meinen Laptop auf dem Wohnzimmertisch hochfuhr. Ich schaltete mein Smartphone ein und rief das zuletzt gemachte Foto auf. Da war er, der Name.

»Ben Lauffner«, murmelte ich. Ohne Conny hätte ich das nicht geschafft, doch der Name allein nutzte mir nichts. Nun musste ich das jahrelang gesammelte Wissen aus den vielen gelesenen Krimis anwenden, um mit Ben

Kontakt aufzunehmen. Er *musste* Robin einfach kennen. Vielleicht teilten sie sich die Kabine im Schwimmbad. Vielleicht waren sie Freunde, Studien- oder Arbeitskollegen oder sogar verwandt? Er könnte ein Halbbruder von Robin sein. Ein Onkel – was auch immer. Vielleicht waren Stiernacken und Schwarzhaar Privatdetektive, die von ihm beauftragt worden waren, nach seinem vermissten Neffen, Cousin oder sogar Sohn zu suchen.

Meinten Sie Ben Laufer?, fragte die Suchmaschine, nachdem ich den Namen eingegeben hatte. Das war ein schlechtes Zeichen. Die kurze Liste bestätigte meine Befürchtungen. Konnte es tatsächlich sein, dass jemand so wenig in Erscheinung trat, dass er de facto fürs Internet nicht existierte? Vielleicht war der Typ neunzig Jahre alt, das wäre wenigstens eine Erklärung. Oder er war wie Paps, der immer noch keine eigene Website hatte bauen lassen, obwohl Laura angeboten hatte, ihm eine zu basteln. Paps verweigerte auch einen Facebook- oder Twitter-Account. Wenigstens fand man die Adresse und die Telefonnummer der Gärtnerei auf der Internetseite des Friedhofes und im Branchenverzeichnis. Genauso würde ich weiter vorgehen.

Ich suchte nach dem Onlinetelefonbuch und bekam einen Richard Lauffner angezeigt, der allerdings in Klagenfurt lebte. Es bestand durchaus die Chance, dass er und Ben Verwandte waren, und ich wollte nicht von vornherein etwas ausschließen. Aber bevor ich einen wildfremden Menschen anrief, würde ich die anderen Möglichkeiten ausschöpfen.

Fündig wurde ich schließlich auf Facebook. Da gab es

einen Benni S. Lauffner. Das Profilbild ließ mein Herz schneller schlagen: Das, was mich in solche Aufregung versetzte, war, dass ich Ben schon mal gesehen hatte. Vielmehr eine Zeichnung von ihm, noch genauer gesagt, von Teilen seines Gesichts. Es war an dem Tag, an dem Robin zur Brücke gelaufen war. Da hatte er ein Porträt angefangen. Fertig war es nicht geworden, dennoch: Die markante Nase, die dichten Augenbrauen, diesen Blick, der ein wenig arrogant wirkte, erkannte ich sofort wieder.

Um zu sehen, was er mit seinen Freunden teilt, sende ihm eine Freundschaftsanfrage, fordert mich Facebook auf.

Mein Finger schwebte über dem Link. Ich verschickte normalerweise kaum mal eine Freundschaftsanfrage, schon gar nicht an Fremde. Aber wenn ich mehr über Ben erfahren wollte, hatte ich keine Wahl. Sein Profil, seine Fotos und Chronik waren nur für seine Freunde sichtbar und damit alles, was mich interessierte. Ich klickte auf den Link.

Du hast Benni S. Lauffner eine Freundschaftsanfrage geschickt.

Ja, ich hatte es wirklich getan. Jetzt hoffte ich, dass Ben nicht zu denen gehörte, die nur zweimal im Jahr auf Facebook waren, sonst würde ich womöglich sehr lange warten müssen, bis er meine Anfrage überhaupt sah.

Die Gefahr, dass er meine Freundschaftsanfrage ablehnte, war natürlich ebenfalls gegeben – und das bereitete mir jetzt schon Kopfzerbrechen. Wenn ich auf diese Art keinen Erfolg hatte, dann würde ich mir einfach etwas Neues überlegen. Irgendwie fand ich schon heraus, wie ich ihn kontaktieren konnte. Endlich würde ich Robin und seiner Vergangenheit näher kommen.

* * *

Das abgebrannte Haus hat er noch nicht entdeckt, irgendwie scheint sein Instinkt ihn falsch verstanden zu haben und hat ihn an einen anderen Ort geführt. Aber das macht nichts, denn seine Füße haben ihn hergetragen, weil er hier auch schon mal war. Hierher hat er sich in Sicherheit gebracht, nachdem er von dem brennenden Ort fliehen musste.

Der Geruch nach Staub und Moder heißt ihn willkommen und löst eine Enge in seiner Brust aus, eine Beklommenheit, von der er nicht sagen kann, woher sie kommt. Es ist, als würde man jemanden nach sehr langer Zeit wiedertreffen, von dem man nicht weiß, ob man noch auf der gleichen Seite steht.

Er tastet sich vorsichtig durch den Schutt und das Geröll, das überall am Boden liegt. Hier wirkt alles so, als wäre der Ort von der Welt vergessen und nie wieder betreten worden.

Das alte Haus, eine Art Wirtschaftsgebäude mit niedriger Decke scheint es mal gewesen zu sein, sieht unheimlich aus. Noch scheint die Sonne durch die teilweise blinden und an einigen Stellen zerbrochenen Scheiben. Er hat das Gebäude betreten, von dem nicht mehr viel übrig ist, als dass es den Namen verdient. Plötzlich steht er unter der Dachluke, etwas zieht ihn von da oben wie magisch an. Er muss dorthinauf, unbedingt.

Es gibt weder eine Treppe noch eine Leiter, er blickt sich auf der Suche nach irgendetwas um, das ihm beim Hochklettern helfen kann. Ein Stück rechts neben der Luke liegen am Boden dicke Holzpfosten. Darauf sind braune Flecken, doch es handelt sich nicht um Farbe. Es ist Blut, ganz schön viel sogar – und es stammt von ihm, das weiß er plötzlich, als hätte sich wieder ein Schleier des Vergessens gelüftet. Unwillkürlich fasst er sich an die Schläfe, wo er die Krusten seiner Wunde fühlt. Es sind nur noch wenige Schleier in seinem Kopf und der Blick auf das Dahinter – auf die Ereignisse, die passiert sind und vor denen er geflohen ist – wird mit jedem weiteren Vorhang, der wegfällt, klarer. Es sind keine schönen Dinge, die dort auf ihn warten. Seine Ahnung von den vergangenen Ereignissen ist düster und beängstigend. Aber zu wissen, dass seine Vergangenheit fast in greifbarer Nähe ist, und sie zu verdrängen, wäre falsch, auch wenn das für ihn bedeutet, die Bilder zuzulassen. Bilder, die er sich nicht anzusehen getraut hat.

Er legt den Kopf in den Nacken, die Luke ist über ihm. Sie ist wie eine Tür, die verspricht, zu einem besonderen Ort zu führen. Erst nach mehreren Versuchen gelingt es ihm, hochzuspringen und sich über den Rand zu stemmen. Die Leinentasche ist ihm im Weg, aber er will sie auch nicht unten lassen.

Während er sich nach oben hievt, stechen Holzspäne schmerzhaft in seinen Handballen. Von diesem Holzrand stammten die Splitter in seinen Händen. Auch jetzt haben sich ein paar in seine Finger und Handflächen gebohrt. Er richtet sich breitbeinig auf und starrt nach unten. Er sieht sich selbst dort hängen und dann fallen. Er ist im Moment näher an seiner Vergangenheit, als er es seit Tagen je war. Hier ist der Punkt, an dem der Filmriss sein Leben in davor und danach teilte.

Dort drüben hat er stundenlang regungslos gesessen aus Angst, Dennis und Marvin könnten ihn finden. Und da ... da ist er langgegangen, als er beschlossen hat, sein Versteck doch zu verlassen, weil er sich nicht mehr sicher fühlte. Vielleicht ein Fehler.

Und hier, unter dem losen Brett zu seiner Linken, neben dem eingeschlagenen Dachfenster, blitzt etwas Helles hervor. Er bückt sich. Als seine Finger es berühren, weiß er im gleichen Augenblick, dass es ein Taschentuch ist, das er in die Ritze gesteckt hat. Außerdem weiß er ebenso, ohne erst hineinsehen zu müssen, was darin eingeschlagen ist.

Es ist die Speicherkarte seines Smartphones.

Der Wunsch, sich selbst zu ohrfeigen, weil er so kurzsichtig gehandelt und Lauras Handy liegen lassen hat, wird übergroß. Denn eins ist klar: Er hat die Mikrokarte nicht umsonst versteckt. Da ist etwas Wichtiges drauf. Etwas, das nicht in falsche Hände geraten darf.

Er könnte den Filmriss kitten, wenn er sich bloß jetzt und hier den Inhalt der Speicherkarte ansehen könnte. Doch nun lässt es sich nicht ändern ... oder er kann zeichnen. Gleich hier auf dem Dachboden, wo das schwache Licht durch die Glasscheiben fällt und ihn der ganze Raum mit seinen zerborstenen Scheiben und niedergerissenen Wänden an ein Atelier erinnert.

Er setzt sich im Schneidersitz unter eines der Fenster, ignoriert den Staub, den Dreck, die Spinnweben. Vor Spinnen ekelt er sich nicht. Vor der Taube, die wie aus dem Nichts auftaucht und laut flatternd beinahe seinen Kopf streift, schon. Er mag keine Tauben ...

... die Tauben sitzen auf der Schulter, auf dem Haar des Kindes, überall. Die Hand mit der angebissenen Semmel ist hinter dem Rücken versteckt. Die Augen vor Schreck geweitet.

Hinter ihm ein Fenster, durch das man in einen Raum sieht. Ein schlaksiger Junge und ein Mann mit einer Adlernase. Der Mann trägt einen dunklen Anzug und ein weißes Hemd, keine Krawatte, aber Manschettenknöpfe. Der Junge ein hellgraues Achselhemd und Baggy-Loose-Jeans, eine Kette um die Hüften. Geldbündel und ein Gefrierbeutel gefüllt mit Tabletten. Der Kopf des Jungen ist zum Fenster gewandt, zu dem Kind draußen, einem kleineren Jungen.

Er lehnt sich zurück, schnauft auf, als würde er nach einem langen Tauchgang wieder an die Wasseroberfläche kommen.

Er selbst ist das Kind und er war noch nicht einmal ganz neun. »Du bleibst einfach hier stehen und rührst dich nicht vom Fleck«, hat sein Bruder zu ihm gesagt. »Und wenn wer kommt, dann pfeifst du. So wie ich es dir gezeigt habe.«

Tapfer hat er genickt und war voller Stolz, weil sein Bruder ihn mit wichtigen Aufgaben betraut hat.

Es dauert länger als gedacht. Mehr aus Langeweile als aus echtem Hunger reißt er ein Stück von der Semmel ab, die sie beim Vorbeigehen beim Bäcker gekauft haben – sie ist sogar noch ein bisschen warm. Brösel fallen auf den Boden und auf sein T-Shirt. Sie ist knusprig und frisch.

Innerhalb von Sekunden ist eine Taube da, gleich darauf die zweite und nur Minuten später ist er umzingelt. Und er steht wie festgewachsen, weil sein großer Bruder ihm vertraut und ihm gesagt hat, er soll Schmiere stehen, komme, was wolle, und wenn er sich bewegt, fliegen die Tauben hoch, diese lästigen Vögel, von denen Wien wahrscheinlich mehr hat als Einwohner – dann wird der Mann im Anzug und mit der Adlernase merken, dass er hier draußen steht, und das soll er doch nicht wissen.

»Ein guter Späher ist unsichtbar«, sagt sein Bruder immer. Und er möchte so schrecklich gern ein guter Späher und unsichtbar sein.

Endlich, endlich, nach einer gefühlten Ewigkeit, kommt sein Bruder mit großen, wippenden Schritten heraus. »Komm, Kleiner!«

Seine Lippen zittern, sein ganzer Brustkorb bebt, aber er weint nicht, auch wenn er immer noch am ganzen Körper steif vor Angst ist. Er lässt die restliche Semmel auf den Boden fallen, er mag sie nicht mehr.

Als sein Bruder ihn am Arm nimmt und er sich beeilen muss, mit ihm Schritt zu halten, blickt er noch einmal über die Schulter. Die Tauben machen sich über die Semmel her und picken und reißen an ihr. Sie streiten, verjagen einander, flattern und setzen sich wieder hin.

»Mann, jetzt komm. Lass die blöden Viecher!«, sagt Robin, sein großer Bruder – und er weiß, dass er für den Rest seines Lebens Tauben hassen wird.

21

Lustlos hatte ich angefangen, an meiner Geschichtsarbeit zu schreiben. Sie würde so oder so eine Katastrophe werden, aber wenn ich sie nicht fertig bekam, würde ich gleich eine Fünf dafür kassieren. An die Mathe-Zettel wollte ich nicht einmal denken ... vielleicht fand ich im Internet die Lösungen. Oder Conny würde mich abschreiben lassen, falls sie – und die Wahrscheinlichkeit war eher gering – die Zettel ausgefüllt hatte. Mein Kopf war einfach dermaßen anderswo, dass ich mich eigentlich nicht konzentrieren konnte. Alle zehn Minuten rief ich die Facebookseite auf, um nachzusehen, ob meine Freundschaftsanfrage von Benni angenommen worden war. Ich hatte immerhin schon eine Seite über den Kalten Krieg zusammengeschrieben, da ploppte plötzlich eine Nachricht auf dem Bildschirm auf:

Du und Benni S. Lauffner seid jetzt Freunde. Schreibe ihm eine Nachricht.

Vor Begeisterung machte ich einen Satz auf dem Sofa und schreckte damit Winston auf, der neben mir lag. Ich ließ meine Finger knacken und über der Tastatur schweben – ich brauchte eine Taktik, eine gute, und ich musste dringend meine Aufregung unter Kontrolle bringen.

Ich atmete tief durch. Jetzt hatte ich mehrere Möglichkeiten: Ich konnte Benni eine Nachricht schreiben, in der ich ihn ganz geradeheraus nach Robin fragte.

Oder ich sah mich mal auf seiner Pinnwand um und guckte, was er so machte, welche Seiten er mit *Gefällt mir* versehen hatte und ob ich bei den Fotos eines fand, auf dem Robin zu sehen war. Dann konnte ich es wiederum liken und so mit ihm ins Gespräch (wenn man das so nennen konnte) kommen. Das würde mir schon viel darüber verraten, wie dieser Benni und Robin zueinanderstanden und warum sie beide offenbar dieselbe Kabine im Schwimmbad kannten oder sogar teilten.

Viele Menschen waren der Meinung, jeder könne auf den Social-Media-Plattformen alles Mögliche über sich behaupten. Mein Vater zum Beispiel sah keinen Sinn in einer Internetfreundschaft und fand es sogar befremdlich, mit jemanden befreundet zu sein, den man im realen Leben nicht kannte. Doch das stimmte nicht. Ich wollte zwar nicht ausschließen, dass es Menschen gab, die online eine völlig neue Identität annahmen und allen etwas vormachten. Aber auch wenn jemand mit einem Fantasienamen und einem gefakten Profilbild unterwegs war, konnte man viel über seine Persönlichkeit erfahren. Allein wenn man sich die Mühe machte, seine Timeline durchzugehen und zu schauen, welche Kommentare er wie beantwortet hatte, erhielt man eine Fülle an Informationen. Wenn man auch noch die geposteten Fotos hinzuzog, konnte man sich schon ein gutes Bild von der Person machen.

Und das Bild, das ich von Benni gewann, nachdem ich mich mit seinem Profil befasst hatte, gefiel mir nicht.

Die Vernunft sagte mir, ich solle keine Vorurteile hegen, wo ich ihn ja gar nicht kannte. Doch mein Bauchgefühl widersprach und kam zum Schluss, dass Benni ein eingebildeter, ziemlich von sich überzeugter Macho war – allein dass es sich bei jedem zweiten Foto um ein Selfie handelte, zeugte von seiner Selbstverliebtheit. Auf jedem bemühte er sich, total cool zu wirken. Sexistische Bemerkungen über Frauen fand ich ebenso häufig auf seiner Pinnwand und die machten ihn restlos unsympathisch. Wäre er nicht der Schlüssel zu Robin gewesen, ich hätte ihn sofort wieder von meiner Freundesliste geworfen, aber so atmete ich tief durch. Schließlich ging es nicht um mich.

Irgendwann hatte ich genug gestöbert und ich schrieb Benni an, ehe ich mir noch weitere Bilder von ihm ansehen musste.

Hi, danke für die Freundschaftsannahme. Ich bin auf der Suche nach Informationen über Robin. Weißt du, wo er steckt? Es ist ziemlich dringend. Sarah

In einem kleinen Anflug von Sicherheitswahn hatte ich überlegt, einen falschen Namen zu verwenden, doch das war erstens ziemlich lächerlich und zweitens hätte ich dafür ein völlig neues Profil anlegen und Benni eine weitere Freundschaftsanfrage senden müssen, was nur unnötig Zeit verplempert hätte.

Jetzt hieß es wieder warten. Ich wechselte in mein Word-Dokument und arbeitete ein Stück an meinem Portfolio weiter, dann ertönte ein Pling.

Ich nehme grundsätzlich Anfragen von hübschen Mädels an. Was willst du von Robin?

Ein Blick auf die rechte Seite zeigte mir, dass Benni gerade online war. Ich überlegte kurz und tippte dann in das Chatfenster:

Ich bin seine Freundin und er ist einfach verschwunden. Mach mir halt Sorgen um ihn.

Die Antwort kam fast postwendend:

Lass uns telefonieren, okay?,

und ehe ich überlegen konnte, ploppte ein neues Fenster auf. Ich hatte noch nie vorher via Facebook telefoniert und ehrlich gesagt war mir nicht wohl dabei. Andererseits: Was sollte groß passieren? Ich war in Lauras Wohnung, Roosevelt war bei mir – Winston auch, und der konnte, wenn es sein musste, zu einem Kampfkater mutieren –, während sich Ben irgendwo, Kilometer von mir entfernt befand. Sicherer konnte es also gar nicht sein. Ich nahm seinen Anruf an.

Ein kleines Videobild zeigte ihn auf einer Ledercouch, wie ich an der Lehne erkannte, zwei Knöpfe seines schwarzen Hemdes waren geöffnet und ließen definierte Brustmuskeln erahnen.

»Hi Sarah«, sagte er und lächelte in die Kamera.

Verlegen hob ich die Hand, die sich inzwischen schweißnass anfühlte. »Hi!« Was für eine dämliche Idee von mir, diesem Chat zuzustimmen, wo ich mich nicht mal gern fotografieren ließ. Und nun nahm ich mich mit meiner eigenen Laptopkamera auf, um mit einem fremden Typen zu reden, der mir das Gegenteil von sympathisch war?!

Benni Lauffner grinste anzüglich in die Kamera. »Du bist also Robins Freundin? Hätte ich ihm gar nicht zugetraut. Wie alt bist du? Fünfzehn?«

Aus irgendeinem Grund ärgerte ich mich über seine Worte. »Ich bin fast siebzehn. Und was heißt, du hättest es Robin nicht zugetraut?«

Ben hob beschwichtigend die Hand. »Nicht aufregen, Kleine. Sollte ein Kompliment sein. Was willst du von Robin?«

Die Frage hatte ich vorhin schon bewusst überhört, doch irgendetwas musste ich jetzt antworten, etwas, das Ben davon überzeugte, mir zu verraten, wo Robin steckte. Ich dachte an die filmreife Vorstellung von Conny heute im Bad. Ob ich das auch zustande brachte?

Ben hatte vorhin gemeint, er hätte Robin eine Freundin wie mich nicht zugetraut. Das zeugte von keiner sehr hohen Meinung, die Ben da von ihm hatte. Das wollte ich mir zunutze machen.

»Er hat mich sitzen lassen, der Mistkerl!«, rief ich und legte all meine Empörung in meine Stimme. »Und er hat ein paar Sachen von mir mitgenommen. Persönliche Dinge, die ich zurückwill. Er hat erwähnt, dass ihr euch kennt, und da habe ich gehofft, du hilfst mir.«

Jemand betrat hinter Ben das Zimmer, ich hörte gedämpft eine Stimme, gleich darauf sagte Ben zu mir: »Bleib dran, ich muss kurz was checken.« Dann stand er auf und verschwand aus meinem Blickfeld.

Ich starrte auf die leere Couch und trommelte ungeduldig mit den Fingern auf den Tisch. Gerade als ich die Verbindung kappen wollte, kam Ben zurück, setzte sich und richtete die Kamera auf sich aus. Etwas hatte sich an ihm verändert. Nicht an seinem Aussehen oder an der Kleidung – eher an seiner Haltung.

»Sorry«, sagte er, »ich habe ein paar unerfreuliche Nachrichten bekommen und kann nicht länger mit dir quatschen. Kannst du morgen herkommen? Um zehn, da hab ich ein paar Minuten.« Er gab mir seine Adresse durch und beendete den Chat, ohne meine Antwort abzuwarten.

Auch ich loggte mich aus. An die Geschichtsarbeit war ab jetzt gar nicht mehr zu denken, mein Kopf war voller Sorge um Robin. Es fühlte sich so an, als ob ich ihn irgendwie verraten hätte, weil ich miese Sachen über ihn behauptete. Das schlechte Gefühl blieb, da nützte es auch nichts, wenn ich mir immer wieder vorsagte, dass es nötig gewesen war, sonst hätte Ben mit mir wahrscheinlich nicht einmal gesprochen.

Ben beschäftigte mich ebenfalls. Ich konnte seinen plötzlichen Wandel nicht verstehen, nachdem er rausgegangen und wieder zurückgekommen war. Er schien ja wirklich üble Nachrichten erhalten zu haben, denn bei dem zweiten Teil unseres Gespräches wirkte er kurz angebunden, angespannt und der spöttische Ton in seiner Stimme war verflogen. Stattdessen klang er ernst und geschäftsmäßig. So, als würde er meine Anfrage wirklich ernst nehmen und mir helfen wollen – nicht nur Machosprüche klopfen.

Seine Adresse hatte ich notiert, aber ich war mir gar nicht sicher, ob ich dorthin gehen würde. Vielleicht konnte ich Conny dazu überreden, mich zu begleiten? Ach nein, sie wollte ja mit ihrer Mum etwas unternehmen.

Paps hatte erstens keine Ahnung von alldem hier,

zweitens würde er mich eher in meinem Zimmer einsperren, wenn er wüsste, dass ich es überhaupt in Erwägung zog, in die Wohnung eines Wildfremden zu fahren. Und Laura ... die kam leider erst morgen Abend. Die wäre bestimmt mitgekommen.

Ich überlegte. Andererseits brauchte ich ja bloß Robins Nachnamen. Oder sonst ein paar Informationen. Das wäre gelacht, wenn ich die nicht auch so herausbekommen würde.

Ich schrieb Ben eine weitere Nachricht – und löschte sie wieder. Wie überzeugend war meine Story, dass ich Robins Freundin war, wenn ich weder dessen Namen noch seinen Geburtstag oder seine Adresse kannte?

Ich seufzte tief und beschloss, die Entscheidung auf morgen zu vertagen, jetzt würde mir ohnehin nichts Gescheites mehr einfallen.

Die Nacht verbrachte ich wieder auf dem Sofa und dieses Mal schlief ich bis halb acht durch – trotz Winston und seiner üblichen Weckversuche. Wahrscheinlich weil ich einfach schon so übermüdet war, dass mich nicht mal ein Presslufthammer geweckt hätte.

Ich fütterte den Kater, ging mit Roosevelt hinaus, bloß eine kleine Runde diesmal, aß selbst eine Schale Müsli und fragte mich, wie Laura das jeden Morgen freiwillig frühstücken konnte. Es war ohne Zucker und ohne irgendwas, am meisten ohne Geschmack. Ich versuchte, Conny anzurufen, doch die ging nicht ran. Mist! Was sollte ich jetzt wegen Ben unternehmen?

Die Panik in mir wuchs, je später es wurde. Um halb

zehn war ich völlig am Verzweifeln, weil ich immer noch nicht wusste, was ich tun sollte. Zu Ben gehen? Allein? Mein Bauchgefühl war irgendwie auch nicht vorhanden, und weil die Zeit immer knapper wurde, konnte ich keinen klaren Gedanken fassen.

Normalerweise hätte ich darüber nicht einmal nachdenken brauchen. Niemals wäre ich so einer Einladung gefolgt. Aber ich musste es tun, um Robin und seiner Geschichte einen Schritt näher zu kommen. Ben machte auf mich nicht den Eindruck, dass ich sein Typ wäre, er hatte jede Menge Freundinnen, die von allem mehr hatten als ich – mehr Busen, mehr Po, mehr Kurven, mehr Selbstvertrauen. Und jede von ihnen himmelte ihn wahrscheinlich an, von ihm musste ich sicher nichts Anzügliches befürchten.

Und bei allem durfte ich nicht vergessen, um wen es hier eigentlich ging. Um Robin. Na gut, auch ein bisschen um mich, weil ich wusste, dass wir nur zusammen sein konnten, wenn er mit sich im Reinen war und seine Vergangenheit kannte.

Abgesehen davon würde ich ja gar nicht allein hingehen müssen, ich konnte Roosevelt mitnehmen. Allein schon sein Anblick müsste dafür sorgen, dass ich sicher wäre. Dass er in Wahrheit ein Schmusebär war, sah man ihm schließlich nicht an. Das war die Idee!

Erleichtert, dass ich doch noch eine gute Lösung gefunden hatte, machte ich mich auf den Weg. Roosevelt trottete neben mir her und dachte wahrscheinlich, heute wäre sein Glückstag, weil er schon wieder spazieren gehen durfte.

Um auf Nummer sicher zu gehen, schrieb ich Conny eine WhatsApp-Nachricht mit Bens Adresse und erklärte ihr, was ich dort hoffte zu erfahren.

Das fand ich schon melodramatisch genug, das hier war schließlich kein Sonntagabendkrimi im Fernsehen, ich keine Heldin und ich musste auch nicht irgendwen oder sogar die Welt vor dem Bösewicht retten. Trotzdem gab es mir ein Gefühl von Sicherheit, dass jemand wusste, wo ich hingegangen war. In vielen Dingen mangelte es mir zwar an Erfahrung, aber ganz naiv war ich dann doch nicht.

22

Nicht er ist Robin, so heißt sein Bruder. Der Anhänger gehört gar nicht ihm. Für einen Moment fühlt er sich, als würde er in ein tiefes Loch fallen. Keuchend beugt er sich nach vorne.

Was bleibt ihm denn überhaupt noch, wenn nicht mal der Name?

Er ist ein leeres Blatt. Schon wieder. Immer noch.

Aber es gibt Sarah. Sie ist für ihn da gewesen, ehe sie irgendetwas von ihm wusste. Und er hat das Zeichnen. Sein Talent. Das hat ihn nicht im Stich gelassen, die ganze Zeit über nicht. Und ihm wird klar, wie viel ihm geschenkt worden ist, einfach so. Weil er er ist, egal, wie sein Name lautet. Außerdem wird ihm bewusst, dass Namen eben nur Namen sind. Die Eltern suchen den aus, sie haben nicht viel mit dem Menschen zu tun, der damit ein Leben verbringen muss.

Sarah wäre immer noch dieselbe, auch wenn sie anders hieße, so wie er derselbe ist, auch wenn er nicht Robin heißt.

Auf dem Dachboden will er nicht bleiben, nachdem die Taube ihn aufgeschreckt hat, woandershin zu gehen, ist keine Option, weil er sich hier immerhin halbwegs sicher fühlt.

Er lässt sich langsam wieder durch die Luke in das Erdgeschoss gleiten. Er wird nicht noch einmal fallen, schwört er sich, egal, was kommt. Denn er hat Angst, dass er sich dann nicht mal mehr an Sarah erinnert, wenn er wieder sein Gedächtnis verliert.

Robin und er ... sein Bruder hat mit ihm eine Art Spiel gespielt und es ging immer um die eine Frage: »Was wäre das Schlimmste, was passieren kann?« Dazu dachten sie sich abwechselnd Antworten aus, die ihnen deutlich machten, dass alles gut war, weil es noch schlimmer kommen könnte: dass Dad nicht mehr zurückkehrt. Oder dass er in der Schule eine Arbeit verhaut, sie die Rechnungen nicht mehr zahlen können und dann auf der Straße sitzen. Oder dass Robin und er getrennt werden könnten. Lange Zeit war das der absolute Albtraum für ihn.

Die Erinnerungen drängen gewaltsam in sein Bewusstsein, unablässig schießen neue Informationen durch seinen Kopf, die er kaum zu fassen kriegt. Sein Kopf droht zu bersten, so sehr schmerzt er. Vor seinen Augen tanzen rote Lichter, erst jetzt merkt er, dass er seine Handballen mit voller Kraft gegen die Lider gepresst hält. Er richtet sich auf, öffnet die Augen, greift sich den Notizblock. Dann gibt es nur Papier, Stift und ...

... das Gesicht einer Frau. Sie hat langes braunes Haar, glatt und zurückgebunden. Ihre Wangen sind eingefallen, die Augen liegen in dunklen Höhlen. Die Lippen, perfekt geformt und völlig symmetrisch. Einzigartig. Und wunderschön. Aber sie lacht nicht ...

Er hört auf zu zeichnen und schaut das Porträt an, das

er aus der Erinnerung aufs Papier gebannt hat. Sie hat nicht mehr gelacht, nachdem die Polizei Dad mitgenommen hatte. Er war fünf, Robin neun. An dem Tag wurde sein Bruder erwachsen. Und seit diesem Tag zeichnet er, weil er sich dadurch in ein besseres Leben träumt. In seinen Bildern ist die Welt so, wie sie sein soll.

Seine Mutter hat sie geliebt, das weiß er, aber sie hat Dad mehr geliebt als Robin und ihn. Und sie ist daran zerbrochen, dass er nicht zu ihr zurückkam. Dreieinhalb Jahre – so lange hätte er für den Drogenhandel im Gefängnis bleiben müssen.

Damals wusste er nicht, warum sein Dad weggeholt wurde. Heute ist ihm klar, dass es bloß eine Frage der Zeit war, bis sie ihn schnappten. Es erwischt meistens die kleinen Fische. Die großen laufen bis heute noch unbehelligt und frei herum. Und Robin, der in Dads Fußstapfen trat, um ihr Überleben zu sichern, schaffte es nicht, rechtzeitig wieder auszusteigen.

Neun Monate vor Dads Entlassung stand wieder die Polizei in der Tür. Er war tot, ein Bandenkrieg, der auch vor den Toren der Haftanstalt nicht haltgemacht hat. Da war kein Bedauern, kein Mitleid in den Gesichtern der zwei Beamten.

In den folgenden Nächten schlafen Robin und er bei ihrer Mutter, tagsüber wechseln sie sich ab, damit immer wer bei ihr ist, weil sie sich nicht trauen, sie allein zu lassen, doch auf Dauer ist das keine Lösung. Irgendwann müssen sie schließlich zur Schule gehen.

Sie fängt an zu trinken. Und Tabletten zu schlucken. Irgendwann schafft sie es kaum mehr aus dem Bett, es gibt nichts zu essen, die Rechnungen stapeln sich auf dem Küchentisch. Robin hat sie angeschrien und geschüttelt, aber sie hat sich bloß ins Bett zurückfallen lassen, sich zur Wand gedreht.

»Komm, Kleiner«, hat Robin schließlich gesagt und ihn an der Hand genommen.

»Wohin?«

»Geld verdienen. So kann es nicht weitergehen.«

»Und ich?«

Robin beugt sich zu ihm herunter und sieht ihn eindringlich an. »Du bist ein Späher. Wie bei den Indianern.«

Sie gehen in einen Park. Robin spricht mit ein paar Männern, während er hinter einem Baum versteckt alles beobachtet, wie es Späher eben tun. Wenig später kommt sein Bruder zurück, geht einfach weiter. Er weiß nicht, was er genau machen soll, also läuft er Robin hinterher. Am Eingang zum Park holt er ihn ein.

»Und hast du Geld?«, fragt er.

Robin schüttelt den Kopf. »Noch nicht, aber ich habe einen Auftrag.«

»Was für einen?«

»Einen Botendienst. Die haben mir was gegeben und ich bring das jetzt zu wem anderen.«

»Wie ein Postbote?«

Robin nickt. »So ähnlich, nur geheim. Wie Spione in einem Film.«

Das versteht er. Die Filme sieht er sich mit Robin abends an, auch wenn sie noch nicht für sein Alter freigegeben sind. Er fühlt sich dabei groß, beinahe erwachsen.

»Und du bekommst dafür Geld, damit wir die Rechnungen zahlen können und nicht aus der Wohnung müssen?« Das hat Robin ihm erklärt und diese Vorstellung ist derzeit für ihn das Schlimmste, was passieren kann.

Wieder nickt sein Bruder. »Ja, aber ich werde viele Aufträge annehmen müssen, das ist wie ein echter Job, verstehst du?«

»Kann ich wieder dein Späher sein? Falls wer kommt. Weil, wenn alles geheim ist, dann darf dich niemand sehen, oder?«

Robin denkt nach. »Okay. Du und ich, wir arbeiten zusammen. Kannst du pfeifen?«

Sie werden ein Team. Als Robin achtzehn ist und er zwölf, kommt er von der Schule und findet das Bett der Mutter leer vor. Zwei Stunden später kommt Robin heim, mit ernstem Gesicht nimmt er ihn in den Arm und sagt: »Sie haben sie ins Krankenhaus gebracht.« Tablettenvergiftung, Überdosis, kritisch ... all diese Wörter rauschen an ihm vorbei.

Er schämt sich, weil er denkt, dass das Schlimmste wäre, wenn sie zurückkommt.

Drei Tage später ist sie tot. »Wie wird es weitergehen?«, fragt er. Die Schuldgefühle sind wie Felsbrocken auf seinem Herzen, weil sein Wunsch sich erfüllt hat und er sie nie wieder in diesem Bett liegen sehen muss.

»So wie immer. Einen Schritt nach dem anderen.«

Robin wird sein Vormund. Er ist jetzt strenger mit ihm. Als er ein paar Mal die Schule schwänzt, tickt Robin beinahe aus. »Ich reiß mir nicht den Arsch auf, damit du dich auf die faule Haut legst! Wenn du die Schule noch mal schwänzt, schleife ich dich an den Ohren hin, kapiert?«

So wütend hat er Robin noch nie gesehen. Er schwänzt nie wieder und er hat ausreichend gute Noten, um auf der Kunstschule aufgenommen zu werden. Und endlich hat er das Gefühl, angekommen zu sein. Das zu tun, wofür er geschaffen wurde: um zu zeichnen.

Das Schlimmste, was jetzt passieren kann, ist, dass das Geld nicht für die teure Ausbildung reicht. Aber das wird nie passieren, schwört Robin. »Vertrau mir. Ich sorge dafür, dass du studieren kannst.«

Natürlich vertraut er Robin. Er ist sein großer Bruder.

Er ist kein Kind mehr, dem man weismacht, alles wäre ein Spiel, er weiß ganz genau, was Robin tut. Er dealt.

Er verkauft Drogen für einen Typen namens Ben. So wie Dad.

Es ist falsch und es ist illegal und moralisch so ziemlich das Letzte. Aber Robin hat sie bis jetzt damit über Wasser gehalten. Jahrelang hat er dafür gesorgt, dass sie nicht verhungern und dass sie ein Dach über dem Kopf haben. Er hat, so gut es ging, verhindert, dass das Schlimmste eintrat – und er tut es noch. Wie sollte er ihm da nicht vertrauen?

Er ist immer noch der Späher. Robin und er sind immer noch ein Team. Das ist das Mindeste, was er für seinen großen Bruder tun kann. Auf ihn aufzupassen, Schmiere zu stehen. Damit er nicht so endet wie Dad. Im Gefängnis. Oder schlimmer.

In der Zwischenzeit ist es dunkel geworden, er kann das Bild, das er von seiner Mutter gezeichnet hat, kaum mehr erkennen.

Er hat gewusst, dass es wehtun wird, sich zu erinnern. Sein Vater ein Krimineller, der im Gefängnis umgebracht wurde. Seine Mutter eine depressive Säuferin, die Selbstmord begangen und ihre Söhne einfach zurückgelassen hat. Sein Bruder ein Drogendealer, er sein Komplize, ein Mitwisser.

Obwohl ihn das Wissen um sein verficktes Leben in Panik versetzt – was, verdammt, soll er aus diesem Scheiß von Vergangenheit machen, was kann er Gutes überhaupt erwarten?? –, lacht er lautlos auf. Schicksal, wie kannst du das noch toppen? Was ist das Schlimmste, was passieren kann?

Die Antwort ist da, noch ehe er den Satz zu Ende denken kann.

Sarah. Sie nie wiederzusehen, das wäre das Schlimmste.

23

Ich suchte auf den Klingelknöpfen nach Bens Namen, fand ihn nicht. Nur die Nummer 26, die er mir als Wohnungsnummer genannt hatte. Nach kurzem Zögern drückte ich darauf, und ohne dass sich wer bei der Gegensprechanlage meldete, summte der Türöffner.

Im Aufzug bekam ich vor Aufregung schweißnasse Hände, sodass ich sie mir vor der Tür mit der 26 an meiner Hose abwischen musste. Dann atmete ich einige Male tief durch und schaute zu Roosevelt runter, der erwartungsvoll zu mir aufsah. »Roose, wenn die Tür aufgeht, guckst du Furcht einflößend, okay?«

Ich drückte auf den Klingelknopf.

Von drinnen hörte ich Schritte, die Tür ging auf und Ben höchstpersönlich stand mir gegenüber. Er sah genauso aus wie auf seinem Profilfoto auf Facebook. Dunkles, welliges Haar und die markante Adlernase. Er lächelte mich an, doch irgendwie erinnerte er mich dabei an einen Haifisch. Schön. Und gefährlich. Ich dachte an Robin, gab mir einen Ruck und streckte ihm meine Rechte zur Begrüßung entgegen. Ben blickte zuerst mich und dann Roosevelt an, zögerte einen Moment, dann fragte er: »Beißt er mir die Hand ab, wenn ich sie dir geben will?«

Ich atmete aus und merkte erst jetzt, dass ich die Luft angehalten hatte. »Nur, wenn du böse Absichten hast.«

»So soll es auch sein. Komm rein.« Er trat einen Schritt beiseite. »Du bist oder, besser gesagt, warst, also Robins Freundin.«

Da Roosevelt anscheinend keine Bedenken hatte, die Wohnung zu betreten, folgte ich ihm. Ich hatte mir vorgestellt, dass wir im Flur stehend über Robin reden würden, doch Ben war schon weitergegangen und Roosevelt fasste das wohl als Einladung auf, ihm hinterherzulaufen. Mann, dieser Hund taugte echt nicht als Leibwächter!

»Willst du 'ne Cola?«, fragte Ben.

»Nein danke«, antwortete ich, obwohl mir die Zunge vor Aufregung am Gaumen klebte. Immerhin wusste ich nicht, was ich von Ben erwarten oder halten sollte.

Er zuckte mit den Achseln und deutete auf die Bank. Es war die, die ich gestern in dem Videochat gesehen hatte. Die Bank gehörte zu einer Essgruppe, Bens Laptop lag zugeklappt am Tisch.

»Setz dich«, sagte er und schob nach einer Pause ein »bitte« hinterher. Das passte irgendwie zu ihm mit den markanten Gesichtszügen und seinem arroganten Blick. Anscheinend war Ben jemand, der nicht um Dinge bat, sondern sie anordnete. Immerhin schien er sich in meiner Gegenwart an die allgemeinen Höflichkeitsregeln zu erinnern, was ich ihm zugutehielt.

Überhaupt merkte ich, dass ich begann, mich ein wenig zu entspannen. Ben war vielleicht ein selbstgefälliger Kerl – aber von denen gab es bekanntlich einige und Ben war wie die meisten wahrscheinlich so mit sich selbst beschäftigt, dass er mich und meine kleine Geschichte sofort wieder vergessen würde, die ich ihm auf die Nase binden wollte. Also nahm ich Platz. Roosevelt ließ sich neben mir auf dem Boden nieder und legte den Kopf auf seine Pfoten. Alles okay.

»Warum bist du hier, Sarah?«, fragte Ben. Er lehnte lässig in der Tür und hielt eine Coladose in der Hand.

Verwirrt sah ich ihn an. »Weil ... du mich hergebeten hast und weil ich Robin suche.«

Mit schief gelegtem Kopf und nicht unfreundlich fragte er: »Seit wann ist der denn verschwunden?«

Fieberhaft dachte ich nach. Wenn meine Geschichte von der verlassenen Freundin glaubhaft sein sollte, konnte ich nicht erzählen »seit gestern«.

»Seit einer Woche«, sagte ich daher.

»Und wann hast du ihn zuletzt gesprochen?«

Ich betrachtete meine Schuhspitzen. »Ist schon eine Weile her«, murmelte ich vage. Dann erinnerte ich mich an Connys schauspielerische Leistung. Das konnte doch wohl nicht so schwer sein! Ich hob den Blick und setzte hinzu: »Ich war damit beschäftigt, mich über den Mistkerl zu ärgern, und habe deshalb nicht so genau auf den Tag geachtet.«

Bens Gesichtsausdruck wurde härter. Er schüttelte den Kopf. »Ts-ts-ts, Robin hatte gar keine Freundin. Denn Robins Arsch gehört mir und ich weiß, wo er ihn hinbewegt, Tag und Nacht, verstehst du? Also, warum bist du wirklich hier?«

»Na, so erfolgreich ist deine Vierundzwanzig-Stunden-

Überwachung wohl nicht, wenn du von mir nichts mitbekommen hast«, wagte ich, ihm entgegenzusetzen.

»Dann sag mir, wo das Geld ist. Wenn du seine Freundin bist – oder warst, so wie du es sagst –, dürfte er keine Geheimnisse vor dir haben, nicht wahr?« Er sah mich aus seinen beinahe schwarzen Augen durchdringend an.

Jetzt verstand ich überhaupt nichts mehr. »Geld? Welches Geld denn? Ehrlich gesagt hat Robin keinen einzigen Cent, und selbst wenn er es hätte ... könnte er sich nicht mehr daran erinnern, weil er sich an gar nichts erinnert. Und deshalb bin ich hier. Weil du ihn kennst. Er hat dich gezeichnet.«

Bens Unterkiefer mahlte und einen Moment lang sah er mich nur stumm an. Dann ging er zum Tisch herüber und schaute zu mir herunter. »Jan!«, sagte er, wandte sich ab und schlug mit der Faust so fest auf die Platte, dass ich vor Schreck zusammenfuhr und Hilfe suchend nach Roosevelts Halsband tastete.

Sofort hatte Ben sich wieder im Griff. »Dein Freund heißt nicht Robin. Es ist Jan, Robins Bruder. Und wir müssen ihn finden.«

Alles Blut wich aus meinem Kopf. Plötzlich ergab alles einen Sinn. Die Mail des Studenten der Kunstschule: *Diese Zeichnungen, die du geschickt hast ... der heißt bestimmt nicht Robin, sondern Jan.* Ich hatte mich nicht geirrt, es gab keine zwei Künstler, die sich im Stil ähnlich waren. Es gab nur einen – ich hatte nur die ganze Zeit die falschen Schlussfolgerungen gezogen.

»... ihn finden, ehe er sich und anderen etwas antut.«

Ich blinzelte mehrmals. Nach und nach drang Bens

Stimme zu mir durch. Ich stammelte: »Rob... äh, Jan würde niemals jemandem etwas tun«, protestierte ich. Aber ob ich wollte oder nicht, hatte ich die Zeichnung mit den blutigen Händen und dem Messer vor Augen und konnte beinahe noch einmal den Aufprall fühlen, als er mich zu Boden geworfen hatte.

Ben rückte mit seinem Gesicht ganz nah an meins. »Sarah, er hat eine Menge Geld von mir geklaut und es versteckt. Was käme da gelegener, als einen Gedächtnisverlust vorzutäuschen und sich ein nettes Mädchen zu suchen, das ihn aus Mitleid versteckt? Du bist ihm auf den Leim gegangen.«

»Nein.« Ich versuchte, das Zittern in meiner Stimme zu unterdrücken. Robin – Jan – war nicht so. Ich wollte das alles nicht wahrhaben.

Ben nahm meine Hände und zwang sie auf den Tisch. »Er hat dich ausgenutzt, Sarah. Finde dich damit ab. Tu dir selbst einen Gefallen und sag mir, wo er steckt und wo er das Geld hat.«

Ich schüttelte den Kopf.

PPS: Ich liebe dich

So etwas schrieb man nicht in einem Abschiedsbrief, nachdem man schon sowieso alles bekommen hatte und wenn man sich keine Vorteile mehr damit verschaffen konnte. Jan – ich musste mich an den Gedanken erst gewöhnen, dass er Jan hieß – hatte nicht einmal das verdammte Handy mitgenommen und auch sonst nur die Zeichenunterlagen, aber die brauchte er, um seine Erinnerungen festzuhalten.

Ben seufzte noch mal resigniert. »Okay, eigentlich

wollte ich es dir ersparen, aber du lässt mir keine andere Wahl, als mit den schweren Geschützen aufzufahren.« Er versuchte sich an einem Lächeln, es wirkte steif. »Robin arbeitete für mich und hatte eine Menge Kohle von mir ... geliehen, das er mir wiedergeben wollte. Jan steckt knietief in Schulden – und er wusste von dem geliehenen Geld.«

Ich verstand immer noch gar nichts, nur dass ich hier in etwas hineingeraten war, das so ganz und gar nicht nach Jan klang. Das wollte ich Ben gerade an den Kopf werfen, der ließ mich jedoch nicht zu Wort kommen. »Sarah.« Seine Augen funkelten. »Jan hat seinen eigenen Bruder getötet, um an das Geld zu kommen, und danach einen Brand gelegt, um seine Spuren zu verwischen. Dein geliebter Freund ist ein Mörder und Brandstifter. Er geht über Leichen und es ist bloß eine Frage der Zeit, bis ihm wieder wer in die Quere kommt.«

Nein! In meinem Kopf knallte eine Tür zu. Kein weiteres Wort würde ich Ben zuhören, ihm nicht weiter erlauben, so über Jan zu sprechen, um mich auf seine Seite zu ziehen. Ja, Jan hatte Probleme und war vielleicht kein Unschuldslamm. Er war impulsiv und konnte aufbrausend sein, aber er war nie im Leben ein Brandstifter. Und schon gar kein Mörder. Ben konnte sagen, was er wollte, Jan war einer von den Guten. Mein Herz kannte Jan besser.

Wie konnte ich so naiv sein, nicht gleich zu merken, dass Ben bloß die ganze Zeit über nur ein Ziel hatte – mit meiner Hilfe herauszufinden, wo Jan steckte?

Jan, der nicht mal wusste, wie er hieß.

Jan, der mich verlassen hatte, damit ich in Sicherheit war.

Jan, der nicht mal ahnte, in welchen Schwierigkeiten er steckte.

Wie ferngesteuert stand ich auf. »Roosevelt, komm!« Meine Beine fühlten sich wie Gummi an. Ben folgte mir bis zur Tür, die zum Flur führte. Roosevelt war vorausgegangen und hatte sich, wie er es immer tat, vor die Eingangstür gesetzt, um sich die Leine umlegen zu lassen.

Dann passierte alles so schnell, dass ich nicht mehr wusste, was zuerst geschah. Ben stemmte sich gegen die Tür, drängte mich in eine Ecke und hielt plötzlich ein Messer in der Hand, genau so eines, wie Jan es gezeichnet hatte.

Roosevelt merkte, dass etwas nicht stimmte, fing zu bellen an und sprang an der Tür hoch. Ben schlug ihn mit einer Hand fort.

Ich stand stocksteif da und hätte nicht einmal einen Finger rühren können. Alles, was ich sah, war dieses Messer – und alles, woran ich denken konnte, war, dass Ben es gegen mich verwenden würde, sobald ich eine falsche Bewegung machte.

»Sag dem Hund, dass er ruhig sein soll«, befahl er.

»Roose, hör auf«, piepste ich. Und als Roosevelt nicht folgen wollte, sagte ich lauter: »Aus!« Auf keinen Fall wollte ich, dass Ben ihn anders zum Schweigen bringen könnte.

Der brave Roose ließ sich winselnd neben der Tür nieder und schaute mich beunruhigt an. Du dummer, lieber, treuer und harmloser Hund!

Mit dem Messer in der Hand dirigierte Ben mich wieder ins Nebenzimmer zu der Sitzbank. »Jetzt noch einmal von vorne. Setz dich!«

Ich ließ mich auf den Stuhl nieder.

»Wo ist er?«

»Ich weiß es nicht«, antwortete ich. Er konnte schließlich kein Wissen von mir erpressen, das ich nicht hatte!

»Sarah«, sagte er jetzt übertrieben freundlich, als wäre er ein guter Kumpel, der nur mein Bestes wollte. »Noch bin ich nett zu dir, aber meine Geduld ist ziemlich am Ende. Und wenn ich in Zeitnot bin, neige ich dazu, ungemütlich zu werden.« Sein Mund verzog sich bei den folgenden Worten, als würde er seine Zähne fletschen: »Wo. Steckt. Jan?«

Mit dem Messer strich er meinen Hals hinab. Ich traute mich kaum zu schlucken und brachte kein Wort heraus. Da riss Ben mich vom Stuhl hoch und drehte mich mit dem Rücken zu ihm. Mit der Messerhand hielt er meinen Hals von hinten umklammert, die andere tastete mich ab. Wut, Scham, Hilflosigkeit – alles zusammen formte sich zu einem festen Kloß in meinem Hals und trieb mir Tränen in die Augen. Wäre das Messer nicht gewesen, hätte ich wie eine Irre gebissen, geschrien und um mich geschlagen. Ein Tritt in seine Weichteile wäre bloß der Anfang gewesen.

Ben zog mein Handy aus meiner Hosentasche und steckte es in seine. Dann griff er in meine Gesäßtasche und zog die Zettel hervor. Robins – nein, Jans Zeichnung von dieser Autolackiererei.

Und den Brief.

Diesen besonderen Brief, der allein dadurch, dass Ben ihn las und spöttisch grinste, für immer beschmutzt wäre. »Wie kitschig und weinerlich! Aber das passt zu Jan«, sagte er und griff nach hinten, um etwas aus der Anrichte neben dem Tisch zu holen.

Diesen winzigen Moment seiner Unachtsamkeit nutzte ich aus. Ich riss mich los, drehte mich um und trat, so fest ich konnte, Richtung Bens Schienbeine, aber kopflos und blind vor Angst, wie ich war, hatte ich entweder nicht gut genug gezielt oder er wich meinem Tritt aus. Und jetzt war Ben richtig wütend.

Mit der flachen Hand holte er aus und schlug mir hart ins Gesicht. Mein Kopf wurde zurückgeschleudert, vor meinen Augen tanzten bunte Punkte. Ich hörte alles nur noch durch ein Brummen, dann verlor ich die Besinnung und kam erst wieder zu mir, als Ben mich auf einen Stuhl hievte und mich daran festband. Über meinem Mund hatte er ein breites Klebeband befestigt. Das Rauschen in meinen Ohren war zwar noch da, aber nicht mehr so stark. Hinter der Tür konnte ich Roosevelt winseln und kratzen hören.

Ben hob meinen Kopf und aus einem Impuls heraus ließ ich alle Muskeln erschlaffen und tat so, als wäre ich immer noch ohne Bewusstsein.

»Scheiße«, hörte ich ihn sagen.

Ich hielt kraftlos den Kopf gesenkt und linste durch den Vorhang meiner Haare. Er hatte sein Handy zur Hand genommen und hielt es ans Ohr. Dabei hielt er Jans Zeichnung von der Lackiererei in der Hand. »Kleine

Planänderung. Ich weiß, wohin Jan unterwegs ist ... ich hab die Kleine hier, sie hat eine Zeichnung, auf der ihr zu sehen seid.«

Er hörte zu, was sein Gesprächspartner sagte. »Nein, um sie kümmern wir uns später. Zuerst Jan. Wir treffen uns in der Grundiger Straße. Offenbar sehnt sich der kleine Wichser nach seinem Bruder.« Ohne mich eines weiteren Blickes zu würdigen, zerknüllte er das Papier in den Händen.

Allein der eiskalte Tonfall jagte mir einen Schauer über den Rücken. Ich kannte keine Grundiger Straße, aber auch so ahnte ich, dass sich dort das Gebäude befand, das Jan gezeichnet hatte. Und es war von Bens Männern abgefackelt worden, um, was auch immer dort geschehen war, zu vertuschen. Aber weit mehr als alles andere versetzten mich Bens Worte, Jan würde sich nach seinem Bruder sehnen, in Panik. Das klang gar nicht gut. Das klang nach etwas schrecklich Schlimmem.

Meine letzte Hoffnung, Roosevelt könne Ben aufhalten, als er die Wohnung verließ, zersplitterte in tausend Scherben, nachdem ich die Eingangstür ins Schloss fallen hörte.

Sofort hob ich den Kopf und versuchte, durch das Klebeband zu schreien, was mir nicht gelang. Roosevelt hörte mich trotzdem, er sprang wieder und wieder an der Tür empor, während ich mich auf dem Stuhl hin und her wand, um meine Fesseln zu lockern. Wie lange würde Ben fort sein? Hastig schaute ich mich um auf der Suche nach seinem Messer ... doch ich sah es nicht und auch sonst nichts, was ich zum Aufschneiden benutzen könnte. Nicht dass ich gewusst hätte, wie ich das mit festgebundenen Händen bewerkstelligen sollte.

Da sprang plötzlich die Zimmertür auf. Roosevelt lief auf mich zu, er hatte es geschafft, die Tür aufzubekommen! Vor Glück liefen mir Tränen über die Wangen und der Kloß in meinem Hals wurde ein wenig kleiner. Schnell, schnell, bevor Ben wiederkam!

Wenn ich ihm nur irgendwie begreiflich machen könnte, dass er meine Fesseln durchbeißen sollte! Doch Roose blickte mich bloß treu und mit schief gelegtem Kopf an.

24

Die Nacht hat er sitzend an einen Stützbalken gelehnt verbracht. Immer wieder war er kurz weggedämmert, vor allem aber hat er nachgedacht. Über seinen Bruder und alles, was Robin je zu ihm gesagt hat.

Mittlerweile hat er sich irgendwie damit abgefunden, was sein Bruder war und was er getan hat, um ihren Lebensunterhalt zu verdienen. Manchmal hat man im Leben keine Wahl. Oder man glaubt, man hätte keine, und trifft Entscheidungen, von denen man meint, sie seien richtig. Oder man trifft welche, von denen man weiß, dass sie falsch, aber trotzdem notwendig sind.

Robin hat falsche Entscheidungen gefällt, aber aus den richtigen Gründen – und deshalb kann er ihm verzeihen. Robin war Vater, Mutter und Bruder in einer Person – seine Familie. Außer ihm gibt es niemanden mehr ... ein heißer Schmerz durchfährt sein Herz, denn noch verdeckt ein Schleier das Bild von Robin, der am Boden liegt und aus dem Bauch blutet. Es ist so viel Blut, so viel ...

Robins Augen geweitet, voller Angst, ein Schweißfilm bedeckt sein Gesicht. Er ist blass. Er versucht zu sprechen, doch eine Blase aus blutigem Schaum verlässt statt der Worte seinen Mund. Neben dem zusammengekrümmten Körper liegt das Butterflymesser in einer dunklen Pfütze klebrigen Blutes. Robins Hand umklammert den Anhänger mit seinem Namen.

Er kniet neben ihm, seine Hände presst er auf die Wunde, Blut quillt zwischen den Fingern hervor. Die gesamte Umgebung ist eingefroren, verschwommen, es gibt nur sie beide …

… Robin und ihn. Robins Augen flehen ihn an, er soll den Anhänger nehmen, aber wie soll das gehen, wenn er doch versucht, das Leben zurück in seinen Bruder zu pressen? Er hat noch nie gebetet, vielleicht als kleines Kind, er kann sich nicht mehr daran erinnern. Und er würde es sogar verstehen, wenn seine Gebete nicht helfen, schließlich sind er und Gott sich völlig fremd. Und überhaupt hat in seinem ganzen Leben niemand je etwas Selbstloses für ihn getan – außer Robin, der ihm unter den Händen wegstirbt. Aber jetzt betet er.

»Ich habe für dich …« Robin macht ein paar tiefe Atemzüge, das Sprechen strengt ihn offensichtlich an.

»Du musst die Klappe halten«, sagt er und bemüht sich, nicht so verzweifelt zu klingen, wie er beim Anblick seines Bruders ist. Das Schlimmste, was passieren kann, ist, wenn Robin ihn auch noch verlässt.

»… vorgesorgt«, beendet sein sterbender Bruder den Satz. »Es gibt ein Sparbuch. Unter der Brücke.« Die Worte sind so leise, dass er sein Ohr dicht an Robins Lippen halten muss, um sie zu verstehen.

Er will sie festhalten, diese Worte, genau wie er Robins Leben festhalten will, halten im Hier und Jetzt, aber sie entschwinden. Robins Lider fallen zu, sein Atem flattert und dann ist er weg. Einfach so.

Er empfindet nichts, sein ganzes Fühlen ist betäubt. Er streift die Kette über Robins Hals und hängt sie sich selbst um. Er will hier sitzen bleiben, am liebsten für immer. Jetzt versteht er seine Mutter, wie es ihr ergangen ist, nachdem Dad starb.

Doch nicht einmal in Ruhe trauern darf er. Denn von draußen hört er Stimmen.

Es sind Dennis und Marvin, die zurückgekommen sind, um Ben hinterherzuräumen. Klar, dass der sich nicht selbst seine Hände schmutzig macht.

Erst angesichts der drohenden Gefahr löst er sich aus seiner Starre. Er zieht sich zurück, versteckt sich hinter einem Wandvorsprung im Schatten. Beobachtet, wie Marvin Zeitungspapier zusammenknüllt und es mit Benzin tränkt. Das Messer liegt neben Robin. Marvin bückt sich, hebt es auf, wischt es an Robins Hose ab und steckt es ein.

Dennis lässt ein Feuerzeug aufschnappen. So dumm, dass er näher zu dem Bündel Zeitungspapier herantritt, ist er leider nicht. Er nimmt ein Stück Papier und zündet es an. Dann wirft er es auf den Haufen, wo das Feuer mit einem Fauchen zum Leben erwacht und hungrig nimmt, was ihm in den Weg kommt. All die Kartons, Stofffetzen, Holzspäne ...

Er wendet den Blick ab. Der Rauch brennt in seinen Lungen, er muss hier raus. Dennis und Marvin versperren ihm den Weg. Bleibt der Seiteneingang des verlassenen Gebäudes. Um den zu erreichen, muss er die ganze Halle durchqueren. Aber er hat keine Wahl.

Weil er mal irgendwo gehört hat, dass Sauerstoff

schwerer ist als Rauchgas, robbt er flach über den Boden, immer hinter dem Feuersaum entlang, sodass die Flammen ihn verdecken. Seine Augen tränen, die Hitze ist so stark, dass er glaubt, seine Kleidung habe Feuer gefangen. Er kriegt keine Luft. Er atmet Rauch ein, hustet, hofft verzweifelt, dass ihn Marvin und Dennis nicht hören.

Er muss seinen Bruder zurücklassen und bei diesem Gedanken brennen ihm die Augen, die Kehle, die gesamte Brust. Und das nicht nur wegen des Rauchs.

Dann ist er an der Tür, stößt sie auf, stolpert ins Freie. Seine Lungen saugen sich gierig mit der frischen Luft voll, er hat das Gefühl, sein Brustkorb ist zu klein, um all den Sauerstoff aufzunehmen, nach dem sein keuchender Körper verlangt.

Langsam schleppt er sich an die seitliche Ecke des Gebäudes, bis er den Hof einsehen kann. Dennis und Marvin stehen nebeneinander und blicken zurück. Auf den Rauch und die einzelnen Flammen, die aus den Fenstern drängen. Dennis lässt sein Zippo-Feuerzeug auf- und zuschnappen, Marvin grinst diabolisch. Offensichtlich gefällt ihm, was er sieht.

Hass auf die beiden, vor allem aber auf Ben, schwillt in ihm an, wird beinahe übermächtig und schreit nach Rache.

Er wird sie bekommen. Er wird sie sich holen.

Denn er hat alles mit seinem Handy aufgenommen.

25

Roosevelt hatte seine Beine auf meine Knie gestellt und mit dem Kopf immer wieder gegen meine Wangen gerieben und mir Hundeküsse verpasst, vor lauter Freude, dass er bei mir sein konnte. Vielleicht tat er es auch absichtlich – in jedem Fall aber war er mein Held. Denn dank seiner stürmischen Art begann sich das Klebeband an einer Seite von meiner Haut zu lösen. Als Roose den Anfang gemacht hatte, rieb ich mit dem Mund gegen meine Schulter und rollte so Millimeter für Millimeter das Klebeband von meinem Mund, bis ich es schaffe, mit der Zunge dagegenzudrücken. Endlich hatte ich den Mund so weit frei, dass ich mit den Zähnen die Schnur bearbeiten konnte, mit der meine Handgelenke zusammengebunden waren. Ein zweites Seil ging um meinen Oberkörper, meine Oberarme und die Lehne herum, mit einem dritten waren die Füße aneinander- und ebenfalls an die Stuhlbeine gefesselt. Ben hatte mich ganz schön fest zusammengezurrt. Aber er hatte mich auch gewaltig unterschätzt, stellte ich mit Genugtuung fest.

Ich zog und zerrte, schließlich hatte ich es geschafft, den Knoten zu lockern, und befreite eine, dann die andere Hand und schließlich konnte ich die Fesseln von meinen Beinen ganz einfach aufknoten. Der Rest war dann ein Klacks.

Immerhin hatte Ben mir genau die Informationen geliefert, die ich mir durch meinen Besuch bei ihm erhofft hatte. Ich wollte wissen, wer Robin bzw. Jan war und wo er sich jetzt befand.

Ich wägte meine nächsten Schritte ab: Ich musste die Polizei rufen, sie zu der Grundiger Straße schicken ... aber was sollte ich ihnen erzählen, würde mir die Polizei diese Story glauben?

Da fiel mir siedend heiß ein: Mein Handy! – Ben hatte es einkassiert! Wertvolle Minuten verschwendete ich damit, ein Festnetztelefon zu suchen, doch ich fand keins.

An der Wohnungstür überfiel mich kurz Panik, was ich tun sollte, falls abgeschlossen war. Doch offenbar hatte sich Ben auf seine Fesseltechnik verlassen, die Tür war bloß zugezogen.

Ich floh mit Roosevelt auf die Straße, weit und breit war kein Mensch zu sehen. Ich lief weiter, bog um die Ecke und hastete auf einen Passanten zu. Doch ehe ich ihn fragen konnte, ob er mir kurz sein Handy leihen würde, um die Polizei zu rufen, drehte er sich mit einem furchtsamen Blick auf Roosevelt um und ging eilig in die andere Richtung.

Noch ein weiteres Mal erging es mir so, da reichte es mir. Vor mir stieg eine ältere Frau aus einem Taxi. Mit zwei Schritten war ich dort, wartete, bis die Frau mit beiden Beinen auf dem Gehsteig stand, hielt die hintere Fahrzeugtür auf, ließ Roose auf die Rückbank springen und rückte ihm hinterher.

Entweder war der Taxifahrer Hundefreund oder er war einfach abgebrüht – ihm schien es jedenfalls nichts auszumachen, dass Roosevelt mitfuhr. »Wohin?«, fragte er und blickte mich über den Rückspiegel an.

»Grundiger Straße. Kennen Sie dort eine Autolackiererei?«

»Findma schon«, sagte er in gebrochenem Deutsch und fuhr los.

In meinem Kopf rasten die Gedanken. Hoffentlich war ich nicht schon zu spät! Robin, der nicht Robin hieß, sondern Jan. Was hatten sie bloß mit ihm vor? Ben war alles zuzutrauen. Angst schnürte mir den Hals zu.

Ich hatte nicht einmal Geld für das Taxi, das würde Probleme geben. Und was sollte ich allein gegen Ben und seine beiden Handlanger ausrichten?

»Könnten Sie die Polizei dorthin schicken?«, fragte ich.

»Wieso?«

Ich seufzte und versuchte, in möglichst einfachen Worten zu erklären, was passiert war. »Verstehen Sie, Robin, eigentlich Jan, also mein Freund, ist wahrscheinlich in großer Gefahr.«

Er schüttelte den Kopf. »Nee, nicht versteh ich.«

Ich hätte vor lauter Frust schreien können. »Bitte. Rufen Sie die Polizei, diese drei Männer wollen ihm was antun!«

Doch der Fahrer verstand mich wirklich nicht oder er wollte mich nicht verstehen. Unbeirrt fuhr er weiter, bog nach links ab, dann wieder nach rechts ... dann hielt er vor einer Hofeinfahrt. Über der Werkstatt war ein Schild angebracht. »Autolackiererei« stand darauf. »Halt!«, rief ich aufgeregt. Das Schild war blau und abgeblättert, doch anhand von Jans Zeichnung hatte ich es sofort wiedererkannt.

Von außen wirkte das Gebäude nahezu unversehrt, bloß die Fensterscheiben waren zerborsten und an den Öffnungen zeugten schwarze Rußablagerungen von einem Brand.

»Macht zweiundzwanzig Euro fuffzig«, sagte der Fahrer, doch ehe er sich zu mir umgedreht hatte, riss ich bereits die Tür auf und lief auf das Tor zu. Roosevelt war an meiner Seite.

Da blieb ich wie angewurzelt stehen. Ein ohrenbetäubender Knall drang aus dem Inneren des Gebäudes und es brauchte einen Moment, bis mein Gehirn das Geräusch zuordnen konnte. Ein Schuss. Das musste ein Schuss gewesen sein! Mein Herz krampfte sich vor Furcht um Jan zusammen.

»Bleib«, gab ich Roosevelt das Kommando und hoffte, er würde auch dieses befolgen. Wir hatten es lange nicht mehr geübt.

Er setzte sich und ich ging einen Schritt Richtung Halleneingang, als er Anstalten machte, mir zu folgen.

Streng hob ich den Zeigefinger. »Bleib!«, sagte ich noch einmal. Er seufzte tief und legte sich hin, als würde er sich auf eine längere Wartezeit einstellen. Erleichtert, dass er meinem Befehl folgte, eilte ich nun endlich ins Innere der Halle und huschte lautlos hinter eine Säule.

Ben stand breitbeinig da, eine Pistole in der Hand. Ihm gegenüber hatten Stiernacken und Schwarzhaar Jan in ihre Mitte genommen und hielten ihn rechts und links an den Armen fest. Jan schien unverletzt zu sein, stellte ich erleichtert fest. Offenbar hatte es sich um einen Warnschuss gehandelt.

»Das nächste Mal ziele ich nicht auf den Boden«, sagte Ben. »Wo ist es?«

»Ich weiß es nicht, du musstest Robin ja umbringen, bevor er es mir verraten konnte.« Jans Stimme. Eine Vielzahl an Gefühlen durchflutete mich. Erleichterung, dass er lebte. Sehnsucht, weil er so vertraut klang. Ärger, weil kein bisschen Angst darin war, nur Trotz. Dafür griff die Angst jetzt nach mir und schnürte mir die Luft ab, als ich begriff, was Jan da eben gesagt hatte. Ben hatte Robin getötet!?

Am liebsten hätte ich Jan zugerufen, dass ich da und er nicht allein war. Aber natürlich blieb ich still, während ich versuchte, mir auf alles einen Reim zu machen. Ben hatte von Geld gesprochen. Wo war es, verdammt noch mal? Vielleicht würde er endlich Ruhe geben, wenn er es wiederhätte?

Schon sprach Ben weiter. Seine Stimme klang metallisch, abgehackt. Drohend. »Mein Dope, mein Geld. Ich hatte Robin schon lange in Verdacht, was für sich abzuzweigen. Niemand bescheißt mich ungestraft.«

Meine Lippen bebten vor Zorn. Er hatte Jans Bruder umgebracht wegen Drogengeldes?! Unter mir schien der Boden zu wanken – wo war Jan da nur hineingeraten? Und ich? Ich konnte mich kaum mehr in meinem Versteck halten.

Durch Jan ging ein Zittern, das sah ich sogar aus der Entfernung. Mit einer Kraft, die keiner ihm zugetraut hätte, riss er sich aus dem Griff der beiden Hilfsganoven. Im gleichen Moment explodierte in mir eine unbändige Wut, wie ich sie noch nie gespürt hatte: Ich stürzte aus meinem Schlupfwinkel, griff nach dem ersten Gegenstand, den ich als Waffe benutzen konnte, merkte erst in dem Moment, als ich damit ausholte, dass es ein Holzbrett war. Damit rannte ich auf Ben los, weil er mir am nächsten stand. Doch ich war den Bruchteil einer Sekunde zu spät. Ein Schuss fiel. Jans T-Shirt färbte sich bereits rot, als ich Ben auf den Hinterkopf schlug und er zu Boden ging.

Ich hatte keine Sirenen gehört und auch das Blaulicht nicht wahrgenommen. Selbst dass die Polizisten das Gebäude stürmten, bekam ich kaum mit, weil ich bloß all das viele Blut sah, das aus Jan sickerte.

Wer sie alarmiert hatte, war offensichtlich. Der Taxifahrer, der mich hergebracht hatte, fuchtelte mit den Armen und beschwerte sich lautstark, dass er auf sein Geld wartete.

Ich hatte auch nicht bemerkt, dass Roosevelt mit den Polizisten hereingekommen war. Jetzt hatte er sich vor dem am Boden liegenden Ben aufgebaut und knurrte ihn an, als der wieder zu sich kam und Anstalten machte aufzustehen. Guter Hund.

Jan kniete mit vor Schmerz verzerrtem Gesicht am Boden und hielt sich den verletzten Arm. Als ich vor ihm stand, verzog er seinen Mund zu einem Lächeln und sah mich an, als würde er mich zum ersten Mal sehen. »Sarah. Du solltest gar nicht hier sein.« Dann zog er mich mit dem gesunden Arm an seine Brust.

Ich legte meine Stirn an seine Schulter. »Doch. Ganz genau da, wo ich jetzt bin.«

Die Beamten hatten Stiernacken, der flüchten wollte, eingeholt und gestellt. Er lag bäuchlings am Boden, die Hände am Rücken mit Fesseln gesichert. Schwarzhaar wurde gerade abgeführt. Der Taxifahrer gestikulierte immer noch, aber weniger aufgeregt, er schien sich damit abzufinden, dass er statt des Fahrgeldes quasi eine tragende Rolle in einem Live-Actionfilm spielen durfte.

»Kann da jemand mal den Hund wegholen?«, rief eine Beamtin. Roosevelt »bewachte« immer noch Ben.

»Komm her, mein Junge«, rief ich. Brav folgte er mir aufs Wort.

Während zwei Beamte nun auch Ben Handschellen anlegten und ihn wegbrachten, trat einer der Polizisten zu Jan und mir. »Tobias Schneider, Drogendezernat«, stellte er sich vor. Ich merkte, wie Jan neben mir versteinerte.

»Der Krankenwagen wird gleich da sein«, sprach der Beamte weiter. Er deutete mit dem Kopf nach draußen auf seine Kollegen und die drei Verbrecher. »Hinter denen sind wir schon eine ganze Weile her. Verständlicherweise werden wir Sie vernehmen müssen, aber das hat auch bis später Zeit.«

Hinter ihm tauchten nun zwei Sanitäter auf, die Jans Arm kurz untersuchten und ihn draußen dann in einen Krankenwagen verfrachteten. Ich lief neben ihnen her. Drei Polizeifahrzeuge standen mit offenen Türen vor dem Gebäude, einer davon war ein Kleinbus. Der Eingang wurde von zwei Beamten bewacht. Von Stiernacken und Schwarzhaar war nichts mehr zu sehen, dafür erkannte ich Ben auf der Rückbank eines der Fahrzeuge. Für einen kurzen Moment trafen sich unsere Blicke. Selbst durch die Autoscheibe und die Entfernung hinweg war seine Wut auf mich fast greifbar.

Da ein weiterer Beamter Jan im Krankenwagen begleitete, konnte ich nicht mitfahren. Herr Schneider rief kurzerhand meinen Vater an, der sich bereit erklärte, mich abzuholen. Während wir warteten, nahm er meine Personalien auf – »für später«, wie er sagte. »Und du bist?«, fragte er schließlich und beugte sich nach unten.

Ich lächelte. »Sein Name ist Roosevelt. Er ist eigentlich total harmlos, er hat bloß was gegen Leute, die mich fesseln und einsperren.«

26

Wenige Minuten später fuhr Paps mit seinem Lieferwagen in den Hof in der Grundiger Straße. Seine Augen wurden groß, als er die Menge der Leute und Polizeiwagen sah. Obwohl er tausend Fragen haben musste, löcherte er mich nicht. Die einzige Frage, die er mir stellte, war: »Robin?«

Ich seufzte. »Ja ... nein. Er heißt eigentlich Jan.«

Und dann brach alles aus mir heraus. Ich erzählte und erzählte und holte dazwischen kaum Luft, bis Paps vor dem Krankenhaus hielt. Ich öffnete die Beifahrertür, beugte mich noch einmal zu ihm hinüber und gab ihm einen Kuss auf die Wange. »Danke, Paps, bis später.«

»Ich habe zwar nur die Hälfte verstanden, aber das Wichtigste habe ich kapiert. Es geht um Liebe. Und mehr muss ich eigentlich gar nicht wissen.« Ich versprach, ihn später anzurufen, wenn er mir sein Handy überließ. Meines lag mittlerweile wohlverwahrt bei der Polizei. Falls sich herausstellte, dass es für die Ermittlungen kein wichtiges Beweismittel wäre, würde ich es wieder zurückerhalten.

Ich flog nur so ins Krankenhaus, erkundigte mich nach dem frisch eingelieferten Notfallpatienten mit dem Armschuss. Es sei nur ein Streifschuss, hieß es, und ich solle warten.

Auf einem Tisch im Wartebereich lagen unzählige Zeitschriften, doch aufs Lesen konnte ich mich jetzt aus Sorge um Jan eh nicht konzentrieren, also rief ich Paps an, wie ich es ihm versprochen hatte.

»Er wird gerade versorgt, haben die mir gesagt.«

»Melde dich, wenn ich dich abholen soll«, sagte er und bat mich, Jan unbekannterweise zu grüßen.

Weil ich schon dabei war, rief ich auch noch Laura an. Gott sei Dank hatte Paps ihre Nummer eingespeichert. Das Gespräch mit ihr dauerte länger, aber ich hatte ihr ja auch einiges zu erzählen – und zu beichten.

»Da bin ich mal ein paar Tage weg und verpasse alles. Auf diesen Jungen bin ich aber jetzt echt gespannt.« Kein Wort darüber, dass ich ihn ohne ihr Wissen in ihrer Wohnung hatte schlafen lassen. Laura eben.

Nachdem ich immer noch nicht zu Jan durfte, griff ich nun doch zu einem der Magazine, wenigstens eines, in dem es um Reisen ging. Doch ehe ich mich darin vertiefen konnte, klingelte das Handy. Es war Conny.

»Gott sei Dank!«, rief sie erleichtert, nachdem ich mich gemeldet hatte.

»Conny! Wie hast du diese Nummer herausgefunden?«

»Mit Intuition und detektivischem Spürsinn. Ist 'ne lange Geschichte. Aber nachdem du mir diese SMS geschickt und du dich seither nicht mehr gemeldet hast, hab ich mir echt Sorgen um dich gemacht.«

Ich berichtete ihr von meiner Entführung und von der Schießerei und davon, dass Robin gar nicht Robin, sondern Jan hieß und jetzt im Krankenhaus war.

»Krass! Da könntest du glatt ein Buch darüber schreiben.«

»Das würde mir ja doch keiner glauben«, winkte ich ab, doch in mir machte sich ein wohlig warmes Gefühl breit. Sie hatte sich um mich Sorgen gemacht und wer weiß was angestellt, um an Paps Nummer zu kommen, nur um sich zu vergewissern, dass es mir gut ging. Eine echte Freundin halt.

Es verging eine gefühlte Ewigkeit, bis ich geholt wurde. Endlich stand ich vor Jans Tür. Leise klopfte ich und schob sie einen Spalt auf.

Über Jans Gesicht huschte ein Lächeln, als er mich sah. »Komm rein«, sagte er.

Ich trat ein und blieb vor dem Bett stehen. Ich wusste nicht, wohin mit meinen Händen oder meinem Blick. Um seinen Arm trug Jan einen Verband – ansonsten sah er erstaunlich entspannt aus. »Also ... Jan. Klingt auch nicht schlecht«, sagte ich und grinste unsicher. Ob sich für Jan etwas verändert hatte mit uns, weil er jetzt wusste, wer er war?

Jetzt schaute er mich gerade ziemlich spitzbübisch an und versteckte etwas unter der Decke.

»Was versuchst du da, vor mir geheim zu halten?«

»Es ist noch nicht fertig.« Mittlerweile wusste ich, dass er seine Zeichnungen nur ungern herzeigte, solange sie nicht fertig waren, also drängte ich ihn nicht. Ich würde sie schon zu Gesicht bekommen, wenn er so weit war.

Er rückte ein Stück und bedeutete mir, sich neben ihm auf das Bett zu setzen. Dann nahm er meine Hand in seine und strich mit dem Daumen über meinen Handrücken.

Eine Weile saßen wir so da. »Sarah, du ...«, fing er an. Gleichzeitig sagte ich: »Jan, dieser Brief ...«

Wir sahen uns an, lachten, dann zog er mich zu sich hinunter und küsste mich. Für eine Weile vergaßen wir die Fragen, die uns beschäftigten, dieser Kuss war uns Antwort genug.

Ich legte mich neben Jan, schmiegte den Kopf an seine gesunde Schulter und dachte mir, dass gerade jetzt, in diesem Moment, alles perfekt war.

Ich lauschte Jans Atem, spürte seinen Herzschlag und hörte zu, als er mir seine Geschichte erzählte. Die von einem kleinen Jungen, der nur seinen vier Jahre älteren Bruder hatte, der mit zwölf die Aufgaben von Vater und Mutter übernehmen musste.

Immer wieder brach seine Stimme und ich umfasste seine Hand noch fester. Ich wusste, wie hart es war, mit nur einem Elternteil aufzuwachsen. Ich kannte das Gefühl, dass man glaubte, nie wieder aufzuhören, jemanden zu vermissen.

Nach und nach bildete sich aus dem ganzen Puzzle mit Jans Zeichnungen und den Ereignissen der letzten Tage ein umfassendes Bild von Robin und Jan. Von jenem Jan, den ich kannte, und auch von dem, der er schon immer war.

Es gab noch Lücken in diesem Bild, etwa wo sich Robins Geld befand. Aber das war jetzt und hier und für uns ohne Bedeutung und vielleicht auch bei vielen Kunstwerken so: Manche blieben einfach für immer unvollendet.

Jan griff unter die Decke und holte den Zeichenblock

hervor. »Ich habe es gestern angefangen, es ist noch nicht fertig, aber ...«, setzte er an.

»Jan ... das ist ...« Ich suchte nach den richtigen Worten für etwas, das man einfach nicht in Worte fassen konnte. Ich hatte noch nie zuvor etwas so Schönes und zugleich Trauriges gesehen.

Seine Zeichnung zeigte Flammen. Sie loderten hoch nach oben, sprühten Funken und sahen gleichzeitig faszinierend und gefährlich aus. Ich meinte, den Geruch in der Nase zu haben, so echt wirkten sie. Auf den Flammen tanzten zwei Kinder, ein älteres und ein kleines, Robin und Jan, Hand in Hand.

Auch wenn ich keine Ahnung von Kunst hatte, sondern eher von Geschichten, begriff ich die Symbolhaftigkeit dahinter. Das Feuer stand für das Leben. Meistens wärmte es uns und gab uns das Gefühl, zu Hause zu sein. Doch manchmal schlug es hoch, geriet außer Kontrolle und zerstörte alles ... wenn man nicht achtgab, auch auf einen selbst. Man konnte entweder aufgeben und darin verbrennen. Oder man konnte darüber gehen, wie diese Feuerläufer, die über lodernde Flammen spazierten.

»... ich habe es *Feuertanz* genannt.«

Epilog

Vor zwei Wochen war Jan aus dem Krankenhaus entlassen worden. Der Beamte des Drogendezernats, Herr Schneider, hatte Jan an drei Tagen hintereinander besucht und ihn verhört. Jan hatte alles erzählt. Von Ben, Dennis, Marvin und seinem Bruder, Robin. Von den Umschlagplätzen, der Schwimmbadkabine, wo die Drogen gelagert und verteilt wurden, den verlassenen Häusern und Fabrikhallen, wo die Drogen an die Dealer übergeben wurden – und er ließ auch seinen Anteil an der ganzen Geschichte nicht aus, während ich neben ihm saß und seine Hand hielt.

Auch dass Robin Geld abgezweigt und irgendwo versteckt hatte, erfuhr der Drogenfahnder von Jan. Doch sosehr er nachbohrte und sooft er danach fragte, Jan beharrte darauf, nicht zu wissen, wo das Geld sei. Irgendwann gab sich Herr Schneider mit dieser Antwort zufrieden.

Immerhin hatte er uns beim Abschied gesagt, dass Jan wahrscheinlich nicht angeklagt werden oder höchstens mit einer kleinen Strafe rechnen müsse; angesichts seiner bereitwilligen Mithilfe und seiner umfassenden Zeugenaussage würde der Staatsanwalt bestimmt mit sich reden lassen. Auch die Speicherkarte, die Jan in einem der verlassenen Werkgebäude gelassen hatte und deren

Versteck er der Polizei verriet, wurde als strafmildernd gewertet – sein Film lieferte die entscheidenden Beweise, um Ben und seine zwei Kumpane sehr lange hinter Gitter zu bekommen.

Heute waren wir auf dem Friedhof, denn Robin wurde beigesetzt. Niemand wusste davon, es waren nur Jan und ich, die hinter dem Sarg hergingen und zusahen, wie er in der Tiefe versank. Dann ließen uns die Totengräber allein.

»Ich sollte noch irgendwas sagen, oder?«, fragte mich Jan.

»Musst du nicht. Mit den Toten kann man auch in Gedanken sprechen. Manchmal funktioniert das sogar besser.«

Stumm stand Jan da und verabschiedete sich auf seine Art. Dann nahm er Robins Kette vom Hals und ließ sie auf den Holzsarg fallen.

»Weshalb hast du sie nicht behalten?«, wollte ich wissen.

»Sie gehört Robin. Er hat sie nie abgelegt.« Jan atmete tief aus und wandte sich zu mir. »Sarah, er hat mir verraten, wo das Geld ist, hinter dem alle her sind.«

»Was?« In meinem Kopf wirbelten die Gedanken durcheinander. »Verdammt, Jan, wir müssen ...«

Er nahm meine beiden Hände. »Hör mir zu, bitte. Das Geld liegt auf einem Sparbuch. Robin hat es unter dem Döblinger Steg in unserem Geheimversteck gelegt, unter einem losen Stein, hinter dem sich ein Hohlraum befindet. Deshalb hatte ich die Brücke gezeichnet. Und ich wusste nicht, dass es Bens Geld war, das Losungswort kannte ich auch nicht. Bis gerade eben.« Er lächelte schief und sein Blick wanderte nach oben. »Ich glaube, Robin hat mir geantwortet.«

Ich schaute zu Jan und zum Sarg unter uns, wo der Anhänger zwischen Erdbrocken hervorblitzte.

»Die Ziffern auf der Rückseite«, hauchte ich.

Jan nickte.

Ich riss mich von dem Anblick los und auch von dem Gedanken an das viele Geld und was man damit anstellen konnte. Es war Blutgeld, schmutziges Drogengeld. »Du musst es der Polizei sagen, Jan.«

»Nein!«

»Aber …« Wenn Jan das Geld behalten wollte, dann wusste ich nicht, ob ich damit leben konnte. Das wäre falsch.

»Sarah, bitte sieh mich an.« Er atmete tief durch. »Robin ist für dieses Geld gestorben. Und wenn die Polizei davon erfährt, ist es für immer weg. Es würde niemand mehr etwas davon haben. Aber ich werde es nicht behalten, das schwöre ich.«

Ich glaubte ihm. Die Zeit während des Studiums würde für ihn hart werden, aber mein Paps hatte Jan als Aushilfe eingestellt, so war beiden geholfen. Und Laura nahm sein Angebot, Tiersitter für Roose und Winston zu spielen, ebenfalls immer wieder gerne an.

»Was wirst du dann damit machen?«

»Ich spende es an eine Organisation, die drogenabhängige Jugendliche betreut. Ich glaube, das ist das Beste, was man damit anfangen kann.«

Mein Herz wurde weit. »Du gehörst eben doch zu den Guten«, flüsterte ich und küsste ihn.

Er löste sich von mir und sah mich mit hochgezogenen Augenbrauen an. »Hast du daran gezweifelt?«

Ich überlegte kurz. Doch, ab und zu war ich mir nicht mehr sicher gewesen. Aber wie hatte Mama mir mal erklärt? Kompliziert ist nur der Verstand. Der wägt ab, überlegt, streut Zweifel und lauter Vielleichts. Das Herz hingegen, das kennt nur ein einfaches »Ja« oder »Nein«.

Und mein Herz hatte vom ersten Moment an gespürt, dass Jan einer von den Guten war.

»Hast du?«, fragte er noch einmal und sah mich aus seinen grauen Augen hoffnungsvoll an.

»Nein, nie.«

Tamina Berger

978-3-401-06808-4

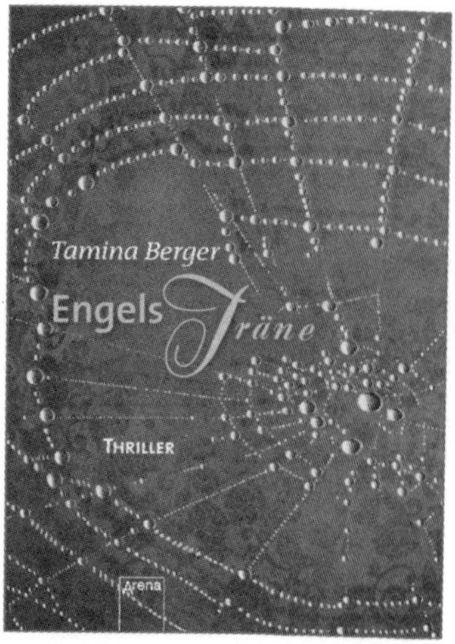

978-3-401-06864-0

978-3-401-60026-0

978-3-401-60153-3

Arena

Alle Bände auch als
E-Books erhältlich

Jeder Band:
Arena Thriller
Klappenbroschur
www.arena-verlag.de